I0728236

IL QUINTO CAVALIERE

JON SMITH

IL QUINTO CAVALIERE

Pubblicato da Balkon Media
ISBN edizione paperback: 978-1-916970-42-7
Disponibile anche in formato e-book

Copyright © 2023 di Jon Smith

Il diritto di Jon Smith di essere identificato come autore di quest'opera è stato riconosciuto ai sensi del *Copyright, Designs and Patents Act* del 1988.

Tutti i diritti riservati. Nessuna parte di questo libro può essere riprodotta in qualsiasi forma o con qualsiasi mezzo, elettronico o meccanico, inclusi sistemi di archiviazione e recupero dati, senza l'autorizzazione scritta dell'editore — salvo brevi citazioni in recensioni.

Nessuna parte di questo libro può essere utilizzata o riprodotta in alcun modo per l'addestramento di tecnologie o sistemi di intelligenza artificiale.

Tutti i personaggi e gli eventi descritti in questo libro sono completamente fittizi. Eventuali riferimenti a eventi storici, persone reali o luoghi esistenti sono usati in modo immaginario. Gli altri nomi, personaggi, luoghi e situazioni sono frutto della fantasia dell'autore; ogni somiglianza con fatti reali, luoghi o persone, vive o decedute (tranne che a fini satirici), è puramente casuale.

Illustrazione e progettazione della copertina: Balkon Media

www.vossiverse.com

ALTRI LIBRI DI JON SMITH

FICTION

The Fifth Horseman

Destiny Can Bite Me (Fang & Loathing #1)

The Stakeout Diaries (Fang & Loathing #2)

Rewrite the Dead (Fang & Loathing #3)

YOUNG ADULT

The Arb

CHILDREN'S FICTION

Toytopia

NON-FICTION

Once Upon A Brand

Founder Mode

The Bloke's Guide To Pregnancy

The Bloke's Guide To Babies

Get Into Bed With Google

Google Adwords That Work

Smarter Business Start-Ups

Start An Online Business

Digital Marketing For Businesses

Per chi teme la Morte...
Sappia che sta arrivando per voi ed è piuttosto scontroso.

CAPITOLO UNO

E mma si allungò per sorreggersi alla base di rame di Bella, il magnifico Liver Bird che veglia come una sentinella in cima a una cupola bianca, affacciato sul fiume Mersey e, al di là di esso, sulla penisola di Wirral e sul Galles del Nord.

Con le gambe che le tremavano per la fatica e la paura, si fermò un istante per cercare di riprendere fiato. Si passò una mano tra i lunghi capelli ramati, ingoiando ossigeno e pentendosi di aver cancellato l'abbonamento alla palestra all'inizio dell'anno. Una forte e improvvisa raffica di vento si scagliò dal Mare d'Irlanda, i suoi viticci elementali che si aggrappavano alla pelle esposta delle mani mentre la stilettata di freddo le faceva lacrimare gli occhi. Mentre malediceva la scelta di quell'edificio storico, rendendosi conto che non per la prima volta aveva lasciato che la forma prevalesse sulla sostanza, si soffermò ad ammirare la splendida vista del lungofiume, forgiata nel sangue, nel sudore e nelle lacrime della storia marittima e culturale della città, sia vecchia che nuova, buona e cattiva.

Il motivo per cui i pagliacci dell'UNESCO avessero privato la città del suo status di Patrimonio dell'Umanità sarebbe rimasto per sempre un mistero. Tuttavia, con la tipica noncuranza degli abitanti di Liverpool, accantonò quel pensiero e cercò di concentrarsi su ciò che doveva fare.

Erano tutti in giro: a Pier Head, sullo Strand, al telefono, impegnati con la loro giornata. Impegnati con le loro vite. Non molti guardavano in su, il che andava benissimo a Emma. Era abituata a essere ignorata. Abituata a confondersi con lo sfondo. Era un comportamento appreso, iniziato quando era una bambina che viveva sotto le rigide regole dei suoi genitori, i quali credevano fermamente che i bambini si dovessero vedere ma non sentire. Si era addestrata a rimanere in silenzio, a rimanere piccola, a rimanere in disparte. Un'infanzia solitaria, ma tranquilla.

Ma con grande disappunto di Emma, una volta andata all'università, scoprì che era difficile disimparare quel comportamento, e quindi difficile fare e mantenere amicizie. O farsi notare dai professori, anche se teneva la mano alzata. O farsi notare dai ragazzi, nonostante fosse single e prontissima a socializzare.

Tuttavia, ciò che faceva imbestialire Emma di più era non essere notata al lavoro, non importava quanto fosse diligente o quanti nuovi clienti portasse. Non era mai Emma a essere celebrata nella newsletter aziendale, e non era mai Emma a essere proposta per una promozione. Emma era semplicemente... lì. Una presenza fidata in fondo alla stanza. L'affidabile Emma. Emma, incapace di fare male a una mosca. La stessa Emma a cui avevano appena consegnato il benservito e una lettera di licenziamento scritta magnificamente, in cui il suo cognome e il suo secondo nome erano stati scambiati. Ecco quanto bene l'avevano conosciuta la direzione e i colleghi in diciotto mesi.

Per una volta, in piedi accanto al simbolo di Liverpool, a oltre novanta metri sopra la città, era grata che nessuno la notasse. Non aveva molta voglia di ricambiare il loro sguardo. Non era lì per farsi guardare a bocca aperta o per diventare una sorta di spettacolo da baraccone.

Non prima di essere saltata, ovviamente.

A trentun anni, tutti gli articoli online cercavano di convincerla che fosse nel fiore degli anni. In realtà, la sua scala della felicità registrava un errore; il valore era così basso. Non viveva avventure né aveva una relazione stabile con un partner. Non poteva permettersi di affittare un appartamento per conto suo, figuriamoci diventare proprietaria di una casa, quindi ne condivideva uno. Lavorava per molte ore in un'ingrata compagnia di assicurazioni piena di persone grigie e noiose. Guadagnava abbastanza per tirare avanti, ma non abbastanza per *vivere* davvero. Non aveva mai sfondato quel soffitto per unirsi a coloro che se la passano abbastanza bene da poter pianificare un futuro. Perciò, non aveva mai pensato di avere un futuro, solo una serie di errori passati e angosce presenti.

Qualcuno finalmente alzò lo sguardo e la vide, strinse gli occhi per assicurarsi di aver visto bene, scosse la testa in segno di disapprovazione e si allontanò. Emma sospirò. Era davvero così insignificante? Pensava di essere carina, in un modo discreto. Un viso a forma di cuore, un naso a patata e due piccole fossette quando sorrideva; il che, a dire il vero, non era accaduto molto spesso di recente. Il suo respiro fu catturato da un cambio di brezza e le tornò sul viso. Le parve di sentire odore di caffè e un po' di vomito. Per il suo ultimo pasto aveva bevuto solo un caffè tiepido quella mattina. Non era giusto andarsene con un odore così sgradevole che le aleggiava nel naso. Niente era giusto.

«Emma!?»

Qualcuno gridò il suo nome mentre una mano si abbatteva sulla cupola, cercando un appiglio. Subito dopo seguirono un braccio e poi una testa dai capelli neri e ispidi. Mark, il suo coinquilino alto e dinoccolato, la guardò. I suoi occhi da cucciolo erano sbarrati per la paura, sia per sé stesso che per lei.

«Merda» sospirò Emma. Aveva trovato la lettera e aveva chiaramente ignorato le istruzioni di aprirla solo dopo le sette di sera. Avrebbe dovuto immaginarlo; la sua curiosità infantile era tanto tenera quanto irritante, e prevedibile. Ora doveva fare quello che doveva fare con un pubblico.

Fece un passo verso il bordo.

«Non avvicinarti, Mark.»

Lui si issò sulla cupola, valutando la distanza fino alla zampa di Bella. Non poteva credere a quello che vedeva. La sua migliore amica e coinquilina con solo un cielo grigio alle spalle a raccogliere la sua caduta.

Un'altra forte raffica scosse i montanti metallici che sostenevano la statua del Liver Bird, spingendo i capelli di Emma davanti ai suoi occhi. Lei voltò il viso, tanto per evitare lo sguardo accigliato e giudicante di Mark quanto il vento.

«Non voltarti» la supplicò lui, e lei rimase ferma dov'era. «C'è... il vuoto dietro di te.»

Lei si girò lentamente per vedere cosa intendesse.

Lui trasalì. «No, non guardare!»

«So che non c'è niente» disse lei.

«Beh, non caderci dentro!» esclamò lui. «Da quest'altezza, moriresti.»

Lei abbassò le braccia e sospirò.

Mark la guardò con occhio critico. «Davvero?»

«Sono finita, Mark» disse lei. «Sai quanto tempo mi ci vorrà per ripagare tutto? Tra anni, sarò ancora bloccata in questa stessa routine. Sarò vecchia, incontinente e già in punto di morte, e non avrò ancora risparmiato abbastanza per dare un acconto su un piccolo monolocale che necessita di grandi lavori di ristrutturazione. Tanto vale...» Si voltò, e Mark sussultò di nuovo. «Tanto vale lasciar perdere.»

Si abbassò con calma e si sedette sulla cupola, con le gambe distese con noncuranza davanti a sé, e se ne pentì subito, poiché il metallo gelido le risucchiò il poco calore rimasto nel corpo attraverso la sottile gonna di cotone e i collant. Dovette mantenersi in equilibrio mentre ondeggiava. Troppo rilassata, e sarebbe caduta o scivolata giù, e non voleva... beh, non voleva farlo *ancora*. Mark non poteva essere lì a guardare. Doveva farlo andare via. I suoi denti iniziarono a battere mentre un trio di gabbiani volteggiava sopra di loro, chiaramente desiderosi di posarsi, gracchiando la loro frustrazione per la presenza di umani sul loro trespolo preferito.

Mark combatté ogni istinto primordiale di calarsi giù per mettersi in salvo e invece si arrampicò a quattro zampe *su* per la cupola, avvolgendo le braccia intorno alle zampe del Liver Bird e aggrappandosi con tutte le sue forze. Sbircò con un occhio oltre il bordo, giusto fino a poter vedere il terreno sottostante e non oltre. Fissare il marciapiede da quell'altezza... anche lui tremava, ma non per il freddo.

«Dai. Scendiamo, andiamo a bere qualcosa all'Albert Dock e ne parliamo.»

«Non mi sono sistemata i capelli.»

«Stai benissimo.»

«*Ti prego.*»

«Possiamo superare questa cosa» insistette lui.

«Superare» sbuffò lei. «Non possiamo, in realtà, perché mi hanno licenziata. Di nuovo.»

«È licenziamento illegittimo. Potresti fargli causa» ipotizzò lui, annaspando in cerca di opzioni per farla continuare a parlare.

Lei scosse la testa. «Sono fuori, caso chiuso. Meno di due anni, quindi possono fare quello che vogliono. Non mi hanno nemmeno permesso di salutare. O di prendere le mie cose dai cassetti. Mi hanno solo confiscato il badge e mi hanno scortata fuori dall'edificio.»

«Oh» disse lui, scioccato e deluso. «Allora questo significa... Cosa hai lasciato lì?»

«Niente di importante, è solo per principio» disse lei.

«No, aspetta, cosa hai lasciato?»

«Niente!» insistette lei.

«So che hai lasciato qualcosa» disse lui, in modo più seccato, «perché non è ancora tornato.»

«Cosa non è ancora tornato?»

«Il mio contenitore a due scomparti. Quello con il coperchio rosso.»

Lei gemette in modo plateale.

«Lungo abbastanza per una banana, ricordi?» chiese lui.

«Sì, ricordo.»

«Con la chiusura a clip?»

«Sì.»

«Fa parte di un set di quattro che sto usando...»

«Mark, mi hanno licenziata! E ora sono qui. Che importanza hanno dei contenitori di plastica!»

«Giusto» disse lui, con le mani alzate in segno di resa. E poi afferrò di nuovo Bella in fretta. «È solo che... mi stavo chiedendo dov'è... Era vuoto?»

«Oh, Dio.» Sbatté un braccio per la frustrazione. «Sono qui per farla finita e tu vuoi sapere se ho mangiato il tuo curry verde thailandese?»

«Beh... sì» disse lui. «Era una ricetta nuova. Se la rifaccio, vorrei che venisse bene.»

Emma gli indicò la situazione in cui si trovava, a un gesto della mano dal barcollare oltre il bordo verso la morte. «Di nuovo?»

Mark era in piena negazione. Le rivolse un sorrisetto. «Beh, voglio dire... n-non lo farai, vero?»

«Che altra scelta ho?» chiese lei. «No, davvero.» Si girò e si sedette con la schiena rivolta verso il Mersey, il che era in qualche modo peggio da guardare per Mark. «Dimmi tu cosa dovrei fare, a parte uccidermi. Niente lavoro, niente risparmi, ho più di sessantamila sterline di debiti e...»

«Possiamo superare questa cosa. Io lavoro. Mia mamma e mio papà potrebbero aiutare, forse abbastanza da coprire il tuo affitto per qualche mese.»

Emma era sempre più stanca delle sue tattiche dilatorie e lentamente si voltò verso il fiume. Il traghetto aveva appena attraccato a Pier Head, dondolando su e giù sull'onda. Guardò pendolari e turisti riversarsi sulla passerella, contenti di essere di nuovo sulla terraferma.

«Non è impossibile!» continuò Mark. «Niente lo è!»

«Ne sei sicuro?»

«Sì!»

Lei si voltò e gli lanciò uno sguardo freddo e umido di lacrime. «Pensi che potrei sopravvivere, allora? Se mi butto? Non è impossibile?»

«No, quello è improbabile e non vale il rischio. Ti prego, non farlo.» Mark si lasciò cadere in ginocchio e cercò di raggiungerla. Non riusciva a stare in piedi, a quell'altezza sarebbe stato così facile vacillare e morire in modo stupido, ma poteva avvicinarsi a lei carponi, e così fece. «Ti prego.»

«Almeno tu prenderai i soldi dell'assicurazione. Ti ho messo come mio beneficiario.»

«In realtà, non pagano se ti togli la vita.»

«Dici sul serio?»

«Serissimo. Terribilmente serio... Come fai a *non* saperlo? Vendi assicurazioni per vivere.»

«Non più» sbuffò lei. «Scusa.» E lo pensava davvero, onestamente, dal profondo del cuore.

Si morse le labbra, facendole diventare rosse, poi si allungò e lo abbracciò intorno al collo, un abbraccio grande e forte. Si assicurò di usare tutta la sua forza, ogni briciola che le era rimasta, perché non le serviva più.

«Puoi vivere senza di me. Ci saranno un sacco di coinquilini fantastici là fuori. Più fantastici di me, almeno. E in grado di pagare la loro metà dell'affitto» disse lei.

«N-no.»

«Non è impossibile.»

«È... improbabile.»

Emma sorrise, mordendosi l'interno della guancia mentre tendeva le braccia, pronta a spingersi in piedi. Mark si allungò, afferrandole il polso.

«Aspetta. C'è una cosa che devo dirti» la supplicò.

«Non farlo, Mark. Basta parlare. Non mi farai cambiare idea. Sono arrabbiata che tu sia venuto, ma onorata allo stesso...»

«Ti amo.»

Mark non aveva davvero intenzione di dirlo. Né ora, né mai. Ma le parole gli salirono in gola come un groppo e si fecero strada fuori con la forza bruta.

«Come, scusa?» Emma corrugò la fronte, non sicura di averlo sentito bene.

Ecco la sua occasione per scusarsi e riderci sopra. Un *faux pas* indotto dalla pressione. Lei avrebbe capito; diceva sempre stupidaggini.

«Ti amo, Emma. Ti amo dal giorno in cui ci siamo conosciuti. Ti amo e ho amato ogni minuto che sei stata nella mia vita. Ti prego, non farlo.»

«Ma che cazzo?» Emma era incredula.

Non proprio la reazione che Mark aveva sperato.

«Non fare così» disse lei. «Non ora. Non qui.»

«E allora quando? Non c'è un domani, non se vai avanti con questa cosa. Non esiste il momento perfetto. Tutto quello che mi hai lasciato è l'adesso.»

«Cosa vuoi che faccia con questa informazione?»

«Cambiare idea sarebbe un buon inizio.»

«Questo non posso farlo. Sei un buon amico, Mark. Grazie per averci provato. Mi dispiace.»

«Migliore amico?»

Lei sorrise. «Il migliore in assoluto.»

Lo baciò sulla guancia prima che si separassero. Lei si alzò mentre Mark rimase in ginocchio sulla cupola, incapace di mettersi in piedi. Era paralizzato sul posto dai crampi e dalla disperazione.

«Okay» disse lei. Fece un respiro profondo, lasciò andare Mark e allargò le braccia.

La gente a Pier Head guardò su con un po' più di allarme. A quanto pare, allargare le braccia era il segnale che stava per saltare, invece di stare semplicemente con le spalle afflosciate in uno stato cupo come prima. Il suo pubblico a livello della strada l'aveva notata per davvero ora, e alcuni di loro si affrettarono a fare qualcosa. Un uomo corse dentro il Liver Building, ma ci avrebbe messo un bel po' a salire tutte quelle scale, quindi non c'era modo di fermarla. Spuntarono alcuni cellulari. Alcuni filmavano, alcuni si scattavano selfie con Emma sullo sfondo, e altri usarono effettivamente la funzione telefono per la prima volta dopo molti, molti mesi per fare una chiamata.

«Emma, aspetta» insistette Mark. Combatté contro il dolore, si spinse su con le mani e si mise in piedi dietro di lei. Era a un solo passo falso dalla morte certa, e saperlo gli dava le vertigini. Le gambe gli tremavano e vacillò un po' mentre si allungava per trattenerla.

«Lasciami andare, Mark» pretese lei.

«Assolutamente no» disse lui. «Non ti...»

Lei tirò indietro un braccio e lo schiaffeggiò sulla guancia. Si sentì subito in colpa.

«Oh Dio, mi dispiace tantissimo!»

«Ahi!»

Lui la sollevò quel tanto che bastava per allontanarla dal bordo. Lei si voltò e cercò di medicarlo mentre lui si teneva il viso.

«Non dovresti stare dietro a una persona suicida. Potresti farti male» disse lei.

«Questa è una vecchia fola» rispose lui, ancora accarezzandosi la guancia dolorante. «E poi si dice dei cavalli. Anche se, è vero.» Cercò di sorridere, ma i suoi muscoli facciali erano così tesi che fu più una smorfia.

«Ecco perché devi andartene. Complicherai solo le cose se resti.»

«Beh, bene! Preferisco che tu sia viva in un modo complicato piuttosto che complicarti sparsa per terra laggiù!»

«Oh, sei davvero d'aiuto.»

«Ti sto aiutando a rimanere viva! È il massimo dell'aiuto che un amante non corrisposto possa dare!»

Lei riuscì a sorridere. «Sarebbe più utile se in qualche modo facessi piovere oro sulle nostre teste. Circa sessantamila sterline. O, meglio contanti, è meno probabile che ci colpiscano.»

Un punto morto. La loro situazione era immutata. Mark si rese conto che salvarla non era quello che lei voleva, non importava cosa dicesse o facesse. La sua situazione non piaceva a lui più di quanto piacesse a lei. Non era giusto. E lei aveva ragione, la sua sfortuna non aveva una via d'uscita facile. Ma era sicuro che avrebbero potuto risolvere la cosa insieme. Condividere, e quindi dimezzare, il fardello.

«Me ne vado» disse lei risoluta, e fece di nuovo un passo avanti, alzando le braccia. Mark si lanciò per fermarla e le avvolse le braccia intorno alla vita. Lei gli resistette e fu fatta roteare mentre Mark si torceva per tirarla su lungo il fianco della cupola.

«FERMI!» gridò una voce.

L'uomo in missione di salvataggio balzò sul tetto. La sua apparizione improvvisa fu così scioccante che fece sobbalzare Mark all'indietro.

Per un istante, lui barcollò sul bordo, con Emma ancora tra le braccia.

Poi precipitò dalla cupola.

CAPITOLO DUE

Una mano nodosa teneva in equilibrio una moneta scintillante sulle nocche, circondata da un vuoto colmo di una quiete imperturbabile. Si udiva solo il tintinnio della moneta tra le dita ossute, che risuonava nel vuoto. Delle vesti fluttuavano nell'aria senza vento, unico movimento in quello spazio stagnante.

La moneta fu stretta tra le dita. Il pollice si tese e le diede un colpetto. Roteò in aria con un sibilo, per poi atterrare sul palmo di una mano dalla pelle tesa e invecchiata. Un fiore d'addio, un bouquet di lutto, impreziosiva il lato rivolto verso l'alto: il lato della partenza. Croce. Una bocca ossuta sogghignò, mostrando lunghi denti d'avorio. La figura fece roteare di nuovo la moneta, un'altra giravolta.

Si librò nuovamente in aria, scintillando per un istante. Una piroetta, una giravolta e poi l'atterraggio. Cosa sarebbe stato? Croce, i fiori che costeggiavano il fiume dei morti, o Testa, il teschio, il saluto del mietitore?

La moneta scivolò dalla mano che la afferrava e rotolò via.

«Oh, merda.»

Cadde giù dalla barca e creò la prima increspatura nelle acque silenziose, rompendo la quiete illusoria con un caratteristico e denso *plop*. Il barcaiolo si accovacciò con fare sgangherato e si sporse dal bordo, con gli occhi cisposi per l'età e il risentimento, cercando di localizzare il tesoro perduto. L'acqua profonda si increspò di un buio d'inchiostro, per poi tornare a un bianco placido.

«Mmm,» gemette.

Il traghettatore guardò a poppa. Aveva solo i suoi remi, una lanterna e un sacco vuoto. Niente più monete con cui giocare...

«Maledizione.»

Afferrò i manici dei remi e lasciò che le pale si immergessero appena sotto la superficie dell'acqua. Cominciò a remare. Con bracciate delicate e costanti, l'imbarcazione scomparve nella fitta nebbia.

M ark contemplò il cielo mentre cadeva. Era grigio e ovunque, e per un momento lo scambiò per il terreno dell'inverno della sua giovinezza. Nelle rare occasioni in cui aveva nevicato, gli spazzaneve comunali mescolavano una poltiglia di fango e sporcizia stradale in un cumulo grigio su ogni marciapiede. Una volta ci aveva giocato, lanciando palle di neve marcia color cenere di sigaretta contro suo fratello, finché la madre non li aveva sgridati entrambi per aver anche solo toccato quella roba sporca e lurida. Per molto tempo, pensò che si riferisse alla neve in generale, e così finì per odiarla.

Finché un giorno incontrò una ragazza di nome Emma, che amava la neve e gli insegnò ad amarla di nuovo. E vissero insieme felici e contenti. Tra alti e bassi, avevano affrontato le sfide a testa alta ed erano sopravvissuti a ogni genere di evento terribile. Come quella volta in cui le aveva confessato i suoi veri sentimenti e poi l'aveva accidentalmente scaraventata giù dal tetto con una mossa di wrestling... Fu allora che tornò in sé, quando la vista del lastricato che si avvicinava rapidamente lo riportò alla realtà.

Emma urlò. Era stata lucida e sveglia per tutto il tempo. Nulla le era balenato davanti agli occhi. Aveva passato l'intera mattinata a riflettere, preparandosi mentalmente proprio per quel momento. Aveva sistemato tutto in anticipo, senza ricordi confortanti e anestetizzanti a distrarla mentre sfrecciava verso la morte.

Incolpò Mark, solo un po', ma poi le passò. Era tristemente terrorizzata dalla morte. Eppure, credeva ancora che quello che stava facendo fosse la cosa giusta. Era l'unica via d'uscita. Le alternative erano la povertà, un lavoro senza senso che l'avrebbe resa schiava di una vita non degna di essere vissuta, o la vergogna di tornare in una casa obbligata, ma non orgogliosa, a riaccoglierla. Essere un peso per i suoi genitori, un peso per la sua coinquilina, un peso per se stessa, con tutti che camminavano sulle uova intorno a lei per anni, eppure non c'era nessuno a farsi carico dei suoi fardelli. Non era giusto. Soprattutto per Mark.

Lui, d'altra parte, non si era preparato affatto per quel momento. Ed era un problema. Lui era uno che organizzava. Uno che faceva liste. Se non era scarabocchiato su un post-it, non era nei suoi radar. Precipitarsi giù da un edificio alto sfrecciando verso la strada mentre abbracciava la sua coinquilina non era neanche tra gli obiettivi aggiuntivi del mese, la lista mentale di compiti bonus che si creava per spingersi verso la grandezza, che si trattasse di mangiare meno carboidrati, sollevare più pesi o leggere almeno due capitoli prima di andare a letto.

La giornata era iniziata come tante altre. Era andato al lavoro, era tornato a casa e, dato che mancava ancora una settimana al giorno di paga, aveva cercato di spendere il meno possibile da sveglio. Poi aveva notato la lettera, attaccata alla porta del frigo con una calamita sbeccata di *Visit Cyprus*; non l'aveva mai visitata, gli era stata regalata insieme ad altri utensili da cucina usati ma ancora utilizzabili dai suoi genitori quando si era trasferito nell'appartamento.

Scorse la lettera e corse. Corse più veloce che poté verso il Liver Building, maledicendosi per tutto il tragitto per aver preso la strada panoramica per tornare a casa dal lavoro e non aver trovato prima la lettera. Chiedendosi se avrebbe raggiunto Emma in tempo, o se sarebbe arrivato giusto in tempo per assistere alle conseguenze.

Mentre precipitava verso la fine dei suoi giorni, era orgoglioso di tutto ciò che aveva realizzato, ma ricordò che c'era ancora tanto da fare, non ultimi i tre punti incompleti della lista di oggi. In fondo, avrebbe voluto parlare prima e dire a Emma cosa provava. Ma non l'aveva fatto. Aveva troppa paura di essere respinto. E ora l'attimo in cui era finalmente e veramente connesso al mondo, e soprattutto a Emma, sarebbe stato il suo ultimo. Non era giusto.

Il marciapiede si avvicinava. Passarono oltre le finestre del sesto, poi del quinto, poi del quarto piano. Sembrava che ci stesse mettendo un po' più del dovuto. Gli ultimi piani sfrecciarono via, le finestre che superavano offrivano un piccolo scorcio degli uffici retrostanti. Una pianta in vaso. Un uomo in abito grigio in una stanza privata. Una signora con un cardigan rosso. Qualcuno che teneva una presentazione davanti a un grande schermo.

Mark ed Emma condivisero lo stesso pensiero proprio mentre i gradini dell'ingresso principale apparvero alla loro vista: sarebbe andata molto meglio se avessero fatto le cose diversamente.

Quando poterono quasi allungare la mano e toccare la pavimentazione in pietra, entrambi chiusero d'istinto gli occhi, preparandosi a uno schianto finale e fatale.

E poi stavano cadendo... di lato.

Avrebbero dovuto colpire il suolo. Duramente. Ossa e carne che si schiantavano sulla strada. Ma l'impatto catastrofico che Emma e Mark si aspettavano semplicemente non avvenne. Invece, volarono attraverso il grande ingresso dell'edificio e lungo la serie di finestre dello spazio di co-working al piano terra. Poi si stavano di nuovo sollevando in aria, oltre le finestre del primo, secondo e terzo piano, e via dal Liver Building.

Tutto ciò a cui Mark riuscì a pensare in quel momento fu perché mai ci fosse un odore così distinto di erba, del tipo da prato, piuttosto che narcotico.

Un braccio esile e ossuto si allungò e li cinse entrambi sotto la vita. Mark tenne gli occhi fissi sul terreno che sfrecciava in basso, come se fosse trascinato da un aereo. Emma riacquistò le facoltà un po' più in fretta e si girò a guardare cosa li avesse presi. Oltre il sibilo dell'aria che le sferzava i capelli sciolti, sentì lo scalpiccio di zoccoli e il respiro affannoso di un grande cavallo.

«Su, salite.»

Una voce profonda e tonante trapanò loro la testa mentre venivano issati e sistemati sul dorso del cavallo. Le braccia esili si ritrassero e rientrarono nelle cavità delle spalle con due rumorosi schiocchi ossei. Una figura ammantata cavalcava davanti a loro sulla sella del cavallo pallido e bianco nel cielo. Mark si aggrappò alla groppa della bestia con tutte le sue forze, mentre Emma faticava a sollevare la gamba per montare correttamente.

«Ahi! Che presa del diavolo,» disse la voce. «Spostati un po' indietro.»

«Cosa?» gridò Emma.

Un braccio scheletrico spuntò dalla veste nera svolazzante e le indicò il grembo. «È seduta sulla mia veste.»

Emma arretrò per liberare il tessuto da sotto di sé, urtando Mark.

«AGH!»

«Oh, scusa.»

«Così va meglio,» disse il cavaliere girandosi a guardare i suoi passeggeri. «Nessuna ragione di stare scomodi, che il viaggio sia breve o meno.»

«Gesù Fottuto Cristo!» esclamò Mark.

«No,» annunciò il cavaliere. «Non proprio. Anche se non è la supposizione più strana che abbia mai sentito.» Con un colpetto di tacco e una trazione delle redini, il cavallo virò bruscamente e si levò più in alto nel cielo.

Emma aveva delle domande. Moltissime. Alcune erano ovvie, sebbene strane, anche se si fossero rivelate vere. Sapeva che il cavaliere era la Morte. Doveva esserlo. Uno scheletro con una veste nera in sella a un cavallo pallido, con una voce particolare che sembrava trapanarti il cranio e farti male agli occhi. E stavano volando, cosa che forse non era reale. Ma perché non avevano toccato terra? Avevano toccato terra? Era sicura che se lo sarebbe ricordata.

«Siamo morti?» domandò, optando per l'ipotesi più urgente ancora da verificare.

La Morte inclinò la testa e si strinse nelle spalle. «È complicato.»

«Possiamo tornare giù, per favore?» implorò Mark.

«Abbiamo già colpito il marciapiede?» chiese Emma. «È questo l'ultimo lampo della nostra coscienza mentre i nostri cervelli si spiaccicano sui gradini?»

«No,» confermò la Morte. «Ma... be'...» Incapace di offrire una spiegazione adeguata, la mano destra della Morte produsse, dal nulla, una clessidra ornata. Emma si girò e tirò su Mark. Come prima, lui si aggrappò a lei, anche se con molte meno probabilità di farla cadere dal loro unico appiglio sicuro nella vertiginosa ascesa verso il cielo.

La Morte scosse la clessidra. Un po' di sabbia sembrava essersi attaccata all'interno del bulbo superiore. Gli ultimi granelli resistevano, come una piccola crosta contro il vetro trasparente. La Morte picchiettò il vetro per cercare di liberarla. La scosse e smosse la montagnola sul fondo. Ma la sabbia era saldamente bloccata, e mormorò di fronte a quella vista ostinata. «Visto? Troppo tardi.»

«Troppo tardi per cosa?» chiese Emma.

«Per voi,» disse lui. «Maledetto vetro, si è appannato all'interno. Il vostro momento finale doveva già essere passato. Il suo è lo stesso, ma ora che siete qui... non so cosa farò di voi.»

«Beh, non è certo colpa nostra,» disse Emma. «Non c'è bisogno di essere scortese.» Allungò la mano verso la piccola targa d'ottone fissata sul fondo della clessidra: il suo nome completo e la data di nascita incisi in Comic Sans.

«Per favore!» disse Mark. «Per l'amor di Dio, faccia smettere tutto questo! Ci lasci giù, a Sefton Park. Possiamo tornare a piedi. Ovunque, davvero. Solo... ci lasci giù con delicatezza. A livello del suolo. O semplicemente parcheggi il... cavallo e ci lasci scendere, così non cadiamo affatto.»

«No,» disse la Morte, e la clessidra svanì. La sua mano si tese e da essa germogliò un'impugnatura. Mentre si girava, crebbe in un contorto legno a spirale, e all'estremità c'era la grande lama ricurva di una falce. La sollevò dietro la spalla, dando a Emma e Mark una buona e piena visione dell'attrezzo prima di vibrarlo dritto davanti a sé. Si aprì una fessura nell'aria, che crepitò di fulmini color indaco. La fessura si allargò in un buco nero come l'inchiostro, attraversato da saette che lo squarciavano con lampi improvvisi e luminosi.

Emma avvolse le braccia all'indietro per abbracciare Mark.

«Questa,» disse lui, «è la cosa meno probabile che potesse accadere.»

«Poteva andare peggio,» disse lei. «È improbabile che sopravviviamo a questa parte, ora.»

«Sì, ma non è impossibile.»

Il cavallo ci si tuffò dentro e furono via. Nessuno li vide arrivare o partire prima che il portale si chiudesse alle loro spalle.

La Morte li prese, anima e corpo...

CAPITOLO TRE

La Morte. La fine ultima, l'ostacolo insormontabile, l'ultimo istante di ogni vita.

La figura della Morte, lo scheletro ammantato con la falce, era il sembiante eterno dell'ultimo e più grande mentore dell'umanità. Lui era inevitabile. Ogni suo aspetto era inteso a suscitare una paura radicata e insita in ogni vita umana. Un corpo senza carne era, senza ombra di dubbio, morto. La comprensione di ciò echeggiava in vari campi della psicologia umana come spiegazione della personificazione quasi universale della Morte come figura mitologica.

Giungeva in molte forme, ma quasi tutte erano senza volto, scheletriche, e molto spesso in sella a un cavallo pallido come il teschio nascosto sotto il mantello scuro, o ossuto quanto il suo cavaliere. E la falce, il suo strumento, era la lezione sublime sulla caducità dell'uomo. Essere cresciuti, irrobustiti, fioriti, e mietuti al proprio apice: una falce che li recideva. Negli occhi vacui della Morte, l'uomo non era altro che steli nel campo, ondeggianti come un mare d'ambra.

Quella Morte, proprio la stessa, viveva in un pittoresco cottage bianco con intonaco rustico.

Il giardino sul davanti era pieno di fiori, sparsi tra canne ed erba di grano bloccate in una perpetua verde crescita. Erano appena visibili da un grande fiume dai colori iridescenti, come se dell'olio fosse stato accuratamente coltivato per formare una pellicola sulla sua corrente, e così ogni increspatura sprigionava un arcobaleno di luce riflessa. Più in lontananza c'era una tempesta, eternamente in fermento su un luogo oscuro pieno di montagne e valli coperte da un'ombra perenne.

Come un velivolo leggero, il cavallo pallido scese al galoppo e rallentò in un atterraggio col muso all'insù. Trotterellò sul terreno verso una stalla a lato della casa. Emma e Mark si presero un momento per contemplare la maestosità e la stranezza del nuovo mondo in cui erano appena stati scaraventati. A monte, a sinistra del fiume, c'era un vuoto infinito, dove sembrava non esistesse assolutamente nulla. Lungo la riva del fiume c'erano altre case di varie dimensioni e stili architettonici, alcune sulla sponda della Morte e altre al di là dell'acqua senza ponti.

Mentre la loro pallida cavalcatura zoccolava nel recinto acciottolato, Emma si sentì profondamente confusa. Condividere la sella con Mark non era stato in programma. E nemmeno avere un braccio avvolto attorno alla vita della Morte. Nonostante avesse passato tutto il giorno – e, in verità, gran parte della settimana – a pensare alla sua morte e alla sua esecuzione, non aveva mai considerato la possibilità di una vita ultraterrena. Si sentiva decisamente impreparata e vestita in modo inadeguato.

Il cavallo pallido sospirò fermandosi davanti alla porta di una stalla, immergendo subito il muso in un abbeveratoio di granito e bevendo rumorosamente. Mark rilassò le dita sbiancate dalla stretta, che si rese conto stavano ancora serrando la groppa della creatura in una morsa. Si scusò in silenzio con il cavallo, temendo che se avesse pronunciato le parole ad alta voce, la vecchia giumenta avrebbe potuto rispondergli. E scoprire l'esistenza della signora Ed in quel momento avrebbe potuto mandarlo fuori di testa, per la seconda volta quel giorno.

Cercò di dare un senso a ciò che li circondava. Il cottage, il recinto, il fiume incorniciato da montagne scure e quella che sembrava una tempesta in arrivo a ovest: niente di tutto ciò era molto diverso dalla sua spedizione per il premio Duca di Edimburgo nella Regione dei Laghi.

«Saremo in Cumbria» disse Mark. «Guarda, vedi? È come un enorme campeggio. Scommetto che hanno gli sport acquatici.»

«Non possiamo essere più in Inghilterra» dissentì Emma. «Non credo che da nessuna parte in Inghilterra ci sia un... vuoto.»

«Il centro di Birkenhead ci va molto vicino...»

La Morte gemette smontando da cavallo. Emma e Mark lo imitarono e tentarono con esitazione di accarezzare il cavallo per ringraziarlo di non averli disarcionati. La Morte, nel frattempo, usò la sua falce come un bastone per incamminarsi lungo il sentiero verso casa. Aveva un'andatura zoppicante.

Mark si avvicinò abbastanza a Emma da poterle sussurrare: «Sai cosa ho detto, poco prima di—»

«Non qui, Mark» gli sussurrò lei in risposta, facendo un primo passo verso il cottage. «Sto ancora elaborando... be', tutto quanto.»

«È solo che... spero che non ci sia, sai, imbarazzo tra noi adesso.»

«Non c'è» replicò Emma.

«Beh, quel tono sembra indicare il contrario.»

«Quale tono? Senti, io...» Emma si fermò e attese che Mark la raggiungesse, chinandosi verso il suo orecchio. «Non prenderla male. Ma che tu mi abbia dichiarato il tuo amore, in un giorno qualsiasi, sarebbe la cosa più strana del mondo. Di sempre. Ma, visto cos'altro è successo oggi. Cosa *sta* succedendo... penso che dovremmo accantonare la conversazione e non parlarne più. D'accordo?»

«D'accordo.» Mark cercò di sorridere e mimò il gesto di chiudersi la cerniera sulle labbra, ma per quanto ci provasse, non riuscì a nascondere il dolore sul suo volto.

La Morte era quasi alla porta d'ingresso del cottage.

«Sai andare a cavallo?» chiese Mark, cambiando argomento.

«Presi lezioni una volta» gli sussurrò lei, «da bambina, ma giravamo solo in tondo attaccati a una corda.»

«Pensi che far volare un cavallo sia molto diverso?»

«Non ho intenzione di rubare il cavallo della Morte!» sussurrò lei. «Se è questo che stai suggerendo...»

Mark si guardò intorno con fare teatrale. «Non credo che possiamo aspettare un autobus.»

«Voi due!» tuonò la Morte. La sua voce, antica e imponente, fece vibrare l'aria stessa e rimbombò nei loro crani per un istante, nel caso in cui quelli in fondo non stessero prestando attenzione. Era impossibile ignorarlo. «Non indugiate. Entrate.»

«Sì, signore!» gridò Mark. La Morte entrò lasciando la porta socchiusa, mentre Mark si avvicinò a Emma. «Qual è il protocollo per entrare nella casa della Morte, letteralmente? Dovrei genuflettermi o qualcosa del genere?»

«Basta che ti comporti bene» disse lei. «Non sappiamo dove siamo o cosa stia succedendo. Non sappiamo con cosa abbiamo a che fare. Potrebbe essere *Vi presento Joe Black*, o potrebbe essere *Beetlejuice*. Dobbiamo andarci cauti.»

«Sì, ma se gli diamo fastidio e ci caccia fuori, vorrà dire che torneremo sulla Terra? Dovremo restare qui se saremo troppo docili ed educati?»

Emma ci pensò su. Aveva desiderato la morte. Non aveva contato su una vita ultraterrena, ma era disposta a stare al gioco. Tutto il dolore, la paura e la paralizzante solitudine che avevano tormentato i suoi pensieri per anni erano improvvisamente svaniti. E la sensazione era piacevole. Finora, tutta quella faccenda della morte era un enorme passo nella giusta direzione. E sapeva di voler rimanere morta, senza la minima ombra di dubbio. Mark, ne era certa, avrebbe pensato l'esatto contrario. Lui era il maestro delle clausole scritte in piccolo, e si sarebbe concentrato sui dettagli, sulla via d'uscita, sull'Articolo 50 che avrebbe potuto attivare per riportare indietro l'orologio e farli trasportare nel loro schifoso appartamento a Liverpool. Doveva giocare d'astuzia. Tenersi buono Mark, ma assicurarsi che non trovasse un modo per riportarli *indietro* su questa terra.

«Improvvisiamo» disse. «Se vuole che restiamo, facciamo gli stupidi finché non ci caccia. Se vuole che ce ne andiamo, ci comportiamo educatamente e cerchiamo di restare.»

Lui le fece un cenno d'assenso con il pollice e la precedette nel soggiorno. Era arredato in modo stravagante. Alcuni soprammobili erano appesi alle pareti, per lo più teschi e dipinti; c'era decisamente un tema ricorrente. Sopra il camino, la Morte aveva una variante dell'Ultima Cena, in cui tutti erano scheletri. Il ritratto di un uomo scheletrico con intarsi dorati era appeso vicino a una finestra. Un busto di Apollo, ma scheletrico, troneggiava su una libreria. Ogni libro era una grande cronaca della morte. Molti erano libri di guerra; l'unica eccezione era una copia con gli angoli piegati di *Cinquanta sfumature di grigio*.

«Pervertito» sogghignò Mark.

«Shh» sibilò Emma, esortando Mark a smettere di fissare l'arredamento e a continuare a seguire il loro ospite.

A parte quelle decorazioni, la casa era composta da mobili piuttosto comuni, anche se un po' di nicchia. Risalivano tutti agli anni Settanta, con alcuni design ondulati e colori psichedelici che avevano chiaramente resistito a lunghi periodi di sbiadimento. La moquette era soffice ma consumata dai passi, e morbida con fitte fronde solo negli angoli, vicino alle pareti. Il soffitto era sorprendentemente alto per un cottage, con molto spazio per far echeggiare una voce.

Della Morte non c'era traccia lì dentro, così proseguirono nel corridoio e fino alla cucina.

«Oh, mattoni a vista, molto di tendenza.» Mark annuì in segno di apprezzamento, passando un dito lungo il bancone della colazione e controllando poi se ci fosse polvere. «Pulito e in ordine, anche.»

«Non siamo qui per vedere un appartamento» scherzò Emma, prima di aprire subito gli sportelli del forno e della lavatrice e ficcare il naso nelle credenze.

Gli elettrodomestici non mancavano, ma sembravano tutti della stessa epoca dei mobili: vecchi ma funzionanti, come una capsula del tempo della Gran Bretagna del dopoguerra, con qualche sprazzo di disco music anni Settanta.

«Assurdo! Un Marathon.» Mark era quasi elettrizzato dalla scoperta del predecessore della barretta Snickers. «Quindici pence. Mi sento un milionario. Guarda com'è grande!»

A quel punto, Mark ed Emma stavano facendo più che dare una sbirciatina furtiva nelle credenze. A un osservatore casuale, quale era la Morte mentre scrutava la coppia dalla porta della cucina, sarebbero sembrati un paio di ladri molto affamati. Tutte le lattine e le confezioni di cibo erano cose morte, marche defunte che non erano più disponibili nel mondo reale da aziende scomparse, che avevano trovato la loro strada fino alla semplice dimora della Morte.

«Ehm.» La Morte li richiamò dalla soglia del corridoio.

Si voltò sui tacchi e Mark ed Emma chiusero rapidamente gli sportelli delle credenze e lo seguirono. La Morte zoppicava per la casa con una certa disinvoltura, mentre li conduceva oltre la scala e attraverso una porta a due battenti nel suo studio.

Allungò la mano verso la sua poltrona da fumo in pelle, poi vi si lasciò cadere, si tolse il cappuccio e lasciò che l'aria entrasse nelle orbite del suo teschio. La sua mascella si apriva ogni volta che emetteva suoni vocali. Non si muoveva a scatti come se stesse parlando; era semplicemente chiusa e silenziosa, oppure aperta e rumorosa.

«Veronique!» chiamò.

«Arrivo!» rispose un allegro accento francese dalla cima delle scale.

Poco dopo, una ragazza di non più di diciotto anni, con lunghi capelli biondi legati in un'intricata treccia e un abito nero da lutto, svoltò l'angolo ed entrò nella stanza. Esclamò nel vedere la compagnia aggiuntiva. «Oh, mio Dio, monsieur. Ospiti?»

«Non essere troppo entusiasta» disse lui. «Non resteranno a lungo.»

Mark ed Emma si scambiarono un cenno. La recita era iniziata, ma per ragioni molto diverse.

«Piacere di conoscerla» disse Emma, porgendo la mano in segno di saluto. «Sono Emma. Questo è il mio coinquilino, Mark.»

«Siamo solo di passaggio mortale» disse Mark. «Voglio dire, di passaggio.»

Entrambi sorrisero alla pessima battuta. Veronique rise con loro sinceramente e prese la mano di Emma. Emma poteva sentire le ossa sotto i suoi guanti. Era se stessa, solo un po' più morta di loro.

«Molto piacere di conoscervi» disse. «Sono Veronique. L'assistente della Morte. La sua seconda mano. La sua... Oh, monsieur?»

«Cosa?»

«Aveva intenzione di tornare a mietere altre anime a breve?»

La Morte gemette. «No. Questo ha—»

«E si è dimenticato la spesa?» chiese lei. «E la copia di *Heat* che le avevo chiesto.»

La Morte si diede una manata sulla fronte. «L'ho dimenticata.»

Veronique sospirò. «Se mi permette, posso andare a prenderla io. Ma gliel'ho chiesto così gentilmente, e lei ha acconsentito, come fa spesso—»

La Morte sbatté la mano sul bracciolo di pelle della sua poltrona. «Ho cose considerevolmente più importanti di cui preoccuparmi che non quale celebrità si sia rovinata la vita questa settimana!»

«Beh, io no» si lamentò lei.

La Morte gemette di nuovo; un'altra discussione inutilmente iniziata e finita senza raggiungere alcun accordo.

«Ehm...» disse Emma. «Riguardo a noi?»

«Ha detto che le nostre clessidre si sono bloccate?» suggerì Mark.

«Mmm, sì» disse la Morte. Fece apparire due clessidre, evocandole nel palmo della sua mano con un semplice movimento delle dita. I bulbi quasi vuoti erano in alto. Quando le girava o inclinava, tutta la sabbia rimaneva bloccata al suo posto. «Cianfrusaglie di plastica a buon mercato. Qui l'ambiente diventa un po' umido... il fiume, sa? Devo aver lasciato le vostre clessidre fuori durante una passeggiata o qualcosa del genere e un po' di umidità è rimasta intrappolata all'interno.»

«Il riso potrebbe aiutare a risolvere il problema» suggerì Emma. «Quando si bagna un telefono, si dovrebbe seppellirlo nel riso asciutto per assorbire l'umidità.»

«O il gel di silice» aggiunse Mark, volendo essere d'aiuto. «Se ne trovano delle bustine nelle scatole degli elettrodomestici: bollitori, tostapane, cose così. Serve a quello.»

«Esatto!» Emma schioccò le dita, rivolgendosi a Veronique. «Gel di silice, te lo ricordi?»

Veronique annuì, non sicura di cosa stesse succedendo ma felice di essere inclusa.

«Bene» continuò Emma, «e mentre lei corre a prenderlo, noi possiamo restare qui e—»

«Voi non resterete» insistette la Morte.

«Fantastico!» esultò Mark. «Daremo un passaggio a Veronique e le toglieremo il disturbo... voglio dire, dalla testa.»

La Morte li fissò per un momento, poi si alzò dalla poltrona. Attraversò la stanza per soffermarsi su una fila di ornamenti da parete. Falci, armi in asta, alabarde, picche e lunghe asce di vario genere e di tutte le culture erano appese in una linea orizzontale, fino al punto più alto del soffitto. La Morte passò una mano su una di esse.

«Siete dei disertori della sabbia» disse. «Siete sfuggiti alla morte per un capriccio imprevedibile. Ma la vostra sabbia era destinata a cadere comunque. Anche se ritardata di ore, giorni o anni, voi eravate destinati a morire in quel momento. Un errore causato dalla condensa non vi salverà la vita.»

«Ma» disse Mark, «lei ci ha salvati. Ci ha impedito di schiantarci.» Faticava a dare un senso alle poche informazioni che aveva a disposizione.

«Io non vi ho *salvati*» disse la Morte. «Vi ho portati qui, come ogni altra anima, per passare oltre. E la vostra prossima mossa è laggiù.» Indicò la porta del giardino, che si aprì da sola. L'unica cosa in vista era il fiume.

Il fiume Stige. Come il gruppo musicale.

«Quindi, siamo categoricamente morti...» Le labbra di Emma si incurvarono in un accenno di sorriso.

«No.» La Morte si massaggiò le tempie con frustrazione.

«Allora siamo ancora vivi?» chiese Mark mentre prendeva la sua clessidra, picchiettando la crosta di sabbia attaccata all'interno del bulbo superiore. La scosse per sicurezza.

«Non esattamente. Trovate Caronte» disse la Morte, «e ditegli... Ditegli quello che volete.»

Sembrava che la Morte si fosse semplicemente arresa con loro e li avesse invitati ad andarsene. Sebbene fosse chiaro che non erano i benvenuti lì, Mark ed Emma non avevano ancora le idee chiare sul loro attuale stato di salute. Si voltarono verso Veronique, che guardava il suo superiore con aria preoccupata. Poi si rivolse a loro con compassione e un cenno silenzioso che indicava che dovevano andare. Per favore.

Uscirono attraverso la porta aperta e guardarono il sentiero tortuoso che scendeva verso il fiume.

«Allora...» sussurrò Mark, «sai guidare una barca?»

CAPITOLO QUATTRO

La fitta nebbia che si levava dal fiume Stige era più che umida. Era come entrare in una sauna fredda. Era grigia come il cielo in primavera, ma si estendeva ovunque nelle tre dimensioni. Mark ed Emma si tennero per mano mentre vi si addentravano, per non perdersi lungo la via verso la riva.

«Quanto è largo questo fiume?» si domandò Mark.

«A me non sembra molto largo» disse Emma.

«Scopriamolo.» Mark raccolse un ciottolo levigato dalla riva, lo strinse tra pollice e indice e lo lanciò facendolo rimbalzare sull'acqua, ma si perse nella nebbia dopo il primo balzo. «Scommetto che ne ho fatti almeno quattro. Sono ancora in forma.»

Emma sbuffò. Raccolse una grossa pietra e la scagliò più lontano che poté con entrambe le mani. Atterrò con uno sciabordio sonoro da qualche parte nella nebbia. «È piuttosto largo. Credo di non aver nuotato in un fiume dalle elementari.»

«Io non ho mai nuotato fuori da una piscinetta per bambini. Mai» ammise Mark.

«Non è vero, siamo andati ad Ayia Napa l'anno in cui ci siamo conosciuti, no?»

«Sono andato in spiaggia, ma non ho fatto il bagno.»

«Oh.»

«E poi l'oceano non è come un fiume» spiegò Mark. «I movimenti sono tutti... è verso la riva, mentre con un fiume è più laterale.»

«Giusto.» Emma annuì con entusiasmo. «Sono modi diversi di nuotare.»

Mark scrutò l'acqua, mentre un piano prendeva forma nella sua testa. «Ehi, forse se anneghiamo qui, torniamo indietro?»

Emma si fermò e cercò di fulminarlo con lo sguardo attraverso la nebbia. «Mi sembri piuttosto ansioso di morire. Di nuovo. Ironico, visto lo sforzo che hai fatto per fermare me.»

«Io voglio vivere. Devo solo capire come farci tornare... sulla Terra» disse Mark con tono pragmatico, assolutamente sicuro di poter applicare la logica alla loro situazione. Forse dovevano uccidersi nel limbo per poter vivere di nuovo?

«Ma io non voglio tornare indietro» disse Emma. «Io l'ho scelto. Be', non *questo* esattamente. Ma comunque la morte.»

«Io no. E non voglio essere morto. Non mi porterai mica rancore per aver cercato di fermarti, vero?»

Lei sospirò. «Hai fatto un bel casino con la tua operazione di salvataggio. Senti, ero nel pieno possesso delle mie facoltà mentali quando ho pianificato quello che stavo facendo. Ci ho riflettuto bene. Anche a come avrei potuto ferirti. L'ho accettato.»

«E l'hai fatto lo stesso» mormorò lui, con il dolore evidente nella voce. «Sei andata avanti e... hai provato a farlo, senza nemmeno dirmelo. E se non avessi mai trovato la tua lettera? O se avessi aspettato fino a dopo le sette? E se mi fossi trovato a passeggiare a Pier Head proprio nel momento in cui hai fatto il salto e mi fossi atterrata addosso?»

«Sarebbe stata una bella sfiga, e molto improbabile.»

«O peggio ancora, se fossi arrivato dopo e fossi scivolato sul tuo cervello?»

«E se fossi rimasto a casa e non ti fossi nemmeno preso il disturbo di cercarmi?» disse Emma, piuttosto seccata. «Come avresti dovuto fare.»

«Allora sarei stato un coinquilino di merda, no?»

Lo scricchiolio del legno e uno sciabordio d'acqua interruppero la loro discussione. Una figura emerse dalla nebbia, prima come un'ombra stagliata contro l'aria bianco avorio, e poi come un uomo, curvo in stracci intessuti con un inserto di monete e sottili trecce d'oro. La sua pelle era tesa su vecchie mani ossute e una lunga barba bagnata gli pendeva dal viso.

«Due anime, in partenza?» chiese una voce spettrale.

«Lei è Caronte?» chiese Emma in risposta.

«Sono proprio io» disse, indicando l'imbarcazione di legno al suo fianco. «Il traghettatore del fiume Stige. Avete il pedaggio per la traversata?»

«Pedaggio?»

«Una moneta d'oro» disse, poi aprì la bocca e tirò fuori la lingua, «appollaiata qui, tra le fauci. Avete portato una cosa simile?»

Mark tirò fuori il portafoglio e frugò tra qualche moneta. «Ho sessanta pence in spiccioli. Non devo mettermeli in bocca, vero? Possiamo saltare questo passaggio?»

«Ugh» gemette Caronte. «Dov'è il vostro cavaliere?»

«È andato a fare un pisolino e ci ha lasciato fare.»

«Siamo dei disertori» disse Emma. «Qualunque cosa voglia dire. La Morte ci ha rivendicati in anticipo perché la sua clessidra si è inumidita.»

«Hmm?» grugnì Caronte. «Non succedeva da quasi cento anni! Che cosa ha combinato per rendere questo mestiere così problematico?»

«Non credo sia stata colpa sua» disse Mark. «Pensa che sia il fiume. O la nebbia. O forse la finta clessidra in mogano 'troppo bella per essere vera' che ha preso su AliExpress era, ehm, troppo bella per essere vera.»

Caronte strinse il remo con una stretta minacciosa. «Se non siete morti, allora non metterete piede sulla mia barca.»

«Questa barca può riportarci sulla Terra?» chiese Mark. «Nel mondo dei vivi? Idealmente, vorremmo non essere morti, quindi se potesse...»

«Parla per te» lo interruppe Emma.

Caronte sollevò il remo dall'acqua e lo puntò contro Mark. L'acqua oleosa schizzò a terra, per poi ritirarsi rapidamente e ricongiungersi alle torbide profondità, come se fosse uscita nuda dal bagno e si fosse imbattuta nella suocera.

«Ho detto di no!» esclamò. «Siete troppo pesanti. Affondereste la mia barca a portarvi con tutta la vostra carne, le budella e il resto. Solo anime, e solo quelle che possono pagare il pedaggio.»

«E allora cosa dovremmo fare?» chiese Emma. «Possiamo risalire il fiume a piedi?»

«Non troverete nulla da quella parte» avvertì Caronte. «Nient'altro che il Limbo invalicabile, dove le povere anime senza pagamento vagano per sempre, per annegare nel fiume o struggersi sulle sue rive, eternamente malinconiche per le terre che avrebbero potuto raggiungere.»

«Cosa succede se annegano?» chiese Mark, speranzoso.

«Hai mai respirato acqua?» chiese Caronte. «Per sempre? Nei tuoi polmoni fatti solo per l'aria?»

«Oh.»

Caronte rise crudelmente. «Poveri voi. Derubati della vostra stessa morte per un onesto errore. Il povero bastardo ossuto si starà mangiando le mani per voi in questo momento.» Ridacchiò. «È un mietitore furioso quando fa casini. Molto furioso.»

«A me è sembrato più malinconico che cupo» suggerì Emma, «se può essere d'aiuto.»

«Scommetto che lo è.» Caronte si sistemò il mantello e risalì sulla barca.

«COSA SUCCEDE?»

L'urlo della Morte squarciò la nebbia fino all'altra sponda del fiume, e un'onda d'acqua oleosa spinse via la barca. Sembrava furioso, per quanto si potesse esserlo indossando una giacca di tweed e pantaloni da golf a rombi, con in una mano una busta *per la vita* della Tesco piena di riso basmati e nell'altra una bottiglia da due litri di latte parzialmente scremato. La copia di *Heat* che Veronique gli aveva chiesto era arrotolata nella tasca della giacca.

«Perché voi due siete ancora qui?» chiese. «Salite sulla barca.»

«Loro sulla mia barca non ci salgono!» insistette Caronte.

«Sì che ci salgono» ordinò la Morte.

«No che non ci salgono.»

«Ci salgono.»

«Non ci salgono!»

«Ci *saliranno*.»

«Non ci saliranno!»

La Morte sospirò, cedendo. «D'accordo. Anticipo io il loro pedaggio.»

«Il suo credito qui non vale più» disse Caronte. Respinse la barca più lontano dalla riva con una remata. «Troppa carne. Troppo grassi, troppo in carne.»

«Ehi!» gridò Emma.

«Credo si riferisca a me.» Mark si diede una pacca sulla pancia, cercando di tirare in dentro la pancia.

«Sono un problema suo!» gridò Caronte mentre svaniva nella nebbia. «Un suo errore!» Continuò a gridare altri rifiuti finché non scomparve alla vista nella nebbia bianca. La Morte sospirò e si voltò per andarsene. Mark ed Emma rimasero sulla riva, incerti se seguirlo o restare fermi.

«Non ci porterà con sé, vero?» disse Emma.

«No» concordò la Morte.

«E allora» disse Mark, più preoccupato di prima, «cosa dovremmo fare?»

La Morte non rispose. Si allontanò e basta. Come un vecchio che torna dal negozio all'angolo dopo aver speso il suo ultimo spicciolo per un gratta e vinci invece di ricaricare il contatore della luce, e ora non avrebbe potuto scaldarsi la zuppa. Tutta la faccenda era stata troppo.

Non proibì loro di seguirlo, così Mark ed Emma gli rimasero dietro. La nebbia si richiuse attorno a loro e li avvolse da vicino. I loro vestiti erano umidi. Mark rabbrividì a una folata di vento.

«Non mi ha mai dato una risposta vera e propria» disse Mark. «Sull'annegamento.»

«Dovremmo presumere di essere vivi. Più o meno» disse Emma. «Siamo solo persi. Noi... siamo venuti in un altro paese senza visto. Sappiamo di poter stare qui, ma ufficialmente non siamo il tipo giusto di cittadini per rimanere. Come Tom Hanks in un aeroporto. È così che scelgo di vederla.»

«Allora va bene. C'è ancora una possibilità. Uno strano scherzo del destino. Posso lavorarci su.»

«È decisamente un inconveniente.» Emma trascinò i piedi come una bambina capricciosa.

La Morte si fermò sulla porta e li aspettò, solo per assicurarsi che stessero arrivando, ma con la vaga speranza che non lo facessero. «Lo ripeto, non pensate di rimanere a lungo. Se potete, rendetevi utili a Veronique mentre siete qui. Non permetterò che siate un peso per me. O per lei.»

«Sì, signore» assentì Mark.

«Non mi dia del *signore*» pretese la Morte. «Non prenda confidenza. Non si aspetti ricompense o favori. Mi aspetto che attraversi quel fiume in un modo o nell'altro, stia a sentire.»

«E a quel punto saremo morti?» chiese Emma. «Morti e sepolti?»

«Sì» confermò la Morte.

«Fantastico.»

Il cavaliere sbuffò ed entrò nel suo cottage. Mark ed Emma si lanciarono sguardi severi. Certo, avevano già litigato per decisioni che sembravano di vita o di morte – la Brexit, le vaccinazioni, se guardare o meno il primo episodio di una nuova serie ben sapendo che, se avessero iniziato, avrebbero finito per fare una maratona fino alle cinque del mattino sentendosi terribilmente stanchi il giorno dopo, l'annosa discussione se aggiungere o meno il prosciutto alla carbonara, o di chi fosse il turno di svuotare la lavastoviglie con entrambe le parti convinte di averlo fatto l'ultima volta – ma questo era diverso. Questo era davvero un caso di vita o di morte. Erano agli antipodi e nessuna delle due parti era disposta a scendere a compromessi di un millimetro. In un certo senso, Mark era contento che si fosse arrivati a questo. Si pentì di averle confessato i suoi sentimenti nel momento più inopportuno e ancor di più della reazione di lei. Se poteva trovare conforto in qualcosa della giornata, era il fatto di essere ancora vivo o quasi.

CAPITOLO CINQUE

La vita in casa Morte – un'ironia di per sé – era per lo più noiosa. Morte si ritirò nel suo studio in fondo al corridoio principale. Non c'era la TV, dato che quel medium non era ancora morto. Morte possedeva però una radio Marconi, che trasmetteva esclusivamente melodie funebri, ballate tristi e canzoni sulla morte di musicisti passati a miglior vita da molto o da poco tempo.

Morte si sdraiò sulla sua poltrona reclinabile preferita e lesse per passare il tempo. Apriva uno dei suoi molti libri sulla storia di coloro che erano morti, oppure manifestava un giornale con i necrologi di persone sia famose che comuni e le vite che un tempo avevano condotto.

Veronique si occupava della casa e degli annessi. Manteneva tutto in ordine, pulito, senza polvere, e in generale preservava un senso di asetticità nel luogo. Lo faceva sembrare un pezzo da museo più che una casa vissuta, il che, nella mente di Mark, era appropriato. Rendendo il posto all'aspetto e al tatto la dimora della Morte. Se fosse stato troppo vivace, sarebbe sembrato uno scherzo.

Mark cercò di ignorare il nervosismo e di mettersi comodo sul rigido divano di fronte al camino, che sembrava non aver mai ospitato un fuoco prima d'allora. Freddo come la morte, come la maggior parte delle cose lì. Emma, d'altra parte, cercò di essere un po' più propositiva.

«C'è qualcosa che possiamo fare?» chiese lei.

«Mmm?» fece Mark.

Ma Veronique batté le mani e indicò la cucina. «In realtà, sì.»

Emma la seguì nella stanza dal pavimento in linoleum. Sembrava un po' più grande di quanto apparisse. La porta sul retro conduceva a un altro campo aperto di fiori misti a varie specie di grano nel pieno della crescita, come un campo lasciato a sé stesso dopo un anno di abbandono.

«Non ci faccia caso» disse Veronique. «Al giardino, intendo. Non riesco a stargli dietro.»

«Perché cresce?» chiese Emma. «Pensavo che, in una terra di morte, non ci fosse... niente.»

«Solo rocce, terra e ghiaia? Che noia. Quest'aldilà non è poi così male. Diventa ripetitivo dopo un po'... un po' noioso. La lunga attesa che le cose accadano è la parte peggiore. Occasionalmente, il monsieur torna con racconti di qualche morte stravagante che lo ha colpito, il che mi aiuta a ricordare com'era essere viva.»

«Quanto tempo fa è morta?» chiese Emma. «Mi scusi se è un argomento delicato per i defunti, ma...»

Veronique si voltò verso di lei con un sorriso malizioso. «Sa? Sono passati centoquattro anni. Centoquattro anni da quando ero viva.» Sfoggiò un sorriso allegro, mostrando le fossette.

«Oh» disse Emma. «Mi dispiace?» Cercò di sembrare felice e dispiaciuta allo stesso tempo, affinché l'assistente di Morte sentisse qualunque cosa preferisse, ma il risultato fu un tono molto confuso, che in fondo era appropriato.

«Ero un'infermiera» spiegò Veronique, «sulle linee del fronte della Guerra. Le trincee erano l'incarnazione stessa della morte. Pensai che l'Inferno fosse risalito dalla terra e avesse rimpiazzato la campagna, annerendola e ammazzandola per chilometri. E gli uomini lì... C'era così tanta morte, sapevo che doveva venire da un altro mondo. Quell'inferno di guerra era tutto ciò che conoscevamo. Nessuna via di fuga, nessun posto dove andare. Solo morire, o vivere e poi combattere di nuovo fino alla morte.»

«Oh, cielo» disse Emma.

«Sembra di essere un tifoso dell'Everton» commentò Mark, raggiungendole in cucina.

«Fui salvata da una postazione di triage e portata attraverso le trincee da un uomo coraggioso. Mi portò in braccio per proteggermi. Disse che la mia vita valeva più della sua. Se fosse morto lui, ci sarebbe stato un fucile in meno a sparare, ma se fossi morta io, le mie mani avrebbero guarito molti meno soldati. Pensai che fosse sbagliato: 'Non potete avere ragione!' dissi. 'Non potete morire per me!'. E la nube gialla scese a soffocarci. Cercai di correre, per onorarlo e dimostrare che aveva ragione e che ne era valsa la pena. Ma non era destino. Mi sentii librare in aria dopo aver soffocato con l'aria velenosa e rovente. E poi ero qui.»

«È straziante» disse Emma.

«A quanto pare» concluse Veronique, «se fossi vissuta, alcune vite si sarebbero potute salvare. Ma le loro vite o le loro morti non avrebbero posto fine alla guerra più rapidamente. Fui portata qui e mi fu data una scelta: potevo attraversare il fiume verso la mia morte o rimanere su questa sponda per adempiere a uno scopo più grande di me. Decisi di restare, con il messaggio del soldato nel mio cuore.»

«Aiuta o guarisce molte persone qui?» chiese Emma.

«No, no. Niente affatto.» Scosse la testa. «Il mio aiuto è per lo più superficiale. Da infermiera a domestica, ecco cosa sono diventata. Ma non è poi così male. Rimanendo qui, ho imparato ad apprezzare così tanto la vita e la morte, e anche Morte stesso. Tuttavia, è un... come si dice? È un *burbero*, ultimamente. Il dovere che ha è davvero terribile, e non si ferma mai, non importa quanto lui si sforzi di stare al passo.»

«Non è uscito a raccogliere altre anime da quando siamo arrivati, vero?» disse Mark dall'altra parte della penisola della cucina. «Ha smesso di, ehm, mietere per causa nostra?»

«Le persone muoiono che Morte sia lì a guidarle o no» disse lei. «Solo che, senza la sua guida, vengono lasciate a vagare e devono trovare da sole la via per arrivare qui attraverso il vuoto. Quelle prese da Morte sono portate al fiume più direttamente, e muoiono tutte in modi non ostacolati dagli altri cavalieri.»

«Cavalieri?» replicò Mark. «Guerra, Malattia e... Fame, giusto?»

«Pestilenza e Carestia» lo corresse Veronique. «Infatti, potete incontrarli. Presto!»

«Ma è il caso?» chiese Mark nervoso. «Penso che preferirei non incontrare nessun cavaliere. A parte un poliziotto a cavallo, forse. O un giocatore di polo.»

Emma lo guardò con profonda e confusa preoccupazione. Poi capì, e cambiò subito espressione.

Mark ridacchiò. «Pensavi che intendessi la pallanuoto?»

«Sì» disse lei. «Sì, l'ho pensato.»

Veronique aprì le ante della dispensa, notando subito che le cose non erano esattamente dove le aveva amorevolmente sistemate prima. Emma and Mark guardarono ovunque tranne che Veronique; Mark iniziò persino a fischiettare nel tentativo di rafforzare la sua innocenza. Ma i suoi occhi lo tradirono quando si posarono sulla barretta Marathon che bramava. Veronique la prese e gliela lanciò.

«Bon appétit.»

«Grazie.» Mark la prese al volo, meravigliandosi ancora una volta del peso della barretta e della generosità della Mars Wrigley.

Tutti i principali gruppi alimentari standard erano rappresentati nella cucina di Morte da marche defunte e mode culinarie passate da tempo, anche in questo caso, per lo più degli anni Settanta. Veronique tirò fuori una selezione di cibi da festa kitsch già pronti e li dispose sul bancone: würstel da cocktail, una teglia fonda piena di quiche, mezza arancia trafitta da stuzzicadenti che reggevano cubetti di prosciutto e formaggio come uno sputnik di carne e latticini, e uno stampo di gelatina che conteneva un'enorme zuppa inglese.

«Per il mio anniversario» spiegò. «Ho organizzato una festa. Une surprise... con i suoi camerati invitati a festeggiare!»

«Sembra fantastico» disse Mark. «L'intero cast dell'apocalisse sotto lo stesso tetto. Non sulla Terra, per una sera.»

«Il monsieur ha bisogno di un po' di baldoria» disse lei. «Non vorrei parlar male del padrone, ma il lavoro sta diventando pesante per lui. Non è colpa vostra, no. Sono subentrate molte falle a cui non riesce a trovare il tempo di rimediare. È la sfortunata natura di questo suo lavoro. Più persone muoiono, e lui ha meno tempo per trovare quelle che valgono la sua mietitura.»

«Una bella festa con vecchi amici» disse Emma. «Dovrebbe tirarlo su di morale. E se è di buon umore, potrebbe essere incline a lavorare un po' più alacremente alle sue *falle*, giusto?»

Veronique annuì, ed Emma si rese conto che poteva rivelarsi una preziosa alleata nella sua ricerca di una morte appropriata attraversando il fiume.

«Allora» disse Emma, sentendosi rincuorata, «come possiamo aiutare, se possibile?»

«Dobbiamo risistemare il soggiorno» rispose Veronique, «apparecchiare la tavola da pranzo e preparare i pensierini per gli ospiti prima che arrivino.»

Proprio in quel momento, tre colpi risuonarono alla porta. Leggeri ma decisi.

Veronique sussultò, batté le mani per l'eccitazione e corse verso l'ingresso. Mark ed Emma non si mossero dalla cucina e guardarono tre figure entrare, vestite con grandi paramenti di epoche diverse. Dovevano essere i cavalieri: Guerra, Pestilenza e Carestia.

Guerra era equipaggiata con una galante armatura a piastre in stile romano, con muscoli metallici sporgenti e una robusta vernice rossa – o schizzi di sangue – che arrugginiva sulla corazza di ferro. Pestilenza indossava la maschera a becco di un medico della peste e una veste coperta di una tale sporcizia da brulicare di vita. Un intero ammasso di terra gli poggiava sulla spalla, con vermi che vi si contorcevano liberamente dentro e fuori. Poi Carestia, minuto e ossuto, con la pelle tesa sul corpo e il volto coperto da un velo che ondeggiava dolcemente. Sembrava il più debole, ma era il più eretto e in qualche modo il più nobile di tutti.

«Oh?» disse Pestilenza. «Ospiti? Sembrano piuttosto in salute. Venite fuori che vi do un'occhiata.»

«Sono ospiti di circostanza» disse Veronique. «Se non vi dispiace la loro presenza...»

«Nessun disturbo» disse Guerra, con voce di donna. Si tolse l'elmo e si rivelò essere una donna attempata ma imponente e posata.

«Guerra è una donna?» disse Emma ad alta voce prima di coprirsi la bocca con la mano.

«Perché non dovrebbe?» chiese Guerra. «La guerra è ciò che spinge gli uomini a combattere e a uccidere, e non c'è motivatore più presente nella vostra storia che abbia mosso gli ingranaggi di odiose battaglie della brama per una donna.»

Emma si voltò verso Mark, che stava annuendo.

«Mark! Emma!» chiamò Veronique. «Aiutatemi ad apparecchiare la tavola, per favore. Saremo pronti a breve.» Si rivolse agli altri cavalieri. «Prego, mettetevi comodi!» Poi Veronique si dileguò con i suoi compagni

umani per allestire la scena per la cena, mentre i cavalieri si sedettero a chiacchierare.

E per tutto il tempo, Morte sedeva nel buio del suo studio, solo con il
suo dispiacere, che cresceva lentamente mentre le ombre si infittivano e le
luci nella sua stanza si spegnevano...

CAPITOLO SEI

In casa regnavano il buio e un silenzio spettrale. Morte uscì dalla sua tana quella sera, aspettandosi di sentire lo scambio di sussurri intriganti tra Veronique e i suoi ospiti indesiderati. Previde di udirli chiacchierare e spettegolare sulle loro banalità umane, sulle vite delle celebrità che tenevano in così alta considerazione rispetto alle proprie – per la superiorità percepita della recitazione, o dell'«influenzare», o di altri talenti insignificanti – e che sarebbe stato lui a entrare a grandi passi per ricordare loro che anche quelle cosiddette celebrità per cui stravedevano avrebbero avuto morti di ben minor peso delle loro.

Ma ciò avrebbe significato ricordare loro che erano speciali. E allora sarebbe rimasto in silenzio. Erano speciali perché lui aveva fallito, e non avrebbe fallito di nuovo. Le uniche parole che aveva da condividere erano di ringraziamento per l'utile dritta del riso di Emma, dato che aveva funzionato e le loro clessidre erano ora prive di condensa. Sicuramente sarebbe stata solo una questione di tempo prima che le croste di sabbia incallite si asciugassero del tutto e cadessero. Dopodiché, avrebbe potuto provare la loro morte a Caronte e mandarli per la loro strada in men che non si dica.

Se solo fosse riuscito a trovarli. Per qualche ragione, Veronique aveva lasciato il salotto al buio insieme a ogni altra parte della casa. Sapeva che né lei né gli altri due avevano un posto dove andare. Non a meno che non volessero tentare di nuovo con il fiume, ma senza che lui negoziasse sarebbe stato inutile. Non avrebbero potuto nemmeno vagare nel vuoto del Limbo – nell'infinita distesa del nulla, dove l'insensibilità della non-esistenza alla fine avrebbe impedito loro di formulare pensieri di qualsiasi tipo, per sempre.

«I giovani d'oggi» borbottò. Andò avanti a grandi passi, sicuro di aver memorizzato la disposizione del salotto così da poter trovare la strada verso la torcia sulla parete. Il suo profondo brontolio coprì le leggere risatine sommesse che si nascondevano nel buio. «...Tanto varrebbe tagliargli la testa e farla finita...»

TONF!

«AGH!» ruggì Morte con la sua voce cava e saltò all'indietro, tenendosi il ginocchio ferito. Una voce in preda al panico sfrecciò per la stanza, affrettandosi ad accendere le torce.

«Sorpresa!»

C'erano tutti. Veronique, Mark, Emma e i cavalieri sedevano attorno al tavolo da pranzo quello buono, con cappellini da festa male assortiti in testa. Mark ed Emma facevano del loro meglio για non sentirsi ridicoli, ma erano seduti accanto a Guerra, ancora nella sua armatura formale, e a Carestia, ancora nella sua relativa nudità, che erano più che felici di sommergere Morte con una festa a sorpresa sgargiante. Mark soffiò in una trombetta di carta ed Emma fece esplodere uno sparacoriandoli.

Morte barcollò un'ultima volta e riportò lentamente la gamba pulsante a terra. Si girò verso l'ingresso, da cui proveniva il gemito di una settima voce estranea, e vide Caronte in piedi sulla soglia. La sua gamba era ancora incatenata alla sua barca; il traghettatore di sempre, incapace di attraversare il fiume su cui eternamente trasportava le anime. La catena era appena abbastanza lunga da permettergli di arrivare alla porta, motivo per cui avevano dovuto tenere la festa in salotto. Tutti i mobili erano stati spostati di lato per fare spazio al tavolo completamente allungato. E un tavolino era stato spinto contro la porta perché Caronte potesse sostarvi vicino e appoggiarvi il suo Babycham e l'ananas.

Morte non poté fare a meno di sorridere... o quasi. Che Morte sorridesse era sempre un sospetto o una supposizione, dato che non aveva un volto con cui sorridere. Lo sbuffo che emise non fu sprezzante, ma di accettazione e appena un poco compiaciuto.

Il che significava che la sorpresa era riuscita.

Veronique ebbe il suo momento al centro della festa, ma dopo di lei, il palco fu lasciato ai cavalieri. Passarono in rassegna una serie di drink, preparati da Veronique e serviti da Emma, e piluccarono gli stuzzichini impiattati da Mark. La fazione umana e quella quasi umana alla fine si ritirarono nella stanza degli ospiti, che Veronique aveva furtivamente preparato per il soggiorno del duo, mentre Morte, Guerra, Carestia e Pestilenza si aggiornavano.

«È passato un po' di tempo, no?» disse Guerra, appoggiando la spada alla gamba del tavolo. Pestilenza si tolse l'arco e Carestia giocò con la sua bilancia sul tavolo, inclinandola da una parte e dall'altra.

«Tutti noi insieme? Di solito siamo così solitari. O, nel migliore dei casi, ci incrociamo sempre di sfuggita» notò Carestia.

«Hmm» confermò Morte.

Era l'unico razziatore del porcospino di formaggio e prosciutto. Infilò gli stuzzicadenti in bocca e il cibo su di essi semplicemente svanì.

«Questi sono deliziosi.» Carestia allungò la mano per un quarto dolcetto da uno dei piatti. «Cosa sono?»

«Top Hats.» Morte annuì in assenso. «Magnifici. Marshmallow ricoperti da una caramella alla menta piperita posta sopra del cioccolato fuso, che viene poi lasciato solidificare. Un'idea di Veronique. Dice che andrebbero mangiati solo dopo le otto.»

Caronte guardò l'orologio a tema Morte sulla parete: un oscuro cavaliere con due falci come lancette. Si era fermato.

«Come fai a saperlo?» domandò.

«È sempre dopo le otto da qualche parte.» Morte si allungò e ficcò un Top Hat nella sua mascella aperta, e questo sparì. «Sublime.»

«Come va il lavoro? Impegnato?» chiese Pestilenza a Guerra, grattandosi il mento.

«Alcuni di noi sono più impegnati di altri» rispose Guerra, con tono allusivo.

Tutti gli occhi si puntarono su Carestia.

«La cosa non mi rende felice» disse Carestia. «È colpa dei tempi.»

«L'epoca ci ha fatto male» concordò Pestilenza. «Quest'epoca di medicina, tecnologia, longevità... la gente sopravvive a tutte le mie malattie finemente elaborate per anni e anni. Sono fortunati che il mio lavoro mi piaccia così tanto, altrimenti avrei potuto mollare tutto e andare in pensione tempo fa.»

«D'ora in poi è tutta in discesa» disse Carestia, servendosi un'abbondante porzione di zuppa inglese. «Soprattutto per me. Adesso la gente viene pagata per scavare pozzi e fornire cibo. Persino le vittime di guerra riescono a mangiare.»

«Oh, davvero?» chiese Guerra con altezzosa arroganza. Carestia girò la testa verso di lei.

«Ho imparato a trarre orgoglio» disse Pestilenza «dalle piccole cose. La lebbra era la mia preferita e guardate che fine ha fatto. Praticamente sparita. Gli ultimi lebbrosari sono stati svuotati, sterilizzati e trasformati in hotel di lusso. Ma la malaria... quella sì che continua a dare soddisfazioni. Ogni zanzara viene infettata da me, personalmente. Milioni di quelle piccole stronze, tutte a volare intorno a specchi d'acqua stagnante. E la cura non è ancora riuscita a tenere il passo con la malattia. È un po' come ai bei vecchi tempi. Mi fa venire una lacrima di nostalgia per il passato.»

«Ognuna singolarmente?» chiese Guerra incredula.

«A mano, sì» confermò lui. «Un bel modo per passare una domenica di pioggia.»

«E quando mai piove?» chiese Caronte.

Nel cielo rimbombò un tuono. Qualche goccia gli picchiettò sul cappotto.

«Economici trucchi da baraccone» borbottò mentre cercava di lottare contro la catena alla caviglia για evitare l'acquazzone.

«Ma molto efficaci.» Guerra sorrise. «Ringrazia che non fossero chicchi di grandine grossi come palle da tennis.»

p>

Caronte tracannò il suo Babycham e tese il bicchiere, sperando che qualcuno glielo riempisse di nuovo. Con riluttanza, Guerra fece strisciare indietro la sedia e gli fece gli onori di casa.

«Beh, io me la passo alla grande» si vantò Guerra mentre riempiva il recipiente di Caronte. «Dispute di confine, un'ossessione per il petrolio, e una volta che sarà finito tutto... sotto con le Guerre dell'Acqua. Oh, non vedo l'ora. La crescita della popolazione è fuori controllo. Nazioni con popolazioni nell'ordine dei *miliardi* che si lanciano uomini armati oltre le linee territoriali per decenni di fila, solo per guadagnare un centimetro di terra che apprezzano per qualche nuova e soggettiva ragione. E gli intrighi sono semplicemente *sublimi*! Dai a due uomini pace e quiete, e si metteranno a litigare su chi ha le scoregge più rumorose!»

«Vorrei che queste generazioni dessero valore alle tradizioni» si lamentò Caronte. «Non vedo una moneta sotto la lingua da eoni. Gli uomini arrivano seppelliti con oggetti inutili, inadatti a corrompere. È una disgrazia. Persino i milionari si vantano delle vite che hanno condotto e arrivano comunque senza monete, non meglio dei contadini. E io rifiuto loro la traversata, e allora tornano con degli *avvocati* per protestare. È una follia.»

«Hmm» disse Morte, e i loro occhi si volsero verso di lui, il loro ospite, perché continuasse. «È tutto un po' troppo, no? Tutto questo lavoro, per niente.»

I cavalieri sentirono che l'atmosfera era calata drasticamente. Alla fine, non potevano alzare la voce contro di lui, non con altrettanta sicurezza, dato che tutti i loro sforzi e tutte le loro conquiste dovevano comunque passare attraverso *lui*.

«Allora, quando conosceremo i nuovi arrivati?» chiese Carestia, cercando di alleggerire l'atmosfera.

«Li hai già conosciuti.» Morte cercò di lanciarsi del Bombay mix nella mascella aperta, ma la maggior parte mancò il bersaglio e si sparse sul tappeto.

«Li abbiamo visti» si intromise Guerra «ma non direi che li abbiamo *conosciuti*. Non sappiamo niente di loro. Sarebbe interessante sentire la loro opinione sulla nostra piccola discussione di stasera. Una sorta di focus group sulla 'voce del cliente'.»

«Sono indisposti» disse Morte, tracannando il suo idromele. «La loro opinione non conta. Presto będą affidati a Caronte.»

«Non se non hanno scoperto qualche moneta nella loro biancheria intima, non ci contare» replicò Caronte, togliendosi dello sporco da sotto un'unghia. «Conosci le regole.»

Pestilenza prese il suo bicchiere e lo puntò verso ciascuno dei suoi compagni cavalieri.

«Chi» li sfidò «pensate che abbia lavorato *di più* tra tutti noi, hmm?»

p>

«Io» disse immediatamente Guerra.

Pestilenza sbuffò.

«Cosa, tu? Di certo non *lui*.» Indicò Carestia.

«Scoprirai» disse Carestia, con tono pragmatico «che la fame è stata la componente chiave nel sospingere la temibile ascesa dell'uomo verso la civiltà. Nella loro storia ancestrale, dalle loro radici primordiali, l'uomo ha sfidato la natura solo per procurarsi cibo, e spesso ha fallito. L'Era Glaciale da sola porta il mio record a, oh, non so, qualche migliaio di anni di storia umana non scritta. Un po' più del tuo, credo.»

«Le guerre si combattono» disse Guerra «per il cibo. Ogni morte nel tentativo di prendere il cibo di un'altra terra o tribù conta come mia.»

«Ma l'agricoltura vi ha rovinati entrambi» disse Pestilenza. «E quindi, quando io rovino l'agricoltura, le conseguenze sono molto peggiori. Un contadino malato non può sfamare nessuno, e chi rimane a combattere? Gli insetti? L'aria? Questa malaria è un fuoco lento, ma ve lo prometto, è un successo.»

«Almeno hai sempre l'Alzheimer» disse Guerra. «Rende un uomo forte abbastanza debole da dimenticare di essere mai stato un soldato.»

«E da dimenticare di mangiare per tutto il giorno» disse Carestia.

Brindarono tutti ai mali dell'umanità, mentre Morte covava in silenzio sulla sua sedia.

«E tutto questo» disse infine «ogni anima morta in qualsiasi modo, passa attraverso di me.»

Levò il bicchiere all'aria.

«A noi» brindò. Gli altri ricambiarono il gesto, stoicamente. Morte non era certo l'anima della sua stessa festa. Ma aveva ragione.

CAPITOLO SETTE

Calò la notte sulla terra tra la vita e la morte. La notte del tetro aldilà era più buia della notte che Mark ed Emma conoscevano. Non c'erano stelle, ma c'erano luci. Carri fiammeggianti attraversarono il cielo come fari in lontananza. Dalla finestra della camera degli ospiti, guardarono i cavalieri partire in sella alle loro cavalcature, levarsi in aria e disperdersi nel vasto dominio del Limbo, al di là del fiume Stige. Caronte singhiozzò e si avviò con passo incerto verso la riva, a piedi, prima di sparire nella nebbia.

«Mi sarebbe piaciuto parlare con tutti loro» disse Mark. «Per avere... delle risposte, magari.»

«Risposte a cosa?» chiese Emma.

«Tipo... sul fatto che la maggior parte della gente non muore più veramente a causa loro. A cosa servono? Tu ne sei un esempio lampante. Dov'è il cavaliere della depressione?»

Morte bussò e aprì la porta della loro stanza. I due scattarono in piedi dalle sedie vicino alla porta e cercarono di mostrarsi cordiali.

«Le è piaciuta la festa?» domandò Emma.

«Ha organizzato tutto Veronique» disse Mark. «È una donna meravigliosa. E ha preparato tutta questa stanza per noi – abbiamo dato una mano, ovviamente – e abbiamo pensato che andasse bene restare, ma, uhm...»

«Mpf» sbuffò Morte. «Non ho il tempo né la lucidità per pensare a cosa fare di voi, adesso. L'ultimo Jägerbomb mi sta martellando in testa. Voi due resterete qui per la notte, e domattina penserò ai passi successivi.»

«Certo» disse Emma. «Non è che possiamo... scappare o altro.»

«Esatto» convenne Morte. Sospirò e si allontanò strascicando i piedi lungo il pianerottolo, verso le scale. Scese con passo felpato ed entrò nella sua stanza di fronte allo studio. La sua camera da letto era buia, ma in un modo diverso dal salotto a luci spente. Era semplicemente tetra. Un luogo dove la luce non poteva risplendere e tutto era nero. Sbirciare all'interno era come fissare l'ombra di un'ombra.

Tornati nella loro stanza, Mark ed Emma si risedettero sulle sedie e si guardarono. La loro situazione rimaneva immutata nella sua incertezza.

«A quanto pare dobbiamo condividere il letto» disse Mark, dando un colpetto alle coperte di lana. Si alzò e cominciò a spogliarsi.

«Che stai facendo?»

«Mi preparo per andare a dormire. Ho il sospetto che dovremo alzarci presto.» Mark gettò i jeans su una delle sedie e iniziò a sbottonarsi la camicia.

«Non puoi dormire vestito?»

«Che schifo. No. Avrei troppo caldo... Tengo i boxer.»

«Ci mancherebbe altro.» Emma girò intorno al letto fino all'altro lato. «Non voglio essere svegliata da qualcosa che mi punge nella schiena, che sia una mano, un gomito o qualsiasi altra cosa.»

Mark si infilò sotto le coperte e si sdraiò sulla schiena, guardando il soffitto. Si morse il labbro inferiore, incerto se dire quello che pensava.

«Possiamo almeno parlare di—»

«No» rispose Emma, mentre si sfilava le scarpe e si rannicchiava sotto le coperte completamente vestita.

«Bene.»

«Bene.»

Veronique andò a trovarli nelle prime ore del mattino, prima che Morte riemergesse. Era sveglio, ma non in vena di pensare. Tutti i suoi pensieri erano urla spaccaossa dovute ai postumi della sbornia. Passò la maggior parte della mattinata a lisciarsi le dita sul cranio, cercando di placare il dolore pulsante. Anche stavolta, questo lasciò Emma e Mark senza guida e Veronique in cerca di compagnia.

Nella loro stanza la tensione si tagliava col coltello. Se Veronique se ne accorse, fu troppo educata per commentare o per lasciare che la cosa si mettesse di mezzo a una grande idea.

«Buongiorno» la salutò Emma.

Veronique si sedette sul bordo del letto. «Vorreste assecondarmi per un momento?»

«Certo» disse Emma. «Siamo ospiti Vostri e di Morte. Siamo disposti ad assecondarLa in qualunque modo desideri.»

Veronique sospirò. Qualcosa la turbava, forse legato ai festeggiamenti della notte precedente.

«Ha bisogno di una mano per sparecchiare di sotto?» chiese Mark. «In silenzio, per non disturbarlo?»

«No, ho già fatto io» disse lei. «La festa era mia, quindi era un mio dovere. Non gli chiederei mai di aiutarmi. Vedete, Morte... è vecchio.»

«Quant'è vecchio, di preciso?» chiese Emma.

«Vecchio quanto il tempo» rispose Veronique.

«E lavora ancora» disse Mark, colpito. «Fa sembrare un pensionato un rammollito.»

«Ma non può andare avanti così per sempre» continuò Veronique. «Anche prima che morissi, non potevo fare a meno di provare pietà per lui, invece che odio o paura. Mi ricordava così tanto me stessa, che attraversavo l'inferno della guerra per prendermi cura degli altri, sopportando le fitte del caldo e delle ferite sanguinanti, tutto per porre fine alla loro sofferenza. Oh, e all'epoca era anche più gentile. Ma morivano così tanti, così in fretta. E la "Guerra per porre fine a tutte le guerre" proseguì con la Seconda Guerra Mondiale e la dozzina di guerre successive. È stato sfinito dal lavoro fin dalla Rivoluzione Industriale. Più esseri umani ci sono, più deve lavorare per far passare le loro anime dall'altra parte. E quando rimangono bloccate a indugiare senza un chiaro modo per attraversare, cosa a cui non può rimediare, viene rimproverato come pigro dalle anime che miete. Ma non lo è, ve lo assicuro. È solo vecchio e stanco e... ha bisogno di aiuto.»

«Beh, non possiamo mandare Morte in pensione» disse Emma seriamente. Almeno non finché non avesse trovato un modo per aiutarla a passare dall'altra parte. «Sarebbe... un male.»

«Sarebbe un male» convenne Mark. «Se le nostre anime fossero destinate a rimanere nei nostri corpi dopo la morte, per sempre, disegnerebbe un quadro piuttosto terribile dell'esistenza eterna per la maggior parte delle persone. Soprattutto per noi.»

«Sì» disse Veronique. «Senza Morte, le anime abiterebbero corpi immobili e sentirebbero il dolore della morte per sempre.»

Mark si acciglió. «Sentiremmo ancora, per esempio, il nostro cervello... esplodere fuori dal cranio e schizzare sui pedoni in strada?»

Veronique lo fissò e annuì. Si toccò delicatamente la gola. «Sentivo ancora il gas mostarda in gola, decenni dopo essere venuta qui. Il ricordo del dolore ti resta addosso. E diventa tutto ciò che riesci a ricordare. Per sempre.»

«Sì, ci serve Morte» decise Mark. «Non è un destino che si augura a nessuno.»

«Ma come si può aiutarlo?» chiese Emma. «È una cosa che può fare solo lui, da quel che ho capito. Quello che fa si può anche solo imparare?»

«Potrebbe» disse Veronique. «Così come io ho imparato molto. Morte mi ha fatto capire che ci sono cose che lui può fare, che potrei fare anch'io, ma che non vuole che io faccia.»

«Perché no?» chiese Emma. «Persino a me sembra inopportuno mandare Morte a fare la spesa per un Double Decker e l'ultimo numero di *Bella*.»

«Beh» disse Veronique, «se poteste tornare nel mondo dei vivi, quale sarebbe la prima cosa che fareste?»

«Vivrei la vita con passione. Sapendo che ogni momento dovrebbe essere custodito perché potrebbe facilmente essere l'ultimo» rispose Mark, guardando Emma per tutto il tempo.

«Bravo!» Veronique sorrise, dandogli una pacca sulla parte alta del braccio.

«Io non voglio tornare nel mondo dei vivi...» sospirò Emma. «Voglio stare qui. Beh, non *qui* qui. Dall'altra parte del fiume.»

Veronique li guardò, passando dall'uno all'altra. «Siete una strana coppia, *non*? Perché non dovreste scegliere di vivere? Di stare insieme. Andare a vedere il mondo? Riprendere la vostra vita come previsto?»

«In realtà, avrei dovuto chiarirlo ieri. Non siamo una coppia. Siamo coinquilini» spiegò Emma.

«*Mon Dieu! Excusez-moi*, avevo dato per scontato che—»

«Solo coinquilini» ripeté Emma.

«Non perché non ci abbia provato...» sussurrò Mark a mezza voce.

«Non cominciare» lo ammonì Emma.

«Potremmo?» chiese Mark, pensando che forse la compagnia di Veronique potesse effettivamente essere preferibile. «Vivere di nuovo, intendo.»

«La mia vita, come previsto, doveva in un certo senso finire proprio in quel momento» disse Emma.

«La mia no» aggiunse Mark in fretta.

«È questo che preoccupa di più *monsieur*» disse Veronique. «Affidare i poteri di Morte a coloro che un tempo erano mortali distorcerebbe un po' troppo il punto di vista necessario per svolgere i propri doveri. Morte non è mai stato mortale, non è mai stato vivo. È sempre stato così com'è, sempre il mietitore. Non conosce nient'altro. Per lui è naturale fare questo lavoro. E sa che non è naturale che altri lo imparino.»

«Possiamo esaminare le nostre alternative?» chiese Emma. «Sa com'è dall'altra parte del fiume?»

Veronique scosse la testa. «Non sono mai morta del tutto, quindi non ho mai attraversato. E nessuno torna mai indietro. E Caronte, *le salaud*, non dà risposte. Troppo astioso, troppo irritabile per essere d'aiuto. Si lamenta e basta, tutto il tempo.»

«Sembrava proprio il tipo» disse Mark, «da sputarti in un occhio e dirti che piove.»

«Pensa che Caronte cambierebbe idea? Magari tratterebbe il mio come un caso speciale?» si chiese Emma. «Magari rinuncerà a tutta quella storia della raccolta di monete e lascerà semplicemente passare la mia anima, in stile *laissez-faire*. Magari se glielo chiedesse Lei, Veronique, potrebbe ascoltarLa.»

«Immagina di prendere il traghetto attraverso il Mersey senza pagare il biglietto» disse Mark. «Il Comune andrebbe in bancarotta in una settimana. Non credo che accetterebbe. E ci sono milioni di anime in fila su quella riva del fiume nel Limbo in attesa di passare, e nessuna di loro ha monete.»

Veronique frugò nel grembiule e tirò fuori una busta di tabacco e un pacchetto di cartine. Rollò abilmente una sigaretta, leccò la colla e se la mise in bocca. Porse la scatola di fiammiferi a Mark.

«S'il vous plaît.»

Mark obbedì, accese un fiammifero e le accese la sigaretta. Entrambi guardarono Veronique inspirare profondamente ed espirare una nuvola di fumo verso il soffitto.

«Per come la vedo io—»

«Ahia!» gridò Mark, gettando a terra il fiammifero ancora acceso che gli aveva bruciato un dito.

«Per come la vedo io» ricominciò Veronique, «siete a un bivio, no? *Mademoiselle* Emma, Lei accetta la Sua morte e desidera passare all'aldilà?»

«Esatto.» Emma annuì.

«*D'accord*. Tuttavia, *Monsieur* Mark, Lei desidera tornare nel mondo e avere una seconda possibilità di vita. Vero?»

«*Correcto*.» Mark si cimentò nella sua migliore imitazione di un accento francese.

«Quello è spagnolo, non francese, scemo» lo schernì Emma.

«Non importa. Penso che ci sia una soluzione che potrebbe aiutarvi» rifletté Veronique, «ma solo per uno di voi. E il problema è... non so dire quale.»

L'interesse di Emma si accese. «Cosa? Qual è la soluzione?»

«Se aiutaste *monsieur* con la sua mietitura, potrebbe affezionarsi a voi e magari, solo magari, esaudire il vostro desiderio.»

Emma e Mark si scambiarono un'occhiata, mentre si rendevano conto che avrebbero potuto potenzialmente lavorare insieme per raggiungere obiettivi molto diversi.

«Lo prendereste in considerazione?» chiese Veronique. «Essere gli assistenti di Morte?»

«Beh, Lei cosa farebbe allora?» chiese Emma. «Non vorremmo pestarLe i piedi o creare confusione in cucina.»

«Io sono solo una specie di assistente personale» disse lei. «Governante. Cameriera. Vi sto chiedendo se diventereste anche voi Morte.»

«Ehi. Un momento» disse Mark. «Pensavo fosse qui da cento anni e non L'ha ancora rimandata indietro! Non è certo una via sicura per tornare tra i vivi.»

«Non ho detto che fosse una soluzione rapida. Solo che era una soluzione possibile. E io sono felice qui. Non desidero né passare oltre, né tornare indietro.»

«...Ce lo lascerebbe davvero fare?» disse allora Mark, speranzoso che questo piano potesse, nel peggiore dei casi, permettergli di tornare in vita e, nel migliore, risparmiare a entrambi l'angoscia esistenziale dell'ignota eternità al di là delle rive del fiume.

CAPITOLO OTTO

«No» disse la Morte con tono autoritario. «È un'idea abominevole, a dir poco.»

Veronique sedeva con la Morte nel suo studio. Egli teneva la scandalosa clessidra di Emma sul piedistallo al suo fianco. Era piena per metà di riso, parte del quale era ora incastrato nello stretto condotto e, peggio ancora, la crosta di sabbia era ancora ben salda alla parete interna. Almeno, pensò, la patina di condensa era sparita. Bussò ancora una volta sulla parte superiore solo per controllare se i granelli sarebbero caduti o meno, ma niente. Non si mossero.

Alle spalle della Morte, uno degli scaffali era perpendicolare agli altri: una porta aperta sulla Sala del Tempo, attraverso la quale si vedevano file e file di scaffalature, e su ognuna di esse, a perdita d'occhio, c'era una clessidra. Alcune erano esaurite, vite che erano giunte al termine tra grandi aspettative. Altre scorrevano ancora, compiti che doveva ancora adempiere a un'ora precisa, non ancora giunta. Alcune erano nuove di zecca. E altre ancora dovevano iniziare a scorrere, con la sabbia sospesa nel bulbo superiore: vite non ancora nate in attesa del primo passo nella tetra marcia verso la loro inevitabile fine.

Con la porta aperta, il basso ronzio della costante caduta della sabbia che filtrava attraverso il vetro si diffondeva nello studio della Morte, un rumore bianco di granelli che scivolavano, il quale rimpiazzava il ristagno dell'aria. Le sedie erano poche. Dopotutto, era la sua stanza privata, il suo studio sul destino della razza umana e sulla fine di tutti i loro grandiosi progetti. Aveva un unico ornamento che non fosse una clessidra, appeso in alto sulla parete esposta a nord: una falce dal design antico, quasi un proto-tipo, con una lama corta e poco profonda e un manico nodoso ricavato da un ramo caduto.

«Monsieur, La prego di ascoltare la ragione» supplicò lei. «Questo evento è alquanto unico, no? Un'opportunità, si potrebbe dire.»

«È un pasticcio bello e buono» asserì lui. «Ogni momento in cui non viene risolto è un tormento di cui non sono l'artefice.»

«Quindi sarebbe sicuramente prudente fare di necessità virtù, no? Credo sia questa l'espressione che usano. Prendere una brutta situazione, e spremerla e torchiare finché non ne esce del succo... fresco.»

«I succhi della vita e della morte non sono mai freschi. E molto più amari di qualsiasi limone.» La Morte si portò un pugno alla bocca e soffocò un colpo di tosse che proveniva dal profondo del suo sterno. «Sarei lo zimbello degli altri cavalieri, delle altre divinità irrequiete e degli idoli dimenticati delle epoche passate. Nessuno di loro ha assistenti, non sul serio. Tutta la loro assistenza risiede nei capricci e nelle volontà degli umani di fare un pasticcio della propria esistenza, cosa in cui, francamente, sono esperti.»

«Mi duole dirlo, ma Lei è stanco, Monsieur. Deve sentirlo. Non può negare di essere diventato... fragile, ultimamente.»

«Fragile?» ringhiò lui. Batté la mano sul bracciolo della sedia e si sentì un leggero *CRIC*. Guardarono entrambi in basso. Il suo mignolo era rotto, attaccato per una nocca. Sospirò e lo rimise a posto. «Io sono la Morte. La mia forza risiede nel colpo della mia volontà e nella velocità del mio cavallo, che *tu* devi spazzolare oggi. Io sono troppo occupato.»

«A fissare della sabbia che non cade?» chiese lei. «O perché l'ultima volta che lo ha spazzolato non è riuscito a stare seduto dritto per un'intera giornata perché si era slogato la spina dorsale? Se non fosse caduto sulle terga, non sarebbe mai tornata com'era.»

«Quella volta sono caduto di proposito» insisté la Morte. «E no. C'è un'altra ragione che neanche tu puoi negare, la stessa verità che pretendi di sbattermi in faccia. Sono umani. Sono soggetti a errori dettati dall'emoti-vità. Potrebbero giudicare mentre mietono e negare la morte a coloro che essa reclama. Vedrebbero una bambina sofferente sul punto di esalare l'ultimo respiro e deciderebbero di lasciarla vivere in agonia, piuttosto che reclamare la sua anima, per quanto giovane, per il purgatorio eterno. Non capiscono la necessità della morte. Men che meno la donna, che ha sprecato la propria vita per incontrarla più in fretta.»

Emma, che era rimasta ad ascoltare dall'altro lato della porta con Mark, entrò nella stanza a questa osservazione.

«Oh, ma la smetta» insisté lei. «Preferirebbe tenerci qui ad aspettare, a morderci le unghie e a digrignare i denti, nel caso in cui ci capitasse di morire di nuovo?»

«Sì» disse la Morte. «E mi aspetto che stiate zitti come pidocchi al riguardo.»

«Non come topi?» chiese Mark, intrufolandosi dentro.

«I topi non sono silenziosi» disse la Morte. «Squittiscono e scorrazzano nei muri. I pidocchi sono così silenziosi che non si riescono nemmeno a sentire. E sono altrettanto *fastidiosi* quanto voi.»

«Lei non ha neanche i capelli» disse Emma. «Un uomo calvo che si lamenta di problemi con i pidocchi suona molto come la Morte che parla del valore della vita a una donna suicida.»

La Morte emise una secca risatina. «Donna è un termine un po' improprio per te, *ragazzina*.»

«O forse» cominciò Emma, «è che si sente intimidito da Guerra? Vedere una donna forte prendere il potere con lo stesso Suo livello di grandiosità? Pensa che una donna non possa essere anche la Morte?»

«Il fatto che tu abbia visto Guerra come una donna la dice lunga su di te» disse la Morte. «Tutto ciò che io vedo è una montagna di cadaveri, e in Pestilenza una montagna di insetti, e in Carestia una montagna di sabbia. Questi occhi» – si conficcò un dito in un'orbita vuota – «vedono un mondo che tu non puoi vedere, un mondo di idee assolutamente *oggettivo*, non di cose. Ecco cosa vi manca. La Morte non può essere dipinta nelle sfumature dei molti colori della vostra moralità ed etica. È assolutamente nera. E non splende mai, neanche sotto il sole!»

La Morte, nella sua filippica, prese troppi respiri e fu colto da un attacco di tosse. Uno di quelli brutti. Una tosse con conati e rantoli, in cui l'aria lottava contro la sua gola inesistente. Veronique si alzò subito per assisterlo e gli diede dei colpetti sulle scapole, dato che erano la parte più solida della sua schiena. Gli cadde la mascella, e ancora tossiva con lunghi sibili.

Emma e Mark si tennero in disparte per un momento. Il loro umore cambiò. Erano disposti a lottare per le loro vite, ma non a spese di un altro essere, vivente o meno.

«Signore» cominciò Mark, dopo aver raccolto la mandibola della Morte dal pavimento, «con tutto il rispetto, credo che Lei abbia bisogno di noi. Per quanto temporanea possa essere la nostra permanenza. Per lo meno, non saremo un peso così grande se ci occuperemo del lavoro che Lei sta trascurando.»

«Trascurando» mormorò la Morte. Prese l'osso da Mark, si rimise a posto la mascella e controllò di nuovo il respiro. «Pensi che la Morte possa prendersela comoda? Il concetto stesso vanifica il mio scopo. Io non me la prendo comoda.»

«Forse è per questo che si trova in questo stato» disse Emma. «Un'eternità di dovere logorerebbe chiunque, persino Lei. Specialmente ora che il mondo è così complesso. Persone che muoiono – come me – senza una guerra, una carestia o una pestilenza a spingerle oltre il limite. O che muoiono in incidenti mentre cercano di salvare la vita di un altro.» Si girò verso Mark con un sorriso riconoscente.

«Il sentimentalismo è sconveniente per la Morte» disse la Morte. «Prendereste l'anima di un bambino la cui ora era giunta?»

«Sì» disse Emma con sicurezza.

«Un uomo buono che è stato ucciso a sangue freddo?»

«...Sì» affermò Mark.

«Una... famiglia di sei persone finita in un dirupo?»

«Sì.»

«Una... una madre uccisa dal proprio figlio?»

«Sì» concordarono entrambi.

«Un figlio ucciso da sua madre?»

«Sì.» Emma strinse il pugno con foga.

La Morte guardò Veronique, che cercò di rivolgergli uno sguardo rassicurante. «Prendereste la sua anima?»

«Cosa?!» esclamò Veronique. Lo lasciò ricadere sulla sedia.

«Dovremmo?» chiese Mark. «Pensavo che Lei e lei aveste un accordo.»

«Se la sua ora è davvero giunta» disse Emma, «e lei l'ha accettata...» Guardò Veronique, e la governante le rivolse uno sguardo di approvazione.

«Hmm...» La Morte tossì di nuovo. «E l'uno dell'altra? In quel fatidico momento in cui eravate destinati a perire insieme, se aveste potuto, avreste posto fine alla vita l'uno dell'altra?»

Mark tenne la mano di Emma. Annuirono entrambi e risposero insieme: «Sì.»

«Caspita, questa sì che è una cosa spietata» disse la Morte. «Pensavo che gli umani dovessero essere empatici e... e compassionevoli. Voi siete pronti a far fuori praticamente chiunque.»

«Beh,» intervenne Mark, «nelle attuali circostanze...»

«Immagino abbia senso» disse la Morte. «Tu hai tentato di ucciderti. Non devi essere del tutto a posto con la testa.»

Emma aprì la bocca per protestare, ma si zittì e accettò l'insulto.

«Perché siate così ansiosi di aiutare, però, devo ancora capirlo» ponderò la Morte.

Mark e Veronique si scambiarono un'occhiata.

«Molto bene.» La Morte si sporse in avanti e si alzò in piedi. «Vi valuterò per questo compito. Ma sappiate che sarà duro. Anche più duro di quanto vi ho detto finora. Per diventare la Morte, dovete essere pronti a mettere da parte la vostra stessa umanità e a dipingere di nero il vostro intero mondo.»

Entrambi annuirono. Veronique batté le mani con un sorriso allegro. Era contenta di vedere tutti collaborare: Mark ed Emma con un terrore crescente mentre il peso della loro realtà affondava sulle loro spalle, e la Morte con lo sguardo sicuro e ardente di un miliardo di vite perse alla sua sola presenza.

Era stata una mattinata produttiva.

CAPITOLO NOVE

Uno statere d'oro roteava nel vuoto, un piccolo segno di un'era antica, pressato e coniato prima ancora che la maggior parte delle monete venisse contata. Su un lato c'era il busto di Alessandro il Conquistatore, re dell'intero mondo di mezzo durante la sua vita, portato via prematuramente da un attacco di pestilenza del tutto inaspettato. Sulla sua scia, aveva lasciato un impero frammentato in guerre, e carestie incontrollate si diffusero nelle pianure desertiche per via della sua assenza di controllo. E nonostante tutto, mentre il giovane re conquistava, si lasciava dietro Morte in grandi cumuli di cadaveri. Data questa insaziabile sete di sangue e dominio, era ancora considerato da tutti e quattro i cavalieri un ragazzino. Anzi, molti secoli più tardi, Pestilenza ammise di avere un debole per Alessandro, ma il giorno dopo negò fermamente, dando la colpa delle sue deplorevoli parole e azioni della notte precedente a un vino di riso della dinastia Jìn particolarmente potente.

Caronte fece rotolare la moneta sulle dita. Si muoveva con tale grazia e convinzione solo quando aveva del denaro in mano. La sua gobba si ridusse e la sua postura si raddrizzò quando giocava con il suo oro. Il suo sorriso sghembo si irrigidì mentre lanciava la moneta in aria. Atterrò, e lui fissò Alessandro dritto negli occhi: un uomo che aveva incontrato e traghettato molto tempo prima. Uno che aveva avuto il buon senso di morire e la cui morte era stata preceduta dagli imitatori destinati a prendere il suo posto.

Erano tutti Alessandro; perfino nelle loro anime, credevano che fosse vero. Ma morirono tutti, e tutte le loro anime incontrarono il traghettatore; i loro grandiosi piani non potevano ingannare gli occhi di Morte.

Caronte sospirò. Tutto intorno a lui c'era acqua, e la sua breve permanenza sulla terraferma era sempre accolta solo da dissenso o da passivo divertimento a sue spese. Era il comprimario dei cavalieri, nonostante fosse fondamentale per l'esistenza quanto loro.

«Non è giusto» dichiarò. Strinse forte la moneta e si sedette di nuovo sulla sua barca. Il legno scricchiolò e stridé contro la superficie placida del fiume che scorreva lento. L'acqua oleosa si increspò di colori, poi i cerchi di luce si ritrassero e tornarono a un bianco puro e senza vita. «Non avevano mai sentito parlare di un ippopotamo prima d'ora? "Oh, ma non è una barca, Caronte"» disse, imitando beffardamente la voce di uno qualsiasi dei suoi oppositori. «"Non puoi traghettare le anime sul dorso di una bestia, Caronte". E non parliamo di elefanti e cavalli dalla schiena lunga o cammelli... Tutte cose che l'uomo ha cavalcato sull'acqua. E niente per me... Perfino le balene. Una balena potrebbe vivere bene qui.»

Si voltò e guardò l'acqua. Era il suo unico sostegno. Le sue increspature erano come una voce nel suo orecchio, che lo confortava e lo derideva allo stesso tempo. Guardò la sua moneta, una che aveva staccato dalle sue raffinate vesti sotto la tunica esterna sudicia e intrisa di nebbia. «Non ne vale più la pena...»

Senza anime in attesa di essere traghettate, Caronte lasciava che un lancio di moneta decidesse su quale riva avrebbe attraccato. La riva sud era la riva dei non-vivi, il luogo dove le anime incontravano la barca per passare dall'altra parte. Era il Limbo, il purgatorio, ogni sorta di vuoto senza scopo, un deserto del irreale. La riva nord era il lato della lunga attesa, dove le anime che avevano attraversato indugiavano per vedere chi altro potesse venire ad attraversare prima di intraprendere il loro ultimo viaggio nel mondo molto dopo la morte.

Grandi leader in cerca di compagni, apprendisti e seguaci per ricordare la sensazione di essere vivi. Amanti separati da ere che cercavano di riunirsi con i loro cari. Genitori in cerca dei figli o dei propri genitori nella nebbia. Grandi maestri del passato che cercavano la conoscenza del loro futuro. Uomini saggi le cui parole una volta avevano piegato il remo di Caronte per traghettarli senza pagamento. E le anime piene di debiti, con bocche astute, che promettevano un pagamento che non avrebbero mai potuto procurarsi né rendere. Ce n'erano più di quante Caronte volesse ammettere.

Testa per il nord, croce per il sud. Lanciò la moneta con un vigore rabbioso e supplementare, e questa sbandò di lato, finendo nelle profondità torbide.

«Maledizione» borbottò.

L a dimora di Guerra era una casa più volte aggiornata fino a diventare quello che poteva essere descritto solo come un complesso tentacolare. Costruita inizialmente come una casa lunga di tradizione vichinga, la struttura originale era da allora diventata un atrio artistico per il resto delle stanze. Alloggi di guerra di tutte le epoche si univano per forgiare un campus mostruoso, dedicato all'apprendimento e alla memoria delle guerre passate. Manufatti culturali di ogni epoca adornavano le sue pareti, tutti letali o, per lo meno, un tempo letali.

Aveva spadoni, scheggiati e rotti, appesi su supporti da esposizione. Accanto a essi, lance e spade di guerrieri di un lontano passato, ognuna con una storia su chi l'arma avesse ucciso e quando. I resti della leggendaria lama Durlindana, meri frammenti scheggiati di ferro arrugginito, erano in una teca commemorativa sopra una libreria. Accanto a essi c'era il bossolo del proiettile che aveva ucciso JFK.

Guerra era seduta nel profondo del suo complesso, in un'ala in stile coloniale modellata in onore della conquista genocida del Nuovo Mondo, uno dei suoi periodi preferiti. Guerra sedeva su una sedia da ufficio in un tailleur pantalone casual rosso rosato e osservava una parete di schermi. Televisione, altri mezzi di informazione e poi streaming in diretta erano i campi di battaglia della guerra moderna. Aveva un indicatore dei titoli azionari per monitorare le società pertinenti legate al commercio di armi e alle forze militari private. Dietro di lei c'erano le foto di vari leader mondiali, alcuni vivi o morti di recente, i cui sforzi bellici continuavano, anche dopo la fine del loro dominio, mantenendo Guerra pienamente in attività.

Uno schermo catturò la sua attenzione. Afferrò uno dei circa venti telecomandi e alzò il volume al massimo. Un notiziario in inglese, la lingua che più adorava, descriveva un avvenimento molto insolito.

«Il ritiro sta procedendo secondo i piani, mentre le basi militari internazionali e nazionali sgomberano le loro truppe. Le autorità hanno informato la Federazione Russa che le forze ucraine saranno dispiegate per gestire i problemi interni nelle loro stesse città. La Federazione Russa ha confermato che questo ritiro rientra in un'operazione congiunta con il governo ucraino.»

«Cosa?» borbottò Guerra.

Apparve un altro schermo: due uomini in abito elegante che si stringevano la mano all'interno di un edificio a Panmunjom, una semplice struttura che si trovava a cavallo del confine tra Corea del Nord e del Sud.

«Gli ambasciatori si sono incontrati per la prima volta dopo anni per negoziare la creazione della prima autostrada di collegamento tra i due paesi. Sebbene i piani siano ancora nelle prime fasi di sviluppo, la Corea del Nord ha avanzato questa offerta come mezzo per avviare colloqui di pace attraverso il commercio reciproco.»

«Ma andate al diavolo» sbottò Guerra.

Un'ultima volta, un altro schermo richiese tutta la sua attenzione. Una conferenza tra due uomini: uno con un copricapo arabo e uno in abito con una spilla a forma di stella di David ben visibile sul bavero della giacca.

«Il ministro israeliano ha concluso la prima di quelle che spera saranno molte discussioni con il rappresentante palestinese su questo cessate il fuoco. È troppo presto per dirlo, ma sembra che la pace possa essere a portata di mano nella regione di Gaza per la prima volta. Il presidente degli Stati Uniti ha detto questo riguardo ai colloqui...»

Lo schermo si spense e Guerra si incurvò con un gemito. Si strinse il fianco e si alzò su una gamba zoppicante. Arrotolò la gamba del tailleur e si tamponò la pelle dello stinco sinistro.

C'era una macchia di sangue sulla sua mano quando la ritrasse. Guardò in basso e vide una vecchia ferita, a lungo dimenticata, che si era appena riaperta. Il suo corpo era tutto cicatrici sotto l'armatura, ma tutte guarite e indurite. Nessuna ferita sarebbe dovuta rimanere per riaprirsi. Non dopo così tanto, tanto tempo...

Dopo la loro conversazione che si era trasformata in un colloquio di lavoro, Veronique aveva riempito la grande vasca d'ottone con acqua calda e fumante e aveva spinto Emma a rilassarsi e rinvigorirsi, dicendo agli uomini della casa, senza mezzi termini, di stare ben alla larga dal bagno per un po'.

Mark aspettò il suo turno in sala da pranzo, divorando la colazione che Veronique gli aveva preparato. Per quanto desiderasse tornare nel suo appartamento, vivo e lontano da quel posto, si era già molto affezionato alla governante di Morte, specialmente ai suoi dolci. Quando Emma entrò, lui raccolse le ultime briciole di croissant dal piatto con un dito inumidito.

«Ma cosa diavolo indossi?» rise Mark.

Emma si passò nervosamente le mani sul tessuto del suo abbigliamento in prestito: una casacca blu scuro e larghi pantaloni marroni.

«Veronique ha preso i miei vestiti da lavare mentre ero in bagno. Questi li ha lasciati fuori dalla porta.»

«Fanno risaltare i tuoi occhi.»

«Ridi pure, fenomeno» sogghignò Emma, «c'è un cambio di vestiti anche per te.»

Morte tossì. Lo fece liberamente e quasi con arroganza, in direzione di Mark.

Emma sorrise a Mark, pensando che a lei era andata meglio rispetto agli enormi pantaloni scozzesi e al maglione giallo a rombi che gli erano stati regalati. Il gruppo si era ritirato in salotto, che Veronique aveva sistemato per favorire al meglio il loro colloquio. Accese il fuoco, il che rese in qualche modo la stanza più fredda. Rubò tutto il calore per sé e lasciò Mark ed Emma a tremare mentre Morte sedeva comodo nelle sue spesse vesti con un giornale in mano.

«Sapete andare a cavallo?» chiese.

«Sono andata a cavallo quando ero una ragazzina» disse Emma. «Non per molto tempo, ma ricordo ancora le basi.»

Morte si rivolse a Mark.

«Disponibile a imparare» disse lui, facendo il pollice in su.

Morte grugnì, perplesso. «Sapete leggere una clessidra?»

«S-sì?» rispose Mark. «Basta... guardarla, no?»

«Verrebbe da pensarlo» borbottò Morte. «Sapete mietere?»

«È una metafora?» chiese Emma. «O un termine commerciale?»

«Con una falce.»

«Io sì» affermò Mark. «L'ho fatto, una volta. Da ragazzo, passammo l'estate in un cottage vicino ad Abersoch. Un vicino mi fece tagliare il prato, ma gli piaceva la quiete, così mi insegnò a usare una falce sull'erba.»

«Una volta mi sono tagliata i capelli da sola» disse Emma. «E non ho mai più giocato con oggetti affilati. Ma, se è una questione di pratica...»

«Sapete giudicare la vita di un uomo» chiese Morte «ben vissuta o no, con un solo sguardo nei suoi occhi? E sentire la storia di tutti i suoi peccati dal solo sospiro finale che esce dalle sue labbra?»

I due si fermarono a considerare le risposte e il modo migliore per dire di no.

«Una volta ho visto un video su YouTube dell'intervista a un famoso criminale» disse Mark «e di come si capiva che mentiva da... come sbatteva le palpebre e guardava il soffitto quando alterava la verità. Quindi, credo che potrei imparare il resto.»

«No, non può» disse Morte. «Non a meno di non cavarsi gli occhi e vedere il mondo attraverso la lente oggettiva dell'assoluzione.»

«È un intervento facoltativo?» chiese Mark.

Morte posò il giornale sul supporto vicino. «Questo è senza speranza, inutile e, anche per scherzo, non è affatto divertente. *Ma* è una novità e una cosa unica. Voi sfidate già lo status quo a un livello inquietante. Pertanto, sono disposto a vedervi provare. Ma sia chiaro, questa è una grande seccatura per me. Specialmente perché sono l'unico cavaliere così oberato di lavoro da dover prendere degli apprendisti. Se avrete successo, avrete successo esclusivamente in mio nome. Il vostro successo sarà il mio successo, e i vostri fallimenti saranno i *vostri* fallimenti. È chiaro?»

Emma sospirò. «Sì, mi è familiare questo tipo di lavoro.»

E lo era. Emma faceva fare bella figura agli altri in ufficio. Creava una presentazione su due piedi per il team di vendita perché "tu sei molto più brava di me con PowerPoint". L'email a tarda notte ai fornitori per assicurarsi che tutto fosse in linea per l'evento del giorno dopo a cui non era nemmeno stata invitata. Comprava il latte di tasca sua così che il team dirigenziale potesse offrire un caffè agli ospiti. Nessuna parola di ringraziamento, nessun riconoscimento.

«Ma non ci sono scorciatoie» disse Morte. «Finché l'ultimo granello di sabbia non cadrà dalla vostra clessidra, sarete vincolati al mio servizio. E poi, entrambi attraverserete il fiume.»

Mark fece l'occhiolino a Veronique, la sua compagna di cospirazione, ma questa volta lei non ricambiò il sorriso. Qualcosa nel tono di Morte le disse, categoricamente, che le possibilità che Mark tornasse sulla Terra in una qualsiasi veste diversa da quella di mietere le anime dei morti erano praticamente nulle. Ma Mark non se ne accorse. Ci stava con tutte le scarpe.

«E il pedaggio?» chiese Emma.

Morte batté un piede per terra. «Il mio piede nella bocca di Caronte sarà il pedaggio, se oserà sfidarmi.» Poi la sua gola si indebolì e tossì di nuovo. Si batté la mano sul petto per schiarirsi il respiro. «Ma prima, avrete bisogno di addestramento...»

CAPITOLO DIECI

Il reame dei morti, la terra tra le vite, la sala d'attesa dell'eternità era vasto e scoordinato. Ma come in ogni vasta terra in cui non esiste ordine e le opportunità scarseggiano, il genere umano trovò un modo per creare un ordine, anche nella morte. Coloro che non erano riusciti a prendere un traghetto per attraversare il fiume lo avevano fatto con una qualche grande intenzione, pia o meno, o si erano trattenuti per un qualche legame predestinato con i non-morti. Le anime perse del purgatorio si rifiutarono di rimanere perse e così si radunarono in comunità, che poi si svilupparono nel tempo, dal nulla alle terre selvagge.

Veronique attaccò un carretto al cavallo pallido e vi salì con Mark ed Emma, mentre Morte cavalcava il suo destriero, trainandoli nella grande terra del Limbo per far loro da guida. Come spettro errante per l'eternità, era giovane, con i suoi soli 104 anni, ma aveva imparato a conoscere coloro che si erano adattati alla loro apatica punizione e le loro molteplici inclinazioni.

Il primo gruppo che i due apprendisti in formazione dovettero visitare fu inaspettatamente accogliente. Un gruppo di monaci Shaolin li attendeva in un tempio costruito, mattone su mattone, nel corso di millenni, dal fango del terreno e dal calore dei loro stessi discepoli perennemente in fiamme, usati come fuochi di forgia. La loro devota determinazione persisteva anche nella morte e anche di fronte al conflitto con le loro stesse credenze.

Morte lasciò gli altri e attese che scendessero dal carro. Veronique lo sganciò e lo lasciò andare.

«Tornerò» disse. «Ho ancora i miei doveri da compiere. Non posso farvi da precettore per sempre.»

«Mi sento di nuovo un bambino» disse Mark. «Come quando ti lasciano a scuola. Pensi che ci aiuterà con i compiti dopo che avrà finito di lavorare?»

Il cavallo pallido nitrì, interrompendoli con il suo urlo di morte.

«La vostra istruzione qui riguarderà la maestria nell'uso della falce» gridò loro Morte dall'alto. «Sebbene tutte le vite siano uguali nella morte, le conquiste ottenute in vita rimangono legate all'anima in questa forma. E questi testardi si rifiutano di accettare di essere morti.»

Un monaco si avvicinò con grande rispetto nella postura. Era anziano, forse sulla sessantina, ed eccezionalmente ben piazzato. «Attendiamo che il nostro cammino verso l'illuminazione venga aperto e aspetteremo un'eternità per la nostra opportunità di rinascere.»

«Vi ho già detto che non è così che funziona!» esclamò Morte, prima di schioccare le redini e volare in cielo, mentre il monaco si inchinava a lui. Veronique rimase vicino al carro, mentre il monaco accoglieva Mark ed Emma.

Passeggiarono per i terreni con la loro guida e ammirarono le strutture di cui l'uomo era capace nelle altrimenti desolate pianure dell'increazione. Tutto era fatto di terra cotta. Grandi campane erano state levigate e pressate insieme con una tale forza che la dura argilla era giunta a imitare il metallo che avrebbe dovuto essere. Il loro cibo, anch'esso fatto di fango, era realizzato con una cura e un dettaglio così distinti che ogni piatto si muoveva e profumava come se fosse reale.

«Come funziona esattamente tutto questo?» chiese Emma.

«Lo Shaolin» spiegò il monaco «è una via di disciplina, per affinare il proprio corpo come un tempio per il Buddha, e accettare l'illuminazione non in questa vita, ma in mille...»

«Intendevo l'argilla e il resto» lo corresse Mark. «Scusi se la interrompo.»

«Non fa niente» disse il monaco. «Ci sarà sempre un'opportunità per me di finire. Riguardo a come le cose vengono create qui, è il semplice desiderio umano che ha dato forma alle nostre creazioni.»

«Voi non dovreste liberarvi dei desideri?» chiese Mark.

Il monaco si voltò e lo guardò con un sorriso, poi diede a Mark un colpetto sulla fronte. «Non fare l'impertinente.»

«Voi non dovreste essere pacifici e tranquilli?» chiese Emma.

Si voltò a guardarla. Lei si coprì la fronte con la mano per proteggersi, ma lui le diede invece un colpetto sul naso. I due rimasero sbigottiti dal dolore sorpreso.

«Sì» rispose il monaco «ma non ci piace farci prendere per i fondelli. Ecco perché, in vita, alleniamo i nostri corpi. La via dello Shaolin era una via di guerrieri, non smussata dagli insegnamenti dell'illuminazione, ma affinata. Le sette si separarono qualche tempo dopo la mia morte in quella che conoscete – di pacifica segregazione e profonda meditazione – e la classe guerriera che difese il Buddha a ogni crocevia di conflitto della storia. Coloro che uccidevano non erano visti come inferiori agli occhi del Buddha, perché c'era anche un santo del buddismo che ottenne la presenza della divinità durante la guerra. Essi lo seguirono in battaglia, mentre gli altri rivendicarono la difesa della loro casa e non si avventurarono mai fuori.»

«Capisco» disse Mark. «Avete monaci combattenti e monaci pacifici.»

«E monaci in fiamme» fece notare Emma.

«Loro sono i veramente devoti» spiegò il monaco. «Coloro che respingono la loro nuova realtà e attendono la trascendenza nelle fiamme. Bruciano per sempre, senza mai cambiare, sempre nel dolore, eppure non se ne curano. Possono morire un milione di volte, ma se alla milionesima e una ascendono, allora ne sarà valsa la pena.»

«Non tutti possono farlo» disse Mark. «Ovviamente.»

«Non è facile» disse lui. «Né in vita, né in morte, sopportare i dolori di un mondo immutabile. Ma noi perseveriamo. Altri non sono altrettanto pazienti. Abbiamo mantenuto il nostro status quo nella morte, immutati, unificati dai pellegrini che si avventurano nel vuoto per trovare altre anime credenti che cercano la grazia del Buddha in questa terra senza araldi. Attraverso la fede, siamo uniti. Siamo forti.»

«E quelli senza fede?» disse Mark. «O di fedi diverse... come collaborate?»

«Non collaboriamo» disse. Diede un calcio a un bastone facendolo balzare in aria e lo afferrò con una piroetta. «Ecco perché ci alleniamo.»

«A-ha.» Mark annuì. «Avete quello fico con la lama affilata all'estremità e i piccoli pendagli?»

«La vostra presenza mi è stata descritta come alquanto unica» spiegò il monaco. «Siete ancora vivi, giusto?»

«Sì» disse Mark, senza un briciolo di convinzione.

Il monaco affondò il bastone nel petto di Mark e lo fece cadere all'indietro, svuotandogli i polmoni. Emma avanzò immediatamente per difendersi, credendo che la prova fosse già iniziata e che il suo nuovo istruttore stesse mettendo alla prova la sua abilità nel combattimento per vedere quale dei due sarebbe stato più veloce da istruire. Lui la colpì sulla testa, poi le fece uno sgambetto. Atterrò duramente a terra. Nonostante il dolore all'anca, si rialzò rapidamente. Pensò che più velocemente avesse padroneggiato l'arte di Morte, più velocemente avrebbe potuto guadagnarsi il diritto di passare dall'altra parte.

«E tu?» Il monaco fece cenno a Mark di avanzare.

Fu un po' più lento a rimettersi in piedi, sentendosi ancora senza fiato. Era, tuttavia, determinato quanto Emma a padroneggiare l'arte di Morte, nel tentativo di ingraziarselo. Era per natura uno che cercava di compiacere gli altri, quindi non era un gran cambiamento, ed era sempre stato un grande fan dei film di arti marziali, anche se gli mancavano l'abilità e la coordinazione per diventarne mai un praticante. Questo, pensò, sarebbe stato duro, ma divertente.

Mark avanzò di nuovo, questa volta con il bastone sollevato come una lancia da giostra.

Sbem, sbem.

E atterrò a terra con un tonfo.

«Ahi.»

«Se questo avesse avuto una lama a un'estremità» annunciò il monaco, «saresti sopravvissuto?»

«Ci sono a malapena riuscito senza!» gemette Mark.

Il monaco batté a terra l'estremità smussata del bastone. «Non abbiamo dimenticato la fragilità dell'essere umano. Vi addestreremo, in quanto tali, finché non avrete una fiducia incrollabile con un bastone tra le mani. La lama su di esso sarà così radicata nei vostri cuori che non esiterete a brandirla quando avrete in pugno quello vero.»

«Da ragazzo tagliavo l'erba con una falce» disse Mark. «Posso saltare questa parte?»

Ricevette un altro colpo in testa. Forte.

«Alzatevi» ordinò il monaco. «E cominceremo.»

Il fatto che il pestaggio introduttivo non fosse l'inizio li lasciò entrambi interdetti.

Veronique osservava dal carretto con alcuni spicchi di Terry's Chocolate Orange stretti nelle mani ossute, mentre i due apprendisti venivano malmenati avanti e indietro da una folla di monaci per un giorno e mezzo intero, prima di passare a un addestramento più formale. Alla fine, si aspettava o che l'ultima sabbia della loro clessidra cadesse, o che diventassero veri maestri del bastone con la lama...

E si era portata un sacco di tè e spuntini per godersi lo spettacolo.

CAPITOLO UNDICI

Il tempo passava nel regno oltre la vita... o quasi. Il concetto di tempo che scorreva era difficile da misurare. La maggior parte degli abitanti del purgatorio non aveva né sole né luna, né giorno né notte, né un flusso e riflusso di eventi. Persino i monaci, che erano alacremente al lavoro per addestrare Mark ed Emma, potevano solo tirare a indovinare sullo scorrere del tempo, sebbene uno di loro avesse l'abitudine di meditare colpendo una campana con il pugno ogni secondo.

Così, centinaia di migliaia di secondi dopo, l'addestramento di Mark ed Emma fu giudicato "soddisfacente" e quindi completo. Pertanto, a ognuno di loro fu data una falce e furono messi a fronteggiare il loro maestro. La falce di Mark era più simile a un lungo pastorale, con un uncino di metallo all'estremità, affilato all'interno. La falce di Emma era un po' più corta, poco meno della sua altezza, e la lama era più stretta, ma aveva una solida impugnatura alla base.

«Non temete di ferirvi», disse il monaco. «Non c'è niente che possiate farmi».

«Incoraggiante», commentò Mark. «Anche se ti facessimo a pezzetti, continueresti a muoverti in qualche modo?».

In risposta, il monaco fece roteare un bastone anch'esso munito di lama con un movimento fulmineo, tagliandosi il collo. La sua testa ciondolò e cadde, e lui la afferrò con la mano ancora in movimento.

«Noi probabilmente non possiamo farlo», disse Emma. Guardò Mark. Lui si strinse nelle spalle. Forse potevano, ma non valeva la pena rischiare per un trucchetto da quattro soldi. Il monaco si riattaccò la testa.

«Noi siamo già morti», disse. «Lo abbiamo accettato. Anche se questo non è il nostro luogo ideale per riposare in eterno, è comunque un luogo di riposo. L'unica morte che ora ci accetta si trova al di là del fiume invalicabile».

«Non potreste, che so, fare *I 3 dell'operazione Drago* a Caronte, fregargli il traghetto e attraversare il fiume da soli?» chiese Mark. «Ipoteticamente? Per quanto ne so, non è un uomo terribile, ma... di sicuro qualcuno ci avrà pensato, no?».

«Ci è stato severamente sconsigliato», spiegò il monaco. «Chi non può pagare per attraversare il fiume vi viene gettato dentro. E non c'è via d'uscita, nessun sentiero da percorrere: solo una caduta infinita di pura agonia, in un vuoto dimenticato che giace sotto le acque immobili».

«E suppongo che chi ha provato a nuotare non sia più riemerso?» chiese Emma.

Il monaco si scagliò contro di loro. Il tempo delle chiacchiere era finito. Dovevano dare prova di sé. Colpì Mark, che parò la lama e indietreggiò sulla difensiva. Mark contrattaccò; cercò di agganciare il bastone del monaco con la lama della sua falce: una manovra rapida ma fallita.

Poi toccò a Emma. Il monaco la attaccò. Lei rotolò all'indietro e roteò la sua falce con un ampio gesto. Il monaco la scavalcò con un balzo. Lei sferrò un altro fendente, si fermò a metà e lo ritrasse bruscamente. Il monaco fece un salto mortale all'indietro per evitare la falciata che mirava alle sue caviglie.

«Bene», disse il monaco. «Afferra e tira. Questo è il movimento della falce. Per colmare la distanza che la morte crea in tutti i mortali, dovete attirarli a voi con la forza. Questa è la filosofia della falce, e interiorizzandola raggiungerete vette di abilità più elevate».

«Non ci danno una cintura o qualcosa del genere? Ho sempre voluto dire di essere una cintura nera».

«Una cintura serve a tenersi su i pantaloni», rispose il monaco.

«Allora è un no». Il volto di Mark si rabbuiò. Sembrava abbattuto.

Il vecchio monaco ebbe pietà del suo nuovo protetto. «Se per te significa così tanto». Il monaco si slegò dalla vita un pezzo di stoffa e lo porse a Mark. «Tieni».

Mark si illuminò accettando il dono, abbastanza saggio da non ridacchiare quando i pantaloni larghi del monaco gli caddero alle caviglie. Strinse la cintura tra le mani, il suo nuovo bene più prezioso.

I due si inchinarono cerimoniosamente al monaco. Il loro addestramento era completo. Non che fossero maestri, ma erano abbastanza competenti. Priva del proprio corpo, nessuna anima mortale avrebbe avuto l'ardire di resistere loro. Né, presumibilmente, sarebbe stata armata. A dire il vero, il loro addestramento intensivo sembrava un'esagerazione.

Ad ogni modo, lasciarono il tentacolare complesso dei monaci e tornarono da Veronique.

«Com'è andata?» chiese lei.

Mark batté la falce per terra. «Abbiamo raggiunto un livello di illuminazione e di antiche abilità di combattimento da dio guerriero».

«Abbiamo capito quale estremità delle cose molto affilate e appuntite tenere in mano, e quale brandire contro qualcuno», chiarì Emma.

«Oh, splendido», disse Veronique. «Monsieur dovrebbe tornare presto. Potreste, forse, incrociare le lame come nobili guerrieri, per dimostrare che il vostro primo passo è stato compiuto, no?».

«Sarebbe un po' sfacciato», insistette educatamente Mark. «Voglio dire, lui è molto allenato, persino esperto in questo campo. Sembrerebbe un po' *scortese* dire: "Oh, va bene allora, nonno, vediamo cosa sai ancora fare". Sarebbe come dire: "Ho appena imparato ad allacciarmi le scarpe da solo, facciamo una gara", no? Sarebbe... presuntuoso da parte nostra, giusto?».

Emma, che intuì che Mark stava disperatamente cercando di sottrarsi a una simile sfida, si sentì leggermente più sicura. «Ma lui la usa davvero la sua falce, lo sai?».

«Ne ha sempre una con sé», disse lei. «E le cambia al passare delle stagioni. Sono sicura che alcune avessero solo bisogno di essere riaffilate. Ma no, lui le sostituisce per intero. Si getta via il bambino con l'acqua sporca. Gli altri cavalieri hanno i loro ferri del mestiere, e sembrano sempre orgogliosi di mostrarli. Forse è più per una questione estetica che per il combattimento. Ma io sono andata con lui di mia spontanea volontà quando sono morta. E ne sono stata piuttosto contenta. Quindi, forse, semplicemente non ho mai visto che uso faccia della sua falce nelle sue attività quotidiane, oltre a tenere in ordine il giardino».

«Le anime ribelli», ipotizzò Mark. «Quelle che non se ne vanno per le buone. Quel tipo?».

«Teppisti», aggiunse Emma.

Poi, un suono improvviso e fragoroso giunse dall'alto. Gli zoccoli di un antico terrore riempirono l'aria come battiti di un cuore estraneo che invadeva il petto dei vivi e dei meno fortunati. Un impulso mortale seminò una sensazione spaventosa nell'aria e nel terreno, favorendo la crescita di alcuni filamenti d'ombra sulla superficie, come se la terra stessa tremasse di paura. Morte arrivò sul suo cavallo pallido, una veste fluente e ombrosa che gli si trascinava dietro, con una falce scintillante tenuta sopra la spalla.

Smontò da cavallo e tutto tornò immobile. La caduta degli zoccoli del suo cavallo pallido mise a tacere i tremori del terreno. Non vedeva i due accompagnatori da un bel po' di tempo, e la cosa sembrava andargli bene. La sua postura era tornata quella di prima, anche se la sua salute sembrava ancora carente. Anche per essere uno scheletro, appariva pallido e smunto.

«Non siete morti», dichiarò Morte.

«Il nostro addestramento è stato un successo», disse Emma con orgoglio.

Morte gemette. «Questa... non è una *gran* notizia».

«Possiamo anche solo morire, quaggiù?» chiese Mark.

Morte si tolse la falce dalla spalla, appoggiandovisi come a una stampella. «Questa è una domanda affascinante alla quale speravo si sarebbe trovata risposta in mia assenza. Ma a quanto pare no, almeno non nelle settimane in cui siete stati qui».

«Settimane?» chiese Emma.

«Sì, da una prospettiva terrena», chiarì Morte. «Il tempo non è che un'ombra fugace e un promemoria della mortalità di cui coloro che sono qui non hanno più bisogno. Millenni, decenni, semplici istanti si mescolano e si intersecano. L'ultimo momento di un'eternità potrebbe coincidere con l'inizio di un'altra. Ma il tempo avanza comunque: le sue misurazioni sono tutte comode menzogne, ma i suoi risultati sono sempre gli stessi». Si batté una mano sul petto. «Il tempo è un mio grande alleato. Sebbene indisciplinato, avvicina sempre gli uomini a me».

«Allora manchiamo sul serio a qualcuno», disse Mark. «Almeno al nostro padrone di casa».

Morte socchiuse gli occhi, improvvisamente curioso. «Cosa sono quelle cose che avete in mano?».

«Ce le hanno date i monaci», disse Mark. «Ci siamo esercitati con ogni tipo di falce, ma queste ci sembrano le più adatte a noi».

«Senza offesa per la tua, ovviamente», disse Emma. «È solo troppo... poco pratica?».

«È ottima per trebbiare», disse Mark, «ma un po' scomoda per guidare gli umani».

«Mmh». Morte guardò la sua falce e poi il pilastro del monastero più vicino. Veronique era impegnata ad attaccare il suo cavallo alla carrozza in modo che potessero tornare tutti a casa. «Non è una cosa facile da fare, ma "poco pratica" non è la parola adatta».

«Suppongo», cominciò Mark, «che più parliamo della praticità delle armi e del loro uso, più ci avvicineremmo alla competenza di Guerra».

«Anche se siamo nuovi e accettiamo che tutti debbano iniziare da qualche parte», disse Emma, «ti dispiacerebbe mostrarci le tue abilità con la falce?».

«Emma!» esclamò Mark a voce bassa. «Non starai chiedendo al nostro *ospite* di dare una dimostrazione di sé, vero?».

«Voglio solo vedere», insistette lei. «Per fare un confronto, come potremmo...».

Morte roteò la falce. Non in modo pratico. Fu un gesto cerimonioso, piatto e rapido, verso l'esterno e di lato. Il grande pilastro che segnava il confine del territorio dei monaci fu tranciato come una canna spaccata da un'ascia. Poi seguì una grande folata di vento che spinse giù la struttura d'argilla, che tornò a essere un ammasso informe di fango grigio nel vuoto senza caratteristiche.

«Dopo migliaia di anni», disse Morte, «ci si fa l'abitudine. Voi, limitatevi ad agitare la parte affilata contro chiunque vi dia problemi. Solo quello è sufficiente».

Morte si avvicinò al suo cavallo, usando la falce come un bastone, e vi montò di nuovo. Mark ed Emma lanciarono uno sguardo di scusa ai monaci che si erano radunati intorno alla loro struttura perduta, forse per ricostruirla o per prendere a calci i resti. Sembrava che loro due non potessero restare ad aiutare. Avevano qualcosa di più importante da fare...

CAPITOLO DODICI

Il gruppo tornò all'accogliente cottage della Morte. Mark non poté fare a meno di notare le condizioni del giardino davanti alla casa: il campo di sterpaglie, rovi e ogni sorta di piante simili a grano lasciate incolte, un tempo invaso dalle erbacce, era stato tutto tagliato molto corto, e non ne restava traccia. Era come se la Morte avesse dedicato un sacco di tempo e fatica a falciare il prato. Anche se probabilmente erano bastate poche falciate, una per ogni direzione fino alla porta d'ingresso.

La casa, però, era leggermente meno in ordine. L'assenza di Veronique si notava. Tavoli e sedie erano stati spostati, una pila di pentole sporche giaceva nel lavandino. C'erano tazze usate sparse in giro. Le tende erano tirate in modo diseguale. Una falce era caduta con la lama in avanti nel pavimento ed era stata lasciata lì, conficcata nel parquet decorativo, troppo in profondità per essere estratta.

«Voi due,» li chiamò la Morte. Schioccò le dita. Al suo comando, la sua veste si trasformò, prima in una densa nebbia di oscurità e poi in un abito monopetto di splendida fattura, che si adattava alle sue proporzioni spettrali come una seconda pelle, anche se nel caso della Morte era in realtà la prima. «La vostra prossima lezione sui doveri della Morte si trova alla fine della vostra vita.»

Mark ed Emma si guardarono con una certa preoccupazione. Lasciarono le loro nuove falci vicino alla porta, accanto all'attaccapanni inutilizzato e alla collezione di ombrelli, mentre Veronique imprecò in francese entrando nel salotto per rimediare ai danni di alcune settimane di vita da scapolo che la Morte si era lasciato alle spalle.

La Morte li condusse attraverso il suo studio e la porta nascosta nella libreria fino alla Sala del Tempo, che era rivestita di clessidre su tutti i lati, in ogni spazio disponibile, per quelle che Mark ed Emma potevano solo supporre essere miglia e miglia. Si accomodò sulla sua vecchia e malconcia poltrona preferita e indicò loro di sedersi. Due clessidre giacevano su un fianco sul tavolino da caffè dai bordi dorati. Mark ed Emma le riconobbero come quelle della durata delle proprie vite, le simboliche e mistiche (ma molto reali) linee vitali che per il momento li tenevano lontani dalla vera morte.

Su un piedistallo di fronte a loro c'erano un'altra clessidra e un piatto fondo pieno di riso basmati doppiamente sbiancato. La Morte svitò il bulbo superiore della clessidra e vi pizzicò dentro alcuni chicchi di riso, che scesero sopra la sabbia, un minuscolo granello alla volta. Riavvitò il coperchio e la sollevò verso di loro.

«Ditemi cosa vedete,» disse.

«Un saggio consiglio che viene seguito,» disse Emma con aria compiaciuta.

La Morte emise un gemito nella sua direzione.

«Ehm, una clessidra?» disse lei stavolta.

Lui gemette di nuovo, sull'orlo di un ringhio impaziente.

«La vita?» chiese Mark.

La Morte sospirò. «Questo è, in effetti, ciò che misura la vita. Il tempo che resta da vivere filtra verso il basso sotto forma di granelli di sabbia. Ogni granello è un momento, un qualche significato, e il flusso è diverso per ognuno. Alcuni scorrono rapidamente con grande magnificenza; altri sono appena pieni a metà, o anche meno, quando vengono all'esistenza. Ognuno una tragedia di diversa durata, ma ognuno inevitabile. Se prendeste tutta la sabbia che si trova in ogni deserto del vostro mondo, quella quantità basterebbe solo per un giorno di dovere della Morte.»

«È un sacco di sabbia,» disse Mark.

«È un sacco di dovere...» disse Emma. «Voglio dire, quante persone muoiono ogni giorno? Di qualsiasi cosa? Saranno almeno un paio di migliaia, no?»

«La sabbia persa,» disse la Morte, «non si perde solo con la morte. Ci sono una miriade di modi per far scorrere la sabbia più velocemente... e alcuni modi misteriosi che potrebbero farla *fermare*.» Lanciò un'occhiataccia alle loro clessidre bloccate. I bulbi superiori erano vuoti, a parte le croste di sabbia indurita sui lati. Ognuno aveva una manciata di riso ammucchiata dentro, il che le faceva sembrare doppiamente piene.

«Dovete imparare a misurare e correggere ogni clessidra,» disse la Morte, «e quale tempismo sia necessario per raccogliere con precisione l'anima associata mentre gli ultimi momenti scorrono via. E dovete farlo circa mille e settecento volte al giorno e uscire altrettante volte per mietere le anime e portarle al fiume. Perché questo è, in media, il numero di persone che muoiono, ogni giorno, nel territorio che ora chiamate Regno Unito.»

«Quante case visita Babbo Natale ogni anno?» chiese Mark. «Se dovesse farlo ogni giorno, si ridurrebbe a uno scheletro anche lui.»

«Sono tutte pronte per essere raccolte a breve?» chiese Emma, facendo un gesto verso la stanza. «O sono... qui per un'altra buona ragione?»

La Morte prese una clessidra vuota da uno scaffale, una senza nome, senza decorazioni, qualcosa di puro e semplice. Aprì la parte superiore e sfregò le punte delle ossa delle dita. Si produsse della sabbia che riempì il bulbo superiore della clessidra. Continuò a sfregare finché non ne uscì più nulla, poi riavvitò la parte superiore. Completato l'assemblaggio della clessidra, la sollevò e passò una falange distale lungo il pannello d'ottone. Sotto i loro occhi, apparvero delle lettere, incise sulla placca alla base della clessidra: Noah Archibald Simmonds.

«Questa è una vita,» disse, «che prende forma. La sua fine è stata determinata. Sebbene il destino non sia certo, questa vita al suo interno non potrà mai essere sostituita, e una volta che inizia a scorrere» – scosse la clessidra e la sabbia si mosse per iniziare un lento rivolo attraverso il collo stretto – «persiste fino alla fine.»

«Quindi quello è Noah che sta effettivamente nascendo?» chiese Emma.

«Mmm, sì,» disse la Morte. «Ogni morte inizia con la vita.»

«Pensavo ci fosse qualcun altro a occuparsene,» disse Mark.

«Se qualcun altro avesse la responsabilità di gestire e mantenere la vita,» rispose la Morte, «perché dovrebbe poi consegnare questa vita alla Morte? Se ci fosse un cavaliere come la Vita, allora dispensare la vita sarebbe il suo lavoro, no?»

«Come una cicogna,» disse Mark.

«O un contadino di cavoli,» propose Emma.

«E lasciare che la vita che hanno creato cada nella morte sarebbe un fallimento, non è vero?» continuò la Morte.

«Voglio dire,» cominciò Emma, «in senso economico, fornirLe vita da mietere sarebbe reciprocamente vantaggioso se Lei potesse fornire qualcosa anche alla Vita. Tipo, stabilità? Mantenere la popolazione a un livello non troppo alto?»

«Quel traguardo è stato superato anni fa,» disse la Morte. «La vostra dannata Rivoluzione Industriale ha reso impossibile gestire i vostri fastidiosi tassi di crescita. E così pochi paesi hanno l'audacia di tornare in negativo.»

«Prego?» disse Mark.

«La vita è una questione di morte,» dichiarò la Morte. «La sua importanza non può essere affidata a nessun altro. E se diventerete la Morte, o almeno opererete come miei delegati, sarà una questione che non dovrete gestire male.»

La Morte si allungò verso la leva della sua poltrona per trasformarla in una reclinabile. La tirò, e la stanza iniziò a sprofondare. Mark ed Emma caddero mentre le pareti si alzavano intorno a loro. Il pavimento precipitò verso il basso. E su tutti i lati c'erano gli scaffali e le clessidre, una quantità infinita, che si estendeva in una profondità che non potevano misurare. Persero di vista il soffitto e poi continuarono a scendere per minuti.

Poi, finalmente, si fermarono. Il camino, l'unica parte della stanza che non era uno scaffale coperto di clessidre, era spento e pieno di sabbia che si riversava fuori come se piovesse dalla canna fumaria.

«C'è una certa finezza in questo,» disse la Morte. «Una che dovrete imparare. Trovare la giusta quantità per riempire ogni clessidra.» Si alzò dalla poltrona, che fece scattare immediatamente in fuori la parte reclinabile. Grugnì e la spinse di nuovo dentro, poi prese due semplici clessidre vuote. Gliele porse.

«Sentitene il peso,» li istruì. «La loro leggerezza. La vita senza morte non ha significato, né scopo. Nessuna misura. Ma una vita vissuta troppo a lungo diventa un pesante fardello. C'è una giustezza che dovete scoprire. Un tocco 'quanto basta' per riempirla. Allora, quella vita può iniziare e iniziare a finire.»

Mark ed Emma tennero le clessidre, soppesandole tra le mani. In effetti erano leggere, molto più leggere del previsto. Il vetro era un acrilico economico e il legno non era altro che un laminato. Lui portò anche le loro clessidre. Diede quella di Emma a Mark e viceversa.

«Sentite queste,» disse.

I due presero le proprie vite tra le mani e ne confrontarono il peso, come bilance.

«Wow,» disse Mark. Si voltò verso Emma. «È... sorprendentemente pesante.»

«Davvero?» chiese lei.

Non era la prima volta che afferrava la vita di lei tra le sue mani. Ricordando cos'era successo l'ultima volta, la strinse un po' di più e si concentrò invece su quella vuota. Confrontò il peso di una vita vissuta, bene o male, e di una ancora da iniziare.

«Riempitele,» disse la Morte, «finché non le sentirete stabili come le vostre. Ci vorrà una diversa quantità di sabbia ogni volta. Alcune potrebbero cadere più velocemente di altre.»

Detto questo, la Morte si tirò il cappuccio sulla testa e svanì.

Mark ed Emma si diressero al camino e iniziarono a riempire le clessidre come era stato mostrato loro. Sperimentarono con il peso finché non lo sentirono giusto. Una era un po' più leggera della loro: una vita destinata a finire anche prima della loro. L'altra era molto più densa, anche se la sabbia scorreva più velocemente, una vita piena di eventi che si stavano già svolgendo.

«Buon compleanno a entrambi,» disse Mark.

«Scusa se ti abbiamo ucciso,» aggiunse Emma. «...Lasciandoti nascere.»

Mark fece un'espressione acida. «Sì, è proprio quello che dovremmo dire al nostro primogenito, no? Scusarci appena uscito dal tuo utero.»

«Il nostro primogenito?» chiese lei incredula.

«Voglio solo dire—»

«Sorvoliamo sul fatto che siamo coinquilini, che non abbiamo una relazione che vada oltre la divisione delle bollette, e che siamo morti. Beh, quasi-morti. Sapendo quello che sai ora, vorresti ancora mettere al mondo un figlio?» Sollevò la sua clessidra per rafforzare il suo punto.

«Niente oltre la divisione delle bollette?» sbottò Mark. «Va bene se non mi vedi come ti vedo io. Lo capisco. Davvero. Ma la nostra relazione, per te, è davvero così semplice? Così transazionale?»

«Scusa. Mi è uscito malissimo.» Emma si addolcì, allungandosi e posando una mano sul braccio di Mark. «Non intendevo quello. Eri... tu *sei* il miglior amico che io abbia mai avuto.»

«Bella parata.»

«Grazie.»

«E mi devi ancora venti sterline per l'elettricità del mese scorso.»

Emma rise. «Appena troviamo un bancomat.»

Mark prese le clessidre vuote più vicine e ne passò una a Emma. Lavorarono in silenzio, imparando ad apprezzare il valore della vita, non più di una manciata di sabbia alla volta.

CAPITOLO TREDICI

Nel corso di un altro lungo e indefinito lasso di tempo, diventarono piuttosto abili a setacciare la sabbia. Emma tendeva ad aggiungerne a manciate per poi riversare fuori quella in eccesso. Mark, invece, era molto più cauto, a volte ne aggiungeva appena un pizzico alla volta, come se stesse condendo della carne.

«Adoro quel tocco da chef televisivo» disse Emma, divertita. «Manca solo un rametto di prezzemolo.»

«Basta che funzioni» rispose Mark, senza distogliere lo sguardo dalla sabbia.

Entrambi soppesarono le clessidre tra le mani, soddisfatti dei risultati. Il bulbo superiore di quella di Emma era quasi pieno fino all'orlo. Quello di Mark non arrivava neanche a metà.

«Momento della verità?» disse Emma.

«Certo.»

Si scambiarono le clessidre, controllandone il peso.

«Perfetta.» Mark annuì con approvazione e chiuse il tappo sulla clessidra di Emma. Nel farlo, sulla targhetta apparve l'incisione e la sabbia cominciò a scendere in un batter d'occhio. «Buon compleanno, Nadia.»

Sorrise e fece scivolare la clessidra sul pavimento prima di prenderne subito una vuota, in procinto di ricominciare da capo il processo.

«Sembra *Ventiquattrore in sala parto*» disse Emma, facendo scivolare la sabbia dalla sua mano a coppa. «Sotto steroidi. Senza tutte le urla e i fluidi corporei.»

Dopo una partenza un po' a rilento, avevano trovato una sorta di ritmo e avevano riempito ben oltre duecento clessidre ora perfettamente funzionanti che giacevano intorno a loro sul pavimento. Nadia fu posata sopra Harry – la quarta di Emma quella mattina – per iniziare una seconda fila.

«È un po' folle che stiamo praticamente creando delle vite» disse Emma.

Mark ci pensò per un secondo, poi scosse la testa. «No, non è così, vero? La parte della creazione avviene nei letti, sui pavimenti, negli armadietti della cancelleria di tutto il mondo. Noi diamo solo il via al timer.»

Emma rise. «Lo stai paragonando a mettere un paio di bastoncini di pesce nel forno per dodici minuti a duecento gradi?»

«Duecentodieci, se vuoi la panatura croccante. Ma sì. È comunque incredibile e un privilegio.»

Era tutta una questione di sensazioni, e quella sensazione era accompagnata da un misto di meraviglia e terrore per il loro potere. Brandire una falce – un oggetto pericoloso destinato a togliere brutalmente una vita – era una cosa. Ma sentire il peso e giudicare il tempo rimasto a una vita umana era tutta un'altra faccenda. La loro morale fu messa a dura prova. Stavano facendo solo ciò che era necessario affinché la vita iniziasse, ma, alla fine, ogni vita si sarebbe comunque conclusa.

Continuarono a farsi strada tra le clessidre vuote, ma ce n'erano sempre altre in attesa di essere riempite e un'infinità di altre che già scorrevano. Pareva che avessero ottenuto molto poco in troppo tempo. Quando si presero una pausa e si alzarono dal pavimento, avevano le gambe anchilosate e la schiena pareva loro ingobbita.

«Capisco» disse Mark, «come questo potrebbe diventare compromettente dopo un po' di tempo.»

«È come lavorare in miniera» disse Emma. «Alla fine, tutto il corpo si compatta solo per adattarsi alle condizioni.»

«Ti fanno male le nocche?» chiese Mark. «A forza di raccogliere la sabbia?»

«Un po'. Ma le mie unghie non sono mai state così lucide.»

Morte apparve all'improvviso nello spazio, ed Emma rovesciò una manciata di sabbia sul pavimento.

«Scusami, piccolino» sussurrò lei, raccogliendo la sabbia e rimettendola nella clessidra.

«Lezione finita» annunciò Morte, e batté un piede.

Le pareti sfrecciarono giù nel pavimento con la stessa sfocatura da ascensore che avevano provato prima. Mark ed Emma assicurarono le loro raccolte di clessidre piene lì vicino prima di essere schiacciati al suolo dalla crescente forza di gravità.

«Avete imparato a percepire una vita come si deve» disse Morte. Raggiunsero l'ultimo piano. Lo studio-ascensore si arrestò con un sussulto. Le clessidre vacillarono, ma nessuna cadde. «Il resto è mera regolamentazione. Non potete manomettere la sabbia di una clessidra già presente. Non potete aggiungerne né toglierne. L'aggiunta di riso per ridurre l'umidità, però, sembra andare bene.»

«Per fortuna» disse Emma.

«Inoltre» continuò Morte mentre si alzava, «quando una è quasi vuota, dovete giudicare quando e come raccogliere l'anima corrispondente. Alcuni momenti sono più ovviamente letali di altri. Nel vostro caso, i vostri ultimi istanti sarebbero dovuti arrivare senza alcuna agitazione. Ma questa situazione vi ha resi incapaci di morire. Questa è una misura essenziale che dovete sempre prendere: se rimane anche un solo granello di sabbia, un singolo momento non ancora compiuto, la vita non può essere presa. Bisogna attendere fino a che anche quell'ultimo momento sia svanito.»

«Quindi, se una persona molto noiosa» disse Mark, «si chiude volontariamente in casa per evitare che le capiti qualunque esperienza di vita, potrebbe vivere più a lungo?»

«Alla fine» disse Morte, «tutte le cose muoiono. Anche in quel caso, comunque, la misura dei momenti e del loro peso differisce notevolmente. Alcuni uomini sopravvivono alle guerre eppure setacciano i propri momenti con più letalità del soldato che siede stringendo il fucile dietro una barricata. La noia è relativa. Quei monaci ne sono un esempio lampante. Alcuni vivono fino a cent'anni perché misurano i loro momenti in modo molto diverso.»

«Quindi, la monotonia può far guadagnare tempo» disse Emma, pensando alla pila infinita di pratiche assicurative che la accoglieva ogni mattina al lavoro e a come, alla fine, fosse stato un fattore critico nella sua decisione di porre fine alla propria vita. «Se l'avessi saputo, avrei tenuto la testa bassa al lavoro e avrei lasciato che i giorni mi scorressero addosso.»

«Non è forse ogni lavoro ripetitivo in un certo senso, qualunque sia la tua professione?» si chiese Mark ad alta voce. Lui era stato soddisfatto del suo lavoro. Il lavoro in sé, creare annunci online per marchi di cibo e bevande, poteva essere un po' monotono. Lui l'aveva reso interessante inventando arguti giochi di parole e doppi sensi per – a suo parere – migliorare il testo e l'efficacia della pubblicità. Il più delle volte, la cosa finiva con Mark che riceveva una telefonata da un brand manager apoplettico, il quale avrebbe preferito che 'la servitù non toccasse il genio di un copywriter pluripremiato'. E per Mark andava bene. Credeva fermamente che fosse meglio provarci piuttosto che restare in silenzio in un angolo. Ma ogni tanto, le sue idee stravaganti per i testi funzionavano. Il marchio permetteva all'agenzia di uscire dagli schemi e lasciava che i dati fossero il giudice. E funzionava. Li aveva aiutati a superare l'obiettivo trimestrale di broccoletti venduti o aveva contribuito a lanciare con successo una nuova bevanda energetica e, in entrambe le occasioni, l'agenzia si era presa il merito e a Mark era stato fatto scivolare un buono da 50 sterline per M&S. Vantaggioso per tutti.

«Le vite noiose sono semplici da giudicare» disse Morte. «Potete cronometrarle in modo uniforme. La loro sabbia scorre lentamente. Alcune vite, nate malate o povere, finiscono presto eppure sono movimentate. La loro sabbia scorre veloce. Prendete una delle clessidre che avete riempito. Giudicherete, da voi stessi, la vita che avete condannato.»

Mark ed Emma presero ciascuno una clessidra a caso dal gruppo che avevano riempito e le sollevarono. Quella di Mark era quasi piena fino all'orlo e gocciolava lentamente. Quella di Emma era piena per circa tre quarti e scorreva un po' più velocemente.

«Date loro degli anni» istruì Morte. «Affidatevi alla vostra prima impressione.»

«Bene» disse Emma. «Questo tizio, Jack, vivrà fino ai novant'anni e non combinerà un bel niente. Quasi un terzo della sua vita passata a vivere di pensione.»

«Questa, Maisy» disse Mark. «Uhm... mezza età? Forse cinquant'anni? Abbastanza eccitante.»

«Un numero» disse Morte. «Intero e completo.»

«Novantuno» valutò Emma.

«Uh» balbettò Mark. «Uhm, quarantacinque... no, cinquantacinque. Cinquantatré? Sulla cinquantina, ma cinquantotto? Forse cinquantasette?»

Morte strappò la clessidra dalla mano di Mark. «Quanto è abbastanza a lungo? Se dipendesse da voi, dareste loro ogni possibilità di salvarsi e di evitare la loro fine inevitabile. Eppure, in pratica, siete l'opposto della loro salvezza. Anche se poteste raddoppiare la sabbia in questo vetro, significherebbe comunque che devono incontrare la fine per mano vostra. Questa vita finisce a quarantanove anni. Siete stato troppo generoso nella vostra valutazione. Anche se pensate che sia sbagliato, dovete essere crudeli e riconoscere solo ciò che vedete, ciò che sapete essere vero.»

«Io avevo ragione?» chiese Emma.

«Novantadue» disse Morte. «Non male.»

Emma annuì con sicurezza, mentre Mark si rabbuiò un po'. Non era turbato per aver sbagliato la sua ipotesi, ma il modo in cui aveva sbagliato e la severa ramanzina a riguardo lo avevano ferito nell'intimo. Era troppo fiducioso e orgoglioso dell'umanità per essere il giudice severo che doveva essere oltre il confine della vita, il che non era una cosa terribile. Non era così cinico e tetro da avere una fede sicura nella propria capacità di condannare gli altri.

Ma Morte lo era. Ed Emma era... brava in matematica, quindi aveva senso.

«Quando una clessidra è vuota» istruì Morte, «viene posta tra le altre nella collezione. Una vita che attraversa il fiume viene archiviata, per non essere mai più richiamata. Questo mi serve a ricordare quali anime sono passate completamente e quali sono ancora in attesa.»

«E idealmente» disse Mark, «vogliamo che tutte passino. Alla fine.»

«C'è un solo barcaiolo» disse Morte. Si avvicinò alla finestra che dava sul fiume e sulla sua nebbia. «Uno che è incatenato dalle proprie convinzioni e dalla tradizione. La vita è cambiata, la cultura è cambiata, eppure niente di tutto ciò si riflette nella loro vera fine.»

«Sono abbastanza sicuro che abbiamo combattuto un sacco di guerre per decidere quale versione dell'aldilà sia quella giusta» disse Mark. «È un argomento scottante.»

Morte portò una clessidra che stava ancora scorrendo, con la maggior parte della sabbia in basso. «Quanto tempo resta a questa persona?»

Mark socchiuse gli occhi per osservare la sabbia – il modo in cui cadeva, la forma che prendeva – e poi gettò uno sguardo al nome sulla targhetta. «Georgie!? George Banbridge? Non ci posso credere!»

«Cosa?» chiese Emma.

«È un mio compagno di scuola» disse lui. «Delle elementari. È ancora vivo e vegeto! Che mondo piccolo.»

«E per quanto tempo dovrà continuare a essere *vivo e vegeto*?» chiese Emma. «Tu lo sai prima di lui. Pensaci. Potresti presentarti alla prossima rimpatriata e dirgli in faccia quando morirà.»

«Non lo farei mai» disse Mark. «George era un bravo ragazzo. Una volta, dopo la scuola, comprò un pacchetto di sigarette per tutti noi. Non ne fumammo neanche una, ce le scambiammo solo per divertimento.»

Morte gemette con impazienza.

Mark si ricompose e diede un'altra occhiata attenta al contenuto. «Uh, gli restano una trentina d'anni?»

«Corretto» disse Morte. «Quindi, tra una trentina d'anni, Lei scenderà nel regno mortale e lo seguirà, per attendere il momento fatidico della sua morte e raccogliere la sua anima... sì? Girovagherà semplicemente a guardarlo vivere finché qualcosa non lo farà morire?»

«Uh...»

«Mentre migliaia di altri» continuò Morte, «muoiono intorno a Lei, fuori dalla Sua vista e a Sua insaputa, Lei dedicherà il Suo unico potere a quest'unica anima e a nessun'altra per un po', finché non saranno passati una trentina d'anni?»

«Beh, non dovrei farlo» disse Mark. Si rivolse a Emma, incerto. «O sì?»

Lei scrollò le spalle.

«La precisione» disse Morte, «è importante. Vi impedisce di sprecare tempo con qualcuno che *potrebbe* raggiungere il suo momento finale e vi conduce più facilmente a qualcuno che *lo farà*. Imparate a misurare la caduta della sabbia in anni. Poi mesi. Poi settimane, giorni, ore e minuti... fino all'istante in cui l'anima è matura per essere mietuta.»

«Ce n'è una con meno sabbia con cui possiamo fare una prova pratica?» chiese Mark.

Morte gemette e gli lanciò una clessidra. Mark, preso dal panico, si affrettò a prenderla.

Le clessidre erano invulnerabili a qualsiasi danno esterno. Ma vedere Mark armeggiare goffamente per la sua stessa ansia fu una breve tregua per l'impaziente Morte.

CAPITOLO QUATTORDICI

L a Morte era in giro, a mietere le anime eterne dell'umanità per deporle senza troppe cerimonie nel vuoto onnicomprensivo del purgatorio. Se pensavano che la loro giornata non stesse andando come previsto quando la Morte faceva la sua comparsa, le cose sarebbero solo peggiorate quando le loro anime si sarebbero ritrovate derise per la loro scarsa preveggenza dalla mano insensibile del barcaiolo, Caronte.

Su richiesta di Veronique, lei, Mark ed Emma uscirono a passeggiare per la tenuta.

Li condusse al prato sul retro, verso una stalla diroccata oltre la collina. «Questa» disse, «è dove monsieur e i suoi compagni tengono i cavalli di riserva.»

«Di riserva?» chiese Mark.

«Sì» spiegò Veronique. «In caso di necessità, qualsiasi cavallo va bene, o almeno così si dice. Hanno i loro preferiti, ovviamente, come chiunque. I cavalli sono buoni amici e ottima compagnia se sono addestrati bene. E questi sono del tipo che può trascendere il confine tra la vita e la morte, per riportare gli abitanti di questo spazio non-vivente al mondo terreno.»

«Perché i cavalli?» chiese Emma.

Veronique si strinse nelle spalle. «Immagino che siano troppo vecchi per imparare a guidare?»

«Credo che per loro i cavalli abbiano un grande significato in termini di un aspetto più ampio della cultura e della storia umana» disse Mark. «Altrimenti perché Guerra non cavalcherebbe un leone, o Carestia non sceglierebbe di cavalcare una specie di locusta gigante dal cielo?»

«Non essere sciocco» disse Veronique. «Non ci sono leoni qui. Anche i cavalli muoiono e vengono qui. Vengono domati e messi al lavoro.»

«I cavalli hanno un'anima?» chiese Emma.

«Tutti gli esseri viventi ce l'hanno» rispose lei. «Ma gli animali selvatici non si possono ammassare così facilmente. I cavalli sì. Quindi tendono a radunarsi e a trovare la via per questo pascolo per brucare e attendere una mano calma e che li guidi.»

«Ma se tutti gli animali vengono qui» disse Mark, «e se noi dobbiamo dare una mano alla Morte nei suoi compiti, perché non possiamo cavalcare qualcosa come un leone?»

«Credo» disse Emma, «che la domanda sia più se pensi di poter addestrare un leone più facilmente di quanto si possa addestrare un cavallo già addomesticato?»

Mark ascoltò e mise insieme le sue parole per dare un senso alla situazione nella sua testa. Ma aveva ancora domande più pressanti mentre si guardava intorno nella vasta prateria. «Dove sono i cani? Perché non ci sono cani qui?»

«Si perdono» disse Veronique. «E a monsieur non piacciono i cani. Dice che gli abbaiano sempre contro quando arriva per i loro padroni. Gli strappano la veste quando lo prendono. Se può evitarlo, non li porta.»

«Quindi ci sono cani fantasma sulla Terra?» disse Mark. «Così... ovunque?»

Veronique aprì il chiavistello di una delle porte della stalla e batté dolcemente le mani. Una piccola mandria di cavalli di vario tipo trottò fuori nel campo. Alcuni si misero a correre e fuggirono dagli estranei, mentre altri rimasero placidi e mangiarono timidamente l'erba.

«Avete mai cavalcato prima?» chiese Veronique.

«Io sì» disse Emma. «Quando avevo otto anni. Ammetto che tutto quello che hanno fatto è stato mettermi in sella e farlo camminare su un piccolo sentiero legato a una corda. Quindi per quanto riguarda il cavalcare, sì, ma... pilotare, no.»

«Per me è solo no» disse Mark.

«Mark ha un problema con i cavalli» disse Emma a Veronique. «Non si fida.»

«Non ho intenzione di giustificarmi di nuovo!» si lamentò lui. «Non è un trauma, te lo assicuro. È perfettamente ragionevole.»

«Ha sentito dire che possono staccare la testa di un uomo a morsi, e da allora ne ha paura.»

«Non era solo una diceria, era un racconto storico legittimo. I Greci avevano cavalli selvaggi che impararono a mordere combattendo con i puma, e i cavalli sono molto forti, quindi è logico che avrebbero mascelle abbastanza forti da serrare attraverso i muscoli. E poi sono pesanti e hanno gli zoccoli. Se ti pestano, muori. E sono così alti. Se cadi da uno di loro, è come cadere dalla cima di un carro da parata. Muori. Ogni cosa che riguarda i cavalli è solo un rischio di morte. Non puoi nemmeno stare vicino a loro, o si girano, ti scalciano e ti uccidono. Sono come gli emù.»

Emma agitò una mano verso di lui prima di rivolgersi a Veronique. «Allora, hai qualche leone che può cavalcare?»

«No» disse Veronique. «Ma credo di avere qualcosa che funzionerà.»

A Emma fu dato uno stallone da domare. Dovette fare tutto il lavoro di sellarlo con una coperta e una sella da sola, per farselo amico e insegnargli ad amare quell'atto di sottomissione moderata che le avrebbe dato il controllo. Veronique la guidò e le insegnò come imbrigliarlo. Nel frattempo, a Mark fu dato un pony Shetland – un cavallo adulto delle dimensioni di un cane molto grosso. Il suo compito era molto più facile, ma temeva comunque di cavalcare quella cosa. Non perché fosse più pericoloso di un cavallo di dimensioni normali, ma perché non poteva fare a meno di pensare di sembrare stupido a provarci.

«Okay» sospirò Mark alla fine. Si sedette sulla schiena dello Shetland, che grugnì per il suo peso aggiunto. Rimasero fermi per un momento nel vuoto. «Uhm... al galoppo?»

L'incertezza di Mark non aiutò il cavallo. Provò a sporgersi in avanti per farlo andare, provò a scuoterlo con i fianchi. Provò a non sentirsi un completo idiota, un uomo adulto appollaiato su un cavallo giocattolo per bambini, ma non stava funzionando.

«Andiamo!» insistette Mark. «Dobbiamo andare a... mietere anime e quant'altro. Io e te, cavallo. Una vampa nel cielo del fato oscuro e di una fine infausta.» Guardò verso il campo e vide che Emma era finalmente riuscita a imbrigliare il suo cavallo e a farlo muovere. Tutto ciò che doveva fare era montarlo, ma lo stallone era un ribelle dallo spirito libero con un cuore d'oro e non si sarebbe fatto legare da nessun umano di cui non si fidasse.

«Guarda là» disse Mark al suo pony, il suo unico amico a portata d'orecchio. «Ci si butta e basta, no? A volte vorrei poterlo fare anch'io. Non montare un cavallo, quello l'ho fatto, a quanto pare. Ma semplicemente... lei è abbastanza coraggiosa persino da togliersi la vita. Non coraggiosa, ma sicura. Certa di poter fare qualcosa, e poi la fa. Una vita di persone che le dicevano che non poteva fare le cose, e lei è andata avanti e le ha fatte comunque. Non accetta un "no", nemmeno da un cavallo.»

Emma corse al fianco del cavallo mentre galoppava e afferrò la sella. Si sollevò con un salto, infilò un piede nella staffa, scavalcò con la gamba e lo montò. Il cavallo fece un breve salto sgroppando mentre lei si sistemava sulla sella. Veronique le cavalcò accanto.

«Petto indietro» la istruì, «fianchi in avanti. Cavalca sul sedere, non sul pube.»

«Come lo faccio rallentare?» gridò Emma.

«Tira» disse Veronique. Tirò le proprie redini e il suo cavallo rallentò al trotto. Emma provò a fare lo stesso, ma la sua mano scivolò e girò la testa del cavallo. Naturalmente si mosse nella direzione in cui stava guardando, di nuovo verso la stalla e sulla traiettoria di Mark e del suo immobile e soffice somaro.

Mark diede dei colpetti con i piedi sui fianchi del pony. «Okay, ora siamo entrambi in pericolo. Dai, muoviti. Al galoppo, avanti! Muoviti. Vuoi essere trasformato in colla? È quello che succede a mettersi sulla traiettoria di un treno!»

Il pony grugnì e nitrì pateticamente prima di darsi finalmente una mossa e avanzare goffamente. Fece qualche passo, poi passò a un breve galoppo saltellante, sollevandosi all'istante da terra e in aria. Come se stesse scalando una collina invisibile.

«NO!» urlò Mark. «Non dovresti fare questo!»

«Mark!» gridò Emma mentre gli passava accanto al galoppo. Riuscì a prendere le redini e fermò il suo cavallo. «Come hai fatto?»

«Preferirei essere su un emù!» gridò lui. «Almeno avrebbe senso!»

«Gli emù non sanno volare» lo corresse Emma.

«Hanno le piume!» urlò lui. Stava salendo ancora più in alto e la cosa non gli piaceva per niente. Veronique impennò il suo stallone in aria e corse davanti al pony per farlo tornare indietro. Emma sedeva sul suo cavallo e lo lasciò trottare da solo mentre guardava Mark venire radunato nel cielo da un destriero nero come il giaietto. Era come una nuvola che inseguiva il palloncino di un bambino a una festa di compleanno.

«Neanche un leone volerebbe» disse Emma. Alla fine, Mark tornò a terra, non meno spaventato di prima. Un pony era divertente, non troppo alto da cui cadere, ma quando volava, quell'unico vantaggio veniva meno e lo rendeva ancora più pericoloso di un cavallo normale.

I due continuarono a esercitarsi finché Veronique non li condusse alla loro successiva area di addestramento, lungo le rive del fiume Stige...

CAPITOLO QUINDICI

Mark ed Emma si addentrarono nella nebbia. Lo scalpiccio degli zoccoli li condusse nelle profondità della torbida palude. Emma, in sella al suo cavallo bianco con macchie scure sul petto, sedeva comodamente in controllo del suo stallone. Mark le cavalcava accanto sul suo pony, che pareva assorbire ciuffi di umidità contro la fitta trama del suo manto.

«Come si chiama il tuo?» chiese Mark.

«Dobbiamo dargli un nome?» domandò lei. «Pensavo ne avesse già uno.»

«Non riesco a decidermi per il mio,» disse lui. «Niente sembra all'altezza della dignità che rappresenta.»

«Dignità?»

«Più che altro, la sua mancanza. Avevo pensato a Napoleone, ma non era nemmeno tanto più basso di me, con il suo metro e settanta. Tutta la storia della bassezza era perlopiù propaganda, per continuare a mancargli di rispetto anche mentre dilagava e conquistava ogni regno europeo dell'epoca.»

«Allora era un portatore di morte,» disse Emma. «Anche se, perlopiù, tramite la Guerra.»

«Il che ci riporta a quella domanda,» sottolineò Mark. «Noi siamo principalmente responsabili delle morti accidentali o dovute all'età, giusto? La Pestilenza si occuperebbe delle malattie, e la Carestia non è proprio una priorità enorme nel mondo, al momento. Nella maggior parte del mondo, voglio dire. Sì, in alcune parti, ma perlopiù no, e non per molto.»

«Vero.»

«Quindi, non dovremmo dare ai nostri cavalli il nome di qualche orribile catastrofe o di un conquistatore vittorioso di mille battaglie. Ma chiamarli, non so, Cause Naturali, mi sembra un po'...»

«Beh, che ne dici del tempo atmosferico?» chiese Emma. «Non c'è un cavaliere delle inondazioni e degli incendi? Fanno parte del dominio della Pestilenza?»

«No, probabilmente sono sempre Morte anche quelli,» disse Mark. «Oh, e gli omicidi. Non tutti gli omicidi sono un atto di guerra.»

«Ma potrebbero esserlo,» disse lei. «Se la guerra deve essere qualcosa di organizzato e guidato da dei leader, potrebbe complicarsi.»

«Quindi,» disse Mark, cercando di riassumere a che punto fossero arrivati, «non siamo responsabili delle morti per malattia...»

«Sì che lo siamo,» disse lei. «Della Morte in generale.»

«Ma le malattie sono pestilenza.»

«Veronique è stata presa dalla Morte in guerra,» disse lei. «Quindi, in realtà...»

«È tutto molto complicato,» si lamentò Mark. «Sono scioccato che non ci siano più cavalieri. O almeno, più Morti.»

«Credo sia questo il problema. Ha fatto tutto da solo e sta diventando un po' troppo.»

Come era stato loro ordinato, raggiunsero la riva del fiume e attesero che il traghettatore si avvicinasse.

«Oh, oh, oh! So come lo chiamerò,» annunciò Mark, molto soddisfatto di sé. «Cavalcatempeste. Non è fantastico?»

«Mi piace.» Emma annuì. «Ok. Hai presente la maggior parte dei cavalli del Grand National? Tendono ad avere nomi arguti basati su giochi di parole. Allora, che ne dici di Principessa Die?»

Mark si morse il labbro inferiore, guardando la cavalcatura di Emma. «Ti rendi conto,» disse a bassa voce, «che la tua Principessa Die ha un arnese gigantesco?»

«È il gioco di parole. Principessa Die. D. I. E. E come in morire. Morte.»

«L'ho capito. È solo che non è molto giusto. Confonderai il povero ragazzo. Gli farai venire un complesso.»

«A lui piace,» tubò Emma, strofinando il viso sulla criniera dello stallone e ricoprendolo di baci. «Non è vero, Principessa?»

Lo stallone nitrì in segno di assenso.

Caronte si avvicinò remando, comparendo come una sagoma sfocata nella distesa grigia dell'aria, poi urtò la riva con la barca. Le monete cucite sulle sue vesti tintinnarono leggermente per l'impatto.

«Dannazione,» borbottò.

«Buon pomeriggio,» disse Mark. «Non abbiamo ancora monete d'oro, ma ci stavamo chiedendo se potesse insegnarci qualcosa riguardo, uhm...» Si voltò verso Emma.

«*Anatmanship*,» disse lei, pronunciandolo con cura. «Lo studio degli... anat.»

«Credo che di sopra la chiamiamo semplicemente anatomia,» sottolineò Mark. «Più o meno la stessa cosa?»

«No, no,» borbottò Caronte. Si spinse dalla riva con il remo e si liberò dalla sabbia. «Questo dannato, maledetto fiume è più basso di ieri. Non ci sono maree, sul fiume. Dev'essere un presagio.»

«Fa parte del nostro addestramento?» chiese Mark. «Dobbiamo riempire il fiume?»

«Non sembra piovere quaggiù, a meno che non sia per ordine della Morte,» disse Emma. «E non c'è né sole né caldo.»

«Già,» confermò Caronte. «Allora è un presagio. Ma non badateci. Sarà un lavoro per un'altra volta, per un essere superiore. Mi è stato detto che sarete voi i nuovi messeri che scorteranno le anime dei vivi fino a questa dannata riva?»

«Sì, siamo noi,» rispose Mark. Tentò di gonfiare il petto per sembrare più virile, ma era pur sempre in groppa a un pony Shetland.

Caronte sbuffò. «Il povero Vecchie Ossa deve avere la muffa nel cranio per aver acconsentito a una cosa del genere.»

«Non è che abbiamo qualcosa di meglio da fare,» gli disse Emma. «Non siamo ancora *morti*, ma da qui non possiamo proseguire.»

«Beati voi.» Caronte si girò verso di loro e li squadrò. «Qual è stata la vostra causa di *quasi* morte?»

«Uhm, suicidio,» ammise Emma. Lanciò un'occhiata ardente a Mark. «Per una caduta.»

«Ho cercato di fermarla. Ma non ho fatto un gran lavoro.»

«Ah,» disse Caronte. «Uno schianto e uno sfracellamento come si deve. Ossa, sangue e budella sparsi in ogni direzione, e non vi sarebbe rimasto molto con cui venire qui. Ecco una crudele verità che voi umani non avete imparato. Il modo in cui siete portati al riposo finale è il modo in cui finite qui. Perciò, quando un rito di sepoltura è completo, le monete d'oro dovrebbero essere fissate agli occhi, sotto la lingua, nelle tasche o nella giacca, o anche strette saldamente in mano. Nel vostro ultimo ricordo, il modo in cui uscite dalla vita è il modo in cui entrate nella Morte.»

«Non credo che lo faccia più nessuno,» disse Mark. «Tranne forse i miliardari? Quelli davvero strani che costruiscono templi, monumenti e roba simile?»

«Oh, no,» disse Emma. «E se avessero avuto ragione fin dall'inizio, e uno *possa* portarsi tutto dietro?»

«Bleah.» Mark grugnì disgustato. «Posso accettare molte cose, ma non voglio morire sapendo questo.»

«Sì,» disse Caronte, «la vostra ignoranza umana è nauseante. È un atto d'onore portare il valore della vita nella morte; poiché il valore è ciò che spinge tanti uomini a vivere, e morire senza valore significa morire senza aver adempiuto a quello scopo. Un uomo che non vale nemmeno una singola moneta da tenere nel suo trapasso non è un uomo degno di essere lasciato in vita.»

«E i contanti?» chiese Mark. «Banconote? Cartamoneta?»

Caronte sferzò l'aria con la mano. «No. Monete. Oro. Una lega d'oro è accettabile, purché sia più oro che altro. Ha un valore che va oltre quello che voi stessi gli attribuite nelle ore di veglia.»

«E Lei in cosa lo spende?» chiese Emma. «C'è una specie di centro commerciale dall'altra parte del fiume che non riusciamo a vedere? Un casinò enorme? Anche i franchise falliti arrivano quaggiù?»

«Li vorresti?» chiese Mark. «Sono falliti per un motivo.»

«E quel posticino dove mangiavamo ai tempi dell'università?» domandò lei. «Quel ristorantino all'angolo che vendeva torte salate di ogni tipo?»

«Oooh, giusto,» disse lui. «Con il pasticcio al cheeseburger.»

«Morirei per averne uno adesso,» disse Emma.

«No,» grugnì Caronte. «Non c'è nessuna pasticceria sull'altra riva. E non avete bisogno di sapere cosa c'è finché non avrete le monete per vederlo.»

«Se nessuno muore più con le monete, come fa la gente ad attraversare?» chiese Mark.

«Non è un problema mio,» disse Caronte. «Ma se una persona ha la lungimiranza di essere sepolta con qualcosa di valore addosso, quel valore diventerà parte della sua anima. Ma lo stesso vale per qualsiasi cicatrice o danno. E così le loro anime rifletteranno lo stato dei loro corpi e della mente che avevano quando sono morti. Voi due, se foste giunti alla morte come avreste dovuto, avreste le stesse ossa rotte e gli stessi organi spappolati di quando avete toccato terra, e non sareste qui in piedi di fronte a me, ma sareste semplicemente un ammasso informe di dolore e angoscia avvolto in un sacco di pelle.»

Mark cercò di mostrarsi dispiaciuto, ma non per averla salvata. Un dispiacere empatico, per lo stato in cui si sarebbe trovata se non fosse intervenuto affatto.

Emma guardò Mark con un certo sdegno critico. Riconosceva che lui aveva agito nel suo migliore interesse quando aveva cercato di intervenire. O almeno, quello che *lui* riteneva essere il suo migliore interesse. Ma non solo era intervenuto, rendendo ancora più difficili quelli che avrebbero dovuto essere i suoi ultimi istanti, ma aveva deciso di dirle che l'amava. Questo, lei non se l'era aspettato e non aveva una risposta. Sebbene avesse rifiutato la sua dichiarazione con ogni fibra del suo essere, ciò l'aveva fatta riflettere. Solo un breve istante, un fastidioso "e se" che aveva ulteriormente complicato le cose, quando ciò di cui aveva davvero bisogno, e per cui si era preparata, era un'assoluta chiarezza di intenti. A peggiorare le cose, non era riuscito a fermarla. L'aveva accidentalmente fatta precipitare oltre il bordo insieme a sé stesso.

«Io non caricherò,» disse Caronte con un colpo di remo sulla barca, «nessuno che sanguini, perda liquidi o sia altrimenti rotto, poiché non è mio dovere trasportarlo all'altra riva. È compito vostro sistemare i corpi che vi giungono rotti. Come anima, non possono più essere feriti, e il dolore che provano è solo il ricordo del dolore che hanno subito nella morte. Quando un'anima viene portata qui, deve essere intera. Dovete ricostruirli per riportarli a com'erano prima della morte, così che siano abbastanza presentabili per me da poter considerare il loro passaggio.»

«E i faraoni?» chiese Mark.

«Eh?»

«I re egizi che venivano sepolti con le loro ricchezze e circondati di tesori, ma a cui venivano anche rimossi gli organi e messi in giare per... qualche motivo sacro.»

«Ah, sì,» disse Caronte. «Erano sempre leggeri. Appena un po' più leggeri degli altri. Un cervello mancante significa un linguaggio mancante. E mancava anche la loro lingua. Erano viaggi molto silenziosi. Quelli sì che erano i bei vecchi tempi.»

«Quindi, finché hanno un bell'aspetto e possono permetterselo,» riassunse Emma, «va bene? Anche se sono pieni di segatura o dati alle fiamme?»

«Sì, sì,» disse Caronte. «Le ossa, principalmente. Rimettetele insieme correttamente prima di portarli qui. Farlo li aiuterà anche ad accettare la loro morte, quando saranno meno rotti di prima. Lasciate un uomo con tutte le sue ferite, e diventerà odioso, malvagio e distruttivo. E io lo lascerò cadere più volentieri nel profondo abisso piuttosto che sopportare le farneticazioni di un pazzo durante il mio viaggio.»

«È bello sapere che Lei ha degli standard,» disse Mark, sarcastico.

Caronte non si curò della sua acidità e si allontanò remando.

Non aveva nulla da insegnare loro se non le pretese che avanzava nei confronti della Morte, e ciò lasciò Mark ed Emma a domandarsi quale dei due vecchi e bisbetici avatar fosse la vera fine della vita: quello che lasciava le anime a vagare senza meta come gusci dei loro sé passati, или quello che le lasciava bloccate in cambio di denaro che non poteva nemmeno spendere?

Il mondo della morte era una faccenda intricata e insensata. Ma era un mondo che entrambi erano disposti, e ora addestrati, a navigare.

CAPITOLO SEDICI

Mark ed Emma erano sulla buona strada per diventare apprendisti mietitori. Impararono a brandire le falci, a gestire la sabbia, a cavalcare e a rimettere a posto ossa e organi nei corpi dopo morti atroci, violente e terribili. Quel compito non consisteva in pratica manuale, bensì in una raffica di testi e immagini tratti dalla collezione di enciclopedie della Morte. Passarono giorni a fare smorfie davanti agli orrori e alla fragilità del corpo umano e a come rimetterlo a posto, mentre Veronique lavorava all'ultimo tocco della loro ascesa mortifera: le loro tuniche.

«Sai una cosa?» disse Mark, alzando lo sguardo dal suo libro sullo sventramento umano, sperando che leggerlo al contrario potesse in qualche modo fornire istruzioni su come far tornare normale un uomo rivoltato come un calzino. «Porto un rispetto assoluto per i medici. Com'è possibile memorizzare tutta questa roba?»

«Signor Mark!» chiamò Veronique. «Potrebbe venire qui, per favore? Devo prenderLe le misure.»

Mark posò il libro con un sospiro. Poi si rivolse a Emma. «Non mi hanno mai preso le misure per un abito, prima d'ora.»

«Alza le mani, guarda dritto davanti a te e stringi i denti.»

«Mi coprirò gli occhi, non si sa mai che si chini e mostri un po' la caviglia.»

Mark lasciò il salotto e tornò qualche tempo dopo in una fluente tunica scura che arrivava fino a terra e con un cappuccio abbinato che gli copriva il volto come un'ombra sfilacciata. Rivelava solo la sua bocca contratta in una smorfia, leggermente ritoccata con del fondotinta per dargli una carnagione pallida; non un bianco scheletrico, solo più itterico e ombroso intorno alle guance, come un dark reduce da una nottata di bagordi. Batté la falce per terra e cercò di gonfiare il petto, ma non importava come muovesse il corpo, l'intera veste gli ricadeva addosso e pendeva facendolo sembrare un po' cicciottello.

«Sono diventato Morte, il distruttore di mondi...» ringhiò. «No, aspetta... sono Batman.»

«Sei in camicia da notte» disse Emma.

Mark tirò indietro il cappuccio. E poi un altro cappuccio. «Più che altro è un burkini, in realtà.»

La tunica era a strati, due in una. Lo strato esterno era molto più ampio e volutamente sfilacciato, come i jeans strappati di fabbrica. Quello sottostante era compatto e sagomato sul suo corpo, una tunica intera con una cucitura stretta che andava dalla spalla sinistra al fianco.

«Sono sicuro che in movimento renda di più, guarda.» Fece un paio di passi rapidi attraverso la stanza, sperando che il tessuto fluttuasse dietro di lui. In un certo senso, lo fece. Tornò di corsa al punto di partenza e cercò di capire se l'effetto fosse bello come pensava.

«Fluttuo?» chiese Mark ancheggiando verso Emma. «Voglio dare l'impressione di scivolare verso di loro.»

«Sembri una di quelle vedove danarose che pensava di ricevere una grossa eredità, ma poi ha scoperto che il marito ha sperperato tutti i risparmi di una vita in puttane e debiti di gioco poco prima della sua morte prematura» disse Emma, poi, cambiando la voce in un roco sussurro, aggiunse: «Ora avrà la sua vendetta!»

«Me lo faccio andare bene» insistette Mark. «Funzionerà, purché sembri imponente mentre volo nel cielo. Spero che ci sia abbastanza stoffa in eccesso da coprire il pony, così nessuno lo vede.»

«Signora!» chiamò Veronique. «È il Suo turno.»

Emma si alzò e superò Mark mentre si dirigeva verso l'ingresso.

«Ecco, questa non vedo l'ora di vederla» disse Mark con un cenno del capo.

Emma sbuffò e andò con Veronique.

Mark si attardò sulla soglia, provando la sua camminata. Per un attimo ebbe la tentazione di provare a sbirciare, ma scacciò l'idea. Visto quanto c'era ancora di non detto tra loro, aggiungere "guardone" alla sua fedina penale non avrebbe reso più facili le conversazioni future. Inoltre, erano nella terra dei morti. Non c'era niente che ammazzasse l'atmosfera come un tentativo di suicidio trasformatosi in un doppio suicidio che aveva funzionato solo a metà.

Mark tornò presto a leggere il suo libro, non per piacere ma perché voleva rimanere pratico. Mentre indossava le vecchie vesti dismesse della Morte, ricucite da Veronique, voleva restare composto e ben informato sui suoi futuri doveri: essere mortifero.

Aprì un libro sulla sessualizzazione della morte rituale in diverse culture. I legami tra sesso e morte nella religione. La spudorata lussuria di Leonardo da Vinci nel progettare ogni sorta di opera d'arte cristiana. I legami che univano il cavallo dell'uomo alle croci che aveva portato attraverso i secoli. L'anatomia femminile e come ogni cosa era messa insieme...

Posò il libro e si sedette, con le mani in grembo, molto calmo, e cercò di non pensare. Era in pericolo. La sua tunica era abbastanza attillata da poter mostrare, se si fosse alzato, che era più eccitato di quanto avrebbe dovuto. Pensò all'Inghilterra: ai debiti, ai cicli dolorosi di un lavoro che annichiliva la mente e uccideva l'anima, e alla misera ricompensa di pagare così tante tasse e affitto da non poter risparmiare per l'acconto di una casa.

Passò da super eccitato alla giusta dose di tristezza. Quando Veronique aveva offerto loro una possibile via d'uscita, aveva colto l'occasione al volo. Era certo che se ce l'avessero fatta e fossero entrati nelle grazie della Morte, ci sarebbe stata la possibilità di una ricompensa. Ma nulla di ciò che la Morte aveva detto indicava che la ricompensa sarebbe stata l'opportunità di vivere di nuovo. Molto più probabile che si rivelasse vera l'interpretazione di Emma, ovvero che la Morte avrebbe usato la sua influenza per accelerare la loro traversata del fiume con il barcaiolo. Si passò le mani sul viso per alleviare il crescente dolore sulla fronte. Poi sentì due paia di piedi risalire il corridoio, accompagnati da uno strano scricchiolio.

«Signore» annunciò Veronique, «la Sua coinquilina è...»

«La prego, non gli dia false speranze» disse Emma.

Mark alzò lo sguardo. Emma indossava una tuta aderente in pelle così stretta da modellarsi sui suoi movimenti senza fare pieghe. Non si limitava ad avvolgerle la figura, la soffocava quasi, come un secondo strato di pelle, scuro e minaccioso, ma del tutto rivelatore. L'unica parte del suo abbigliamento che non era nera e lucida era il suo viso, truccato con colori vivaci che non riuscivano a nascondere il suo rossore naturale.

L'adorava.

Mark batté le mani. «Veronique, Lei è un portento con l'ago.»

«Non è come suturare ferite aperte» disse lei, «ma è molto divertente! Il Signor Morte non ha niente del genere. Ho portato tutto io.»

«Ti prego, dimmi che non si vedono i capezzoli» disse Emma.

Mark si avvicinò per ispezionarla. «Oh, sì, eccoli lì.»

Emma si coprì il petto. La gomma scricchiolò su se stessa.

«Era la tuta» disse in fretta. «Questa... questa non sono per niente io, credo. Forse la seconda andrà meglio? Mi scusi.»

«Non si preoccupi» disse Veronique. «Sarò felice di accontentarLa. La ringrazio per avermi permesso di sperimentare così tanto.»

«Oh, sì, si diverta» disse Emma. Si allontanò con un passo rapido e scricchiolante. «Erano i *pantaloni*» insistette.

Mark guardò il proprio abito e per un momento desiderò che fosse stato un po' più d'effetto. Lunghi brandelli fluenti di vesti stracciate, vissute – e angoscianti – non erano proprio il suo stile.

Alla fine, Emma tornò. Il suo nuovo completo era piuttosto simile. Non più lattice e gomma, era un abito a pezzi, con una camicetta dai toni scuri e jeans attillati, neri, ovviamente. Aveva stivali da equitazione in pelle, anch'essi neri. Indossava un cappello a tesa larga, una bombetta che le ricadeva abbastanza da nasconderle gli occhi e accentuare il rossetto rosso sangue che spiccava sul trucco pallido del viso. Al posto di una tunica, aveva un cappotto molto lungo – funzionalmente una tunica – ma con bottoni per chiuderlo e una cintura ornamentale a completare l'insieme.

«Molto elegante» disse Mark. «Pronta per una giornata alle corse.»

«Sì» disse Emma. «E alla fine di ogni corsa, tutti i cavalli muoiono.»

CAPITOLO DICIASSETTE

Alla Morte furono presentati con orgoglio, nelle stalle sul retro, i suoi due apprendisti, che indossavano le loro vesti e brandivano le loro falci. E lui sospirò.

«È stata una perdita di tempo» borbottò.

«Non può esserne certo» disse Mark.

«Oh, sì che posso» ribatté lui. «Non avete idea della follia di cui siete capaci, rappresentandomi con quei costumi ridicoli o su quelle patetiche cavalcature.»

«Beh, ammetto che il mio è un po' un costume economico» disse Mark «ma che cos'ha che non va il suo?»

La Morte liquidò la domanda con uno sbuffo, non volendo rispondere.

Montarono entrambi in sella e seguirono lui e il suo cavallo pallido nel prato. Il trio cavalcò insieme finché non presero abbastanza velocità da sollevarsi in volo. Mark ci prese la mano, più o meno. Sbandò un po', ma il suo pony riuscì a tenere la stessa velocità dello stallone e della vecchia giumenta grigia della Morte.

«Dovete esercitarvi ad aprire squarci tra i mondi» disse la Morte «così potrete muovervi senza sforzo da questo luogo all'altro. Non vi farò da portiere.»

«Come facciamo?» chiese Emma.

La Morte si sporse all'indietro e si tenne la falce sulla spalla. La strinse forte e la scagliò in avanti, come se stesse per lanciare un giavellotto, poi si fermò, puntando la lama davanti a sé nel cielo. Si aprì una fenditura di crepitante fulmine viola. Vi si tuffò sotto e il buco si richiuse.

«Dovete tagliare davanti a dove siete» spiegò. «E concentrare la vostra volontà sullo spazio che avete aperto.»

«E questo è possibile grazie alla magia?» chiese Mark.

«È possibile perché io sono la Morte» lo corresse. «E se lo siete anche voi, allora dovrebbe essere possibile anche per voi.»

«Io credo in me» si disse Mark a bassa voce. «Sarò il miglior mietitore che posso essere.»

«Credici con più forza» disse la Morte. Galoppò avanti per aria e diede loro un po' di spazio per esercitarsi, mentre volteggiava sopra di loro come un avvoltoio con gli zoccoli. Emma provò per prima. Calò la falce e la tenne in avanti. Davanti a lei tremolarono alcune scintille vaganti e lei ci finì contro. Fu come avvicinarsi troppo a una stellina scintillante. Si ritrasse e si abbassò il cappello per coprirsi il viso.

Provò anche Mark. Tese la falce davanti a sé e sentì che si impigliava in qualcosa che non c'era. Immaginò che dovesse essere la sensazione giusta e ci riprovò. Al secondo tentativo ci riuscì e cercò di imporre con la volontà che qualsiasi cosa avesse agganciato si squarciasse. Lontano davanti a lui presero a formarsi delle scintille viola finché non crearono una sutura. Non era abbastanza larga o alta per entrarci, ma aveva aperto qualcosa, proprio all'altezza della sua testa.

Si chiese, per un secondo, cosa sarebbe successo se un portale non fosse stato abbastanza grande da far passare un intero corpo e gli si fosse chiuso intorno. Per evitare di scoprirlo, riuscì a schivare di lato, facendo fare a Stormrider un avvitamento in aria giusto in tempo.

«Bel volo» disse Emma. «Come hai fatto?»

«Allora» cominciò Mark «hai presente quando... hai un pezzo di carta e tiri in due direzioni opposte, e non si strappa? Come se stessi solo testando la resistenza della carta tra le mani. Ma poi giri appena un po' per fare un piccolo strappo, tiri di nuovo, e all'improvviso si è lacerato per intero?»

«Direi di sì» disse Emma.

«Come i tuoi buoni della *Clubcard*» disse lui. «Sai quando tiri per separarli dalla lettera e non si muovono? Ma li strappi un pochino sul bordo e poi si staccano subito dal resto del foglio?»

«Quindi sto tagliando, tirando o strattonando?»

«Un po' di tutto» disse lui. «All'inizio c'è tensione, ma devi solo, tipo, *volerlo* strappare e poi lo fai. E poi devi continuare a strappare e lacerare, ma una bella strattonata dà il via a tutto.»

«Okay.»

Emma ci riprovò. Brandì la falce e prese la mira. Sentì la stessa tensione, come se avesse agganciato la curva della lama a un qualcosa di invisibile, e volle farlo a pezzi. Invece di strattonare in avanti o spingere verso il basso, spinse delicatamente la punta della lama in avanti per creare un piccolo squarcio. Il fulmine viola crepitò più intensamente, imitando la sensazione che lei aveva avuto di aver strappato un pezzettino di quella qualunque cosa. Poi tirò appena, come quando si inserisce la prima in un'auto con abbastanza delicatezza da sentire la trasmissione ingranare. Il buco che aveva aperto si allargò lentamente, troppo lentamente per essere abbastanza grande quando vi si avvicinò.

Il suo stallone spiccò un balzo e lo saltò completamente, e la cosa esplose alle sue spalle mentre il portale collassava. Trasalì per lo stupore.

«Siamo magici?» chiese Mark. «O sono le falci a essere magiche?»

«O le tute?» aggiunse Emma.

«Quello che mi chiedo davvero è: se avessimo fatto tutto questo da vivi, avrebbe funzionato?»

«No» tuonò la Morte. «Non chiacchierate. Esercitatevi.»

La sua presenza spense la gioia che stavano provando per il loro senso di potere, ma rimasero concentrati abbastanza a lungo da capire le sfumature della tecnica. Alla fine, riuscirono entrambi ad aprire un buco di dimensioni discrete nell'aria, e ogni volta lo evitarono per paura che potesse funzionare davvero, piuttosto che per il timore che fosse troppo piccolo o coperto di fulmini.

Tornarono a terra per dare ai cavalli una pausa da tutto quel correre all'aria aperta. Non avevano gli zoccoli stanchi, ma i polmoni sì. Mark portò a spasso il suo pony come un cane, mentre Emma lasciò che il suo girovagasse da solo. La Morte scese e smontò da cavallo con una tosse e un gemito soffocati.

«Questi portali sono l'unico modo» spiegò «per portarvi lì e farvi tornare indietro. E anche le anime che portate con voi devono attraversarli. Una volta fatto, le consegnate al fiume e ripartite per mietere di nuovo. Questo, mille volte al giorno o più, è ciò che dovete fare.»

«C'è abbastanza tempo in un giorno per mille volte?» domandò Mark. «Diciamo che ci vogliono dieci minuti, in un lavoro veloce e ben fatto, per prendere l'anima di qualcuno e riportarla indietro. E noi arriviamo, li prendiamo sulla punta della falce, li lanciamo nel buco e li lasciamo al fiume. È così che si fa. Dieci minuti. Sei all'ora. Sei per ventiquattro... Fa centoquarantaquattro. Nemmeno duecento.»

La Morte gemette. «La Sua ossessione per il tempo e la percezione umana di esso sta diventando fastidiosa. Quando si entra nel mondo dei vivi, normalmente, il tempo cessa. Si è in mezzo al caos della morte, alla fine di una vita, quando non ci sono più momenti che possono trascorrere. Non più momenti significa...?» Attese che Mark capisse, ma ebbe la pazienza di aspettare solo per circa un secondo. «Niente tempo! Non passa più come Lei pensa.»

«Quindi quando dice che per noi sono passati dei mesi» disse Emma «in realtà, sulla Terra, stiamo ancora cadendo dal tetto?»

«No» disse la Morte. «Le vostre circostanze erano abbastanza uniche da richiedere che i vostri corpi reali venissero con voi.»

«Il che significa che i nostri corpi reali torneranno indietro» disse Mark «ma senza più invecchiare, dato che il tempo non passa. Anche dopo migliaia di 'anni' a fare questo?»

La Morte sospirò e il suo respiro affannoso si incastrò in qualcosa nella sua gola inesistente, provocando un breve attacco di tosse leggera. «Voi non farete questo per lo stesso lasso di tempo. Siete ancora mortali. La vostra sabbia cadrà, *alla fine*, e per allora avrò visto abbastanza del vostro lavoro pacchiano. Fino ad allora, potete lavorare in modo da non deludermi, ma non presupponete di rimpiazzarmi, non lo *farete*. Ve la farò facile.»

Sollevò un dito. Una nuvola temporalesca si raccolse direttamente sopra la sua testa, portando uno scudo di oscurità che rese la sua veste ancora più nera e il bianco scheletrico del suo volto molto più bianco.

«Cento. Il vostro periodo di prova terminerà dopo cento mietiture. Io vi assegnerò le prime, e da lì in poi dovrete usare la vostra sabbiomanzia per sapere quali anime richiedono attenzione, la vostra falciomanzia per aprire la via che le conduce a voi nel più breve tempo possibile, la vostra ippomanzia per localizzarle nella complessità della società umana, e la vostra anatomanzia sarà messa alla prova quando saranno riportate qui e preparate per il traghettatore.» Il suo dito si girò per puntare verso Mark ed Emma, e la nuvola si estese sopra di loro. «E se fallirete, io *sceglierò* di farvi fallire e vi getterò nel fiume stesso, da dove non sarete recuperati.»

Improvvisamente attanagliato da una paura paralizzante, Mark allungò inconsciamente la mano per prendere quella di Emma. Invece di prenderla, lei si protese per un abbraccio. Mark ed Emma si strinsero. Nel colorito della Morte, sul suo volto senza lineamenti, videro la presenza di un'autorità temibile che non potevano negare. Dopo tanto tempo passato come ospiti – e, osavano dire, amici – a casa sua, tornarono alla loro naturale condizione umana e temettero di nuovo la Morte.

La sincerità della sua promessa colpì Emma più duramente. Era abituata alle minacce dei dirigenti che avrebbero dovuto trasformare una forza lavoro poco produttiva in superstar. Era anche abituata a essere l'unica del team che faceva il suo lavoro e lo faceva bene. Non aveva bisogno né del bastone né della carota; era naturalmente diligente e coscienziosa. Il problema di Emma era sempre stato quello di non essere notata e di non prendersi il merito. Colleghi meno capaci erano stati spesso trascinati sulla sua scia, ma avevano imparato l'arte di tessere le proprie lodi, e il risultato netto era sempre lo stesso: erano loro a ottenere le promozioni, gli aumenti di stipendio e i riconoscimenti.

Ma non questa volta. Emma aveva desiderato la morte, ed era stata persino pronta a lanciarsi volontariamente nel suo abbraccio finale. Ora, trovandosi nel Limbo, doveva dimostrarsi una mietitrice degna per evitare un'eternità di tormento e, con l'aiuto della Morte, passare dall'altra parte. Giurò in silenzio non solo di fornire ciò che le era stato richiesto, ma di dare del filo da torcere alla Morte stessa. Avrebbe mietuto come se la sua vita ultraterrena dipendesse da quello. Perché era così.

L'abbraccio improvvisato che ricevette da Emma fece all'anima di Mark più bene di quanto avrebbe potuto immaginare. Non una parola fu pronunciata, eppure in quel momento seppe di aver avuto ragione a cercare di salvarla. Aveva avuto ragione a dirle cosa provava per lei, anche se la reazione non era stata quella che aveva sperato. Vedeva in Emma una forza che la maggior parte ignorava e, qualunque fosse il timore che provava per il compito monumentale che li attendeva, sapeva che non avrebbe voluto nessun altro al suo fianco in quel momento se non Emma. Per quanto si sentisse impreparato, poco addestrato e troppo elegante, voleva davvero evitare di essere gettato nel fiume per l'eternità. E così afferrò il lungo manico della sua falce e fece un saluto alla Morte.

«Andiamo a caccia di anime!» annunciò Mark con foga dalla sua minuscola cavalcatura. Batté delicatamente i talloni e il suo pony si avviò.

CAPITOLO DICIOTTO

Caronte notò un lampo accecante nel cielo, più vicino del solito alla riva del fiume. Sogghignò mentre remava sulla sua barca solitaria, da sempre traghettatore di nient'altro che la propria delusione e dolente solitudine. Gli apprendisti della Morte, quei due pivelli sfacciati, si stavano rimettendo in viaggio verso il mondo umano.

Avevano più potere e libertà di lui. Le sue uniche compagne erano le monete, che non poteva più nemmeno godersi per paura di perderne altre in acqua. Ne fece rotolare una tra le dita, ma un brivido gliela fece cadere e si incastrò saldamente tra due delle assi che formavano il ponte del traghetto.

«Maledizione», si rimproverò Caronte. Si chinò e cercò di estrarre la moneta con le dita, ma questa continuava a sfuggirgli dalla presa. Provò a usare la manica, ma senza successo. Poi pensò che sarebbe stata una buona idea farla rotolare fuori, o applicare pressione su un solo punto per farla schizzare via come con una leva. La spinse verso il basso finché non si liberò e volò via. La moneta roteò, quasi oltre il bordo della barca, ma Caronte la afferrò prima che cadesse troppo lontano. Sospirò di sollievo e si appoggiò di nuovo al suo posto.

Poi sentì dell'acqua intorno al piede. Quando lo sollevò dalle assi, scoprì che la moneta aveva scalzato abbastanza catrame da trasformare il piccolo buco in una minuscola falla. Anche le sue monete adesso lo tradivano.

Strinse la moneta nel pugno e minacciò di scagliarla lontano, ma desistette. L'oro era la sua unica compagnia sulla barca. Doveva tenerne intorno a sé più che poteva...

I cieli sopra Liverpool erano insolitamente soleggiati: un breve interludio di clima estivo per interrompere quella che era diventata la monotonia assordante di una primavera apparentemente senza fine. Le strade erano solo leggermente bagnate dalla pioggia che era caduta ore prima. La giornata sembrava calma e gioiosa tutt'intorno. Era un giorno che nessuno si sarebbe mai immaginato potesse essere l'ultimo.

Eppure Mark ed Emma erano lì per assicurarsi che quel giorno sarebbe stato l'ultimo che qualcuno avrebbe mai visto. Fluttuavano in alto sopra la città con la Morte sopra di loro, un'incombente ombra d'ordine.

«Questa», dichiarò, «è la città da cui provenite. Pertanto, devo immaginare che siate abbastanza avvezzi alla sua topografia e geografia».

«Già», concordò Mark, «dal livello della strada».

«Inizierete da qui», disse la Morte. «Analizzate la clessidra. Tenetela in mano e osservate lo spostamento della sabbia al suo interno. Vi indicherà dove si trova l'anima condannata. Anche se tenuta inclinata, la sabbia cadrà e si accumulerà solo in quella direzione. Seguitela e trovate il vostro primo incarico».

«E poi riportarli indietro tutti interi, per lasciare che Caronte li definisca poveri e senza valore?», confermò Emma.

«Sì», disse la Morte. «Se non sono morti con una moneta, li seppellirete eternamente nel purgatorio, o finché il traghettatore non troverà qualche altra fonte di valore nella vita umana da accumulare. Ma non sperateci troppo. Non indugiate né perdete tempo. Non parlate ai morti se non è necessario, e non rispondete a troppe delle loro domande».

«C'è la possibilità che avremo molto bisogno di queste falci per respingere spiriti ribelli?», chiese Mark.

«Assolutamente», disse la Morte. «E ricordate, quando tagliate un'anima, dovete ricomporla. A tal fine...» La Morte estrasse un sacco di iuta dall'aspetto robusto dalla sua manica e lo gettò verso il basso. Cadde sulla testa di Mark come un telone. «Se non vorranno cavalcare sulla vostra sella, viaggeranno come bagaglio».

La Morte fece impennare il suo cavallo e uscì attraverso un altro squarcio tra i mondi. Lasciò i suoi apprendisti al loro dovere, in alto sopra Liverpool, con nient'altro che l'angoscia e la desolazione della loro nuova vocazione che calavano completamente su di loro.

«Sai di cosa mi preoccupo?», chiese Mark.

«Mi preoccupano un sacco di cose», rispose Emma. Guardò la clessidra. Era per Richard Baskerton, e gli ultimi granelli erano quasi finiti. Poteva contare la sabbia rimasta, e cadeva a un ritmo regolare. «Preoccupiamocene dopo il lavoro».

Mark annuì e si infilò il sacco tra le gambe dove era probabilmente più al sicuro. Seguì lo stallone di Emma mentre iniziavano una ripida discesa verso Crosby. Era una zona benestante a cui nessuno dei due era abituato, né in cui avevano mai passato molto tempo.

«Hai presente quei posti», osservò Mark, «dove non potrai mai permetterti di vivere, anche se risparmi per il resto della tua vita?».

«Sì?».

«Be', ci siamo, e siamo morti. Quindi è vero».

Lei annuì leggermente e seguì la sabbia. Quando scesero a livello della strada, furono sorpresi che nessuno rimanesse sbalordito nel vederli. La gente sembrava passare senza notare le due figure mortifere nerovestite su cavalli volanti armati di enormi falci affilate come rasoi.

«Dev'essere la norma da queste parti», disse Mark. «Cultura dei ricchi. Non vogliono fermarsi a indicare nel caso sia una nuova moda di cui non hanno ancora sentito parlare, e rischiano di venire cancellati».

«È qui dentro». Emma indicò la casa più vicina. «Come facciamo a...?».

Mark si strinse nelle spalle. Si avvicinò alla porta e provò a bussare. La sua mano colpì la superficie ma non produsse alcun suono. La sua intera presenza era ignorata dal mondo, persino dalla porta. Poi guardò la sua falce.

«Coprimi», disse. Scese dai gradini del portico e cercò di incastrare la lama della sua arma tra la porta e il telaio. Emma si guardò intorno, curiosa di sapere cosa avrebbe dovuto fare esattamente. Nella fila di case identiche, non c'era spazio intorno alla casa a schiera per infilarsi in un sentiero o in un vicolo laterale. C'era solo una porta d'ingresso e le case vicine che la stringevano da entrambi i lati.

Mark, frustrato dal fatto che la lama della sua falce non riuscisse ad aprire la porta, spinse invece la serratura con la punta del manico. Sentì un secco rumore metallico di sblocco. La sua falce, che poteva aprire squarci tra i mondi, aveva senza dubbio un qualche potere sui semplici cilindri d'ottone di una serratura che fungevano da confine tra l'interno e l'esterno. Allungò delicatamente la mano per aprire la porta e finì per caderci attraverso. *Ora* era intangibile.

«Bene», gemette Mark. Emma entrò dopo che lui si fu rialzato. «Ci sono un sacco di regole stupide da capire».

Emma teneva la clessidra. Il bulbo si contrasse leggermente, indicando la direzione in cui dovevano andare. Erano rimasti solo due granelli di sabbia. Uno cadde. Poi, finalmente, il bulbo superiore fu vuoto. Il mondo si fermò. La luce cessò e tutto divenne grigio. Gli istanti della vita che erano venuti a raccogliere finirono, e con essi finì anche il tempo per quella vita. Il loro dovere li legava strettamente a quel fato, e così dovettero condividerlo finché non avessero terminato il loro compito.

«Andiamo», disse Mark. «Non so quanto tempo possiamo rimanere qui prima di aver tecnicamente fallito».

«Un sacco di regole stupide», concordò Emma.

Salirono entrambi di corsa le scale e si diressero verso la camera da letto principale, dove trovarono il loro uomo morto nel letto, con una cintura intorno al collo. Richard Baskerton era un consigliere locale dai modi miti il cui mandato era costato una gran quantità di corruzione. Emma e Mark lo conoscevano. O almeno, ne avevano sentito parlare. Aveva accettato bustarelle da ogni sorta di gruppo di interesse, che si erano tradotte in agevolazioni fiscali, manipolazioni dei permessi di costruzione e le classiche buste marroni che danneggiavano direttamente i poveri del suo distretto, tutto nello sforzo di spingerli ad andarsene o a morire di fame in case fredde e non riscaldate.

E, a quanto pareva, era un pervertito con gusti un po' particolari. Niente di riprovevole che coinvolgesse altri, ma l'uomo aveva un debole per l'asfissia autoerotica. Nei suoi commenti di ritorsione alle condanne pubbliche del suo comportamento faceva spesso riferimento a patiboli e impiccagioni. Mai decapitazioni, solo impiccagioni. Era evidente che fosse un suo chiodo fisso.

Il suo corpo giaceva morto, sfigurato, blu e con la bava alla bocca, mentre il suo spirito indugiava malinconico a lato del letto, in mutande. «Chi... chi siete voi?», chiese.

«Ehm...», iniziò Mark. La situazione era oltremodo imbarazzante. Nessuna presentazione che gli venisse in mente sembrava sufficiente. Era appena entrato nella stanza di un uomo che aveva cercato di divertirsi un po' troppo e ne era morto. Un uomo terribile, per giunta.

«Noi», dichiarò Emma, «siamo i cavalieri della Morte, i mietitori di anime, i tetri fantasmi del fato venuti a condurla al suo destino».

«Molto bene», Mark batté il manico della falce sul pavimento in segno di applauso. «Scopo chiaro, chiamata all'azione concisa. Saresti stata un'ottima copywriter».

«Grazie, socio». Emma sorrise, raggiante per l'elogio.

«Cosa?», disse Richard. «No. Sto sognando. Non è possibile che io sia morto. L'ho fatto decine di volte. Non è possibile che io sia schiattato così!».

«Ma l'ha fatto!», disse Mark, con la stessa magniloquenza con cui Emma aveva iniziato. «Lei, che ha tolto il respiro ai suoi stessi elettori e abitanti del distretto, lei che ha messo il cappio al collo delle stesse persone che aveva giurato di servire, è ora caduto per il nodo che lei stesso ha creato. I legacci dei suoi piaceri demenziali l'hanno condotta alla sofferenza suprema!».

«Lei, signore», improvvisò Emma, godendosi il loro botta e risposta estemporaneo, «si è strangolato mentre si trastullava».

«No!», gridò Richard, poi cadde sulle ginocchia spettrali e si disperò tra le mani.

«Oh, questo è divertente», sussurrò Mark.

«Cerchiamo di non goderne troppo», disse Emma, nascondendo un sorriso divertito. «Il lavoro è lavoro».

«Sì, ma questo tipo di lavoro può dare soddisfazione. Molta soddisfazione, davvero», aggiunse Mark.

I due incombettero sullo spirito rannicchiato, godendosi il potere ora che era nelle loro mani.

CAPITOLO DICIANNOVE

Mark ed Emma tornarono nell'altro mondo. Fu come strappare una calza. Sembra bella e resistente finché non la si pizzica nel punto giusto, e a quel punto lo strappo non si ferma più. Il portale si aprì, e loro consegnarono la loro preda – il politico caduto in disgrazia e dall'aria trasandata – sul Fiume Stige per incontrare Caronte, dove fu respinto per la sua offerta fallimentare, e poi lo lasciarono nello sconcertante vuoto degli spiriti a riposo. Colpa sua per non aver avuto una fine adeguata.

Con un gesto, tornarono sulla Terra, anche se non insieme. Emma emerse sopra Liverpool, da dove erano partiti. Mark, nel frattempo, era da qualche altra parte.

«Oh, forte. Brighton!» esclamò.

Il molo sul mare era in vista e, come al solito, maestosamente a corto di personale. Non c'era quasi nessuno per le strade. Qualche coraggioso appassionato di sport acquatici era sulla spiaggia, anche se le onde non erano ancora alte, e tutti i negozi sembravano in attesa che i clienti iniziassero il loro shopping terapeutico.

Tirò fuori la clessidra dalla manica, che trovò sorprendentemente spaziosa, un ottimo posto per tenere le cose, e cercò di orientarsi. La clessidra pendeva verso est, così girò Stormrider, in cerca dell'anima.

Diresse il cavallo verso il basso e cominciò a sorvolare la città sulla sua corsia preferenziale privata. «Questa sì che è una cosa speciale. Il tipo di vista per cui la gente pagherebbe un paio di migliaia. E potrebbe anche permetterselo.» C'era appena una punta d'invidia nei suoi pensieri. La vita perfetta da Instagram che immaginava avrebbe potuto condurre vivendo in un posto come Brighton era sempre stata fuori dalla sua portata. Persino una visita sembrava costosa. Ora non si sarebbe mai realizzata.

La sabbia cambiò. Si spostò leggermente a sinistra, verso ovest. Era sulla pista giusta. E ora capiva, forse, il perché. Avevano preso una clessidra a testa per raddoppiare il lavoro. La clessidra, o la vita che la clessidra rappresentava, determinava dove si apriva il portale sulla Terra. Ispezionò ancora una volta l'oggetto, strizzando gli occhi per decifrare il nome sulla targhetta d'ottone. Henrietta Bower. La sua ora sarebbe giunta molto presto. Continuò a seguire il sentiero tracciato dalla sabbia finché non arrivò a un complesso di alloggi protetti.

Era inevitabile che, in un modo o nell'altro, si sarebbe imbattuto in un pensionato. La maggior parte dei morti moriva per cause naturali. Non c'era nessuna guerra nel Regno Unito, a parte forse una guerra di classe, né alcuna vasta rete di criminalità seria. Di crimini ce n'erano, sì, ma non così organizzati come i politici volevano far credere alla gente. Quindi, naturalmente, la maggior parte dei morti faceva semplicemente parte del corso della natura.

Cavalcò fino a terra e atterrò proprio mentre tutto diventava grigio, e un po' indaco. Tutti i colori del mondo "morirono". Tutto ciò che era vivace, luminoso e felice divenne grigio, e tutto il resto divenne tetro e bluastro. Il cambiamento improvviso lo disorientò per un istante, prima che si abituasse. Aveva un lavoro da fare.

Bussò sulla serratura della porta con il manico della falce e l'attraversò. Quella parte l'aveva imparata bene. Era un esperto di effrazioni, ed era arrivato equipaggiato. La casa era un semplice appartamentino all'estremità orientale di un villaggio per pensionati, un campus di edifici bassi in mattoni collegato a una clinica dedicata alle cure geriatriche. I casi peggiori, o quelli senza pensioni dignitose e una casa da vendere per pagare il tutto, avevano semplici stanze e unità abitative nel complesso, mentre i ricchi e i rispettati ottenevano i loro bungalow privati in cui morire. A quanto pare, Henrietta era una di quei pochi fortunati. Ma non abbastanza fortunata da vivere.

La prima cosa che colpì Mark dell'interno del bungalow numero sette fu quanto sembrasse spoglio. Anche attraverso il filtro grigio del tempo immobile, era chiaro che ogni stanza era stata dipinta della stessa deprimente tonalità magnolia. Sebbene ci fossero alcuni mobili, nulla sembrava abbinarsi, e nulla sembrava adatto allo spazio come avrebbe dovuto. Dava un'impressione di grande provvisorietà. Tutto era stato scaricato nella stanza in un modo che suggeriva che non fosse stato posizionato per comodità o convenienza, ma piuttosto che gli addetti al trasloco si fossero fatti un favore rendendolo facile da portare via di nuovo... quando inevitabilmente fosse giunto il momento.

Gli occhi di Mark furono attratti da una foto incorniciata sulla parete. Non c'era nulla di particolarmente sorprendente nell'immagine di Henrietta, seduta tra due uomini di mezza età sorridenti che lui suppose essere i suoi figli. Era più il fatto che fosse l'unica decorazione personale in tutte le stanze. Ciò che più infastidì Mark fu che la vite usata per appenderla era fuori centro. Qualcuno aveva chiaramente messo la foto per «rendere il posto un po' più accogliente» e non aveva voluto perdere tempo a piantare un chiodo nel muro. Perché darsi la pena, quando c'era già una vite perfettamente buona sprecata sul muro?

Mark sbirciò lo spirito dell'anziana signora mentre se ne stava in piedi sopra il suo corpo, che giaceva immobile in un letto regolabile.

«Oh, cielo» sospirò lei. «Cosa penserà il direttore?»

«Henrietta?» disse Mark. Lei si voltò, un'anziana signora dal viso rigido con un labbro rientrato che le impediva qualsiasi espressione diversa da un cipiglio. Vide lo spettro della morte e la sua pancetta spettrale che spuntava dagli artistici brandelli della sua tunica mentre avanzava con la falce in mano. «Sono venuto a portarla via da qui.»

«Sì» disse lei. Si spostò verso una poltrona vicina in un piccolo angolo soggiorno – un lusso di cui ovviamente non godeva da molti giorni, o forse settimane, e che desiderava provare un'ultima volta. Mark si prese la libertà di sedersi di fronte a lei. Mentre lo faceva, Henrietta sospirò, e in qualche modo sembrò ringiovanire. Molte delle sue rughe svanirono, i suoi capelli ispidi si infoltirono in un bouquet di riccioli, la sua pelle passò da un pallore malaticcio a un'abbronzatura più robusta, e i suoi occhi brillarono di nuovo – senza cataratta e pieni di determinazione. Raggiunse uno stato ideale: l'ultima volta che si era sentita viva era come il suo spirito sceglieva di morire.

«Mi dica» disse. «Adesso giochiamo a scacchi?»

«Temo di no.»

«Com'è? Questo prossimo passo che sto per compiere?»

Mark si sistemò un po' meglio sulla sedia e cercò di essere meno minaccioso con la sua grande falce, che incombeva su di loro come la messaggera di morte che era. Non era disposto a posarla sul pavimento, nel caso in cui Henrietta stesse solo fingendo di essere una fragile vecchietta e lui avesse bisogno di tagliarle la testa da un momento all'altro. Invece, la appoggiò sui braccioli come una barra di sicurezza e la fece ruotare per mantenerla in equilibrio, il che significava che la lama si trovava proprio accanto al suo polso quando vi appoggiava il braccio. Non c'era modo per lui di essere garbato con lei, nonostante i suoi sforzi per essere distinta nella morte come sicuramente lo era stata in vita.

«Non dovrei dirglielo» disse lui. «Né molto altro.»

«Perché lasciare che sia un mistero?» chiese lei. «A chi potrei raccontarlo per rovinare la sorpresa? Chiaramente me ne sono andata da questa vita. Mi piacerebbe sapere come prepararmi per la prossima.»

«Sì, piacerebbe saperlo anche a me» ammise Mark.

«Lei non è la Morte?» chiese.

Lui inclinò la testa di lato, incerto della sua stessa risposta. «Effettivamente, sì. La Morte sta espandendo la sua offerta di servizi per includere una gamma più ampia di... talenti coinvolti nell'intraprendere... ehm... le onoranze funebri. Per così dire.»

«È una posizione concessa a chiunque?» chiese lei.

«No» disse lui. «Ma questo fa parte di una lista di cose che non posso dirle.»

«Mpf» sbuffò lei. «Ho sposato un membro di una famiglia nobile e sono sopravvissuta al mio primo marito abbastanza a lungo da ereditare una fortuna considerevole. Poi sono stata corteggiata da un giovane uomo con buone prospettive che vedeva nella mia ricchezza un mezzo per migliorare il proprio futuro. Quell'uomo fu arrestato per appropriazione indebita e per alleanze con governi stranieri. Non sono estranea ai segreti meglio custoditi tra le élite. È sempre rivelatore di un nuovo organo di potere porre una domanda semplice e non ricevere una risposta semplice. La semplicità, ho imparato troppo tardi nella vita, è una bella tregua dal vivere stesso. La vita è complicata. Le persone sono complesse. Ma la semplicità è sempre così fugace. Vorrei averla apprezzata prima, ma è questo lo strano scherzo del destino, non è vero? Che coloro che nascono nelle cose belle apprezzano la semplicità solo più tardi; dopo che tutto ciò che luccica ha perso il suo splendore. Ma coloro che nascono troppo in basso anche solo per ammirare ciò che viene dato agli altri non apprezzeranno mai la propria semplicità nel modo in cui è agognata.»

«Mmh.» Mark annuì. Si chiese cosa fare. Si sentiva a suo agio a parlare con lei e a lasciarla parlare. Di certo non c'era nessun altro nei paraggi, e con il tempo fermo, non stava esattamente aspettando qualcuno, ma sentiva che qualcosa non quadrava. Si chiese cosa sarebbe successo se l'avesse semplicemente lasciata lì, bloccata nel suo ultimo istante. Se se ne fosse andato, in quel momento, il tempo sarebbe ripreso? Sarebbe stata lasciata a vagare come un fantasma e a osservare ciò che accadeva al suo corpo, alla sua eredità e alla sua ricchezza nei giorni successivi alla notizia della sua morte?

Sarebbe stato un destino più crudele di portarla in purgatorio e lasciarla vagare sulla riva del fiume per sempre?

«Le dirò questo» disse Mark, dopo aver deciso cosa condividere. «Il posto in cui sta andando è semplice. Ma è un grado di semplicità che potrebbe non trovare piacevole.»

Lei inarcò le sopracciglia. Per lei, quello era un segno di grande stupore. Ma annuì e fece un ultimo, profondo respiro di accettazione. Gli tese la mano perché gliela prendesse, da gentiluomo. Mark impugnò la falce e le prese la mano per aiutarla ad alzarsi. L'anziana signora morì con grazia, accettò il suo fato con dignità e sopportò il viaggio sul dorso del pony con silenzioso rispetto.

Mark la accompagnò in silenzio, ma durante il tragitto, promise a se stesso che se mai gli fosse stata data la possibilità di vivere di nuovo, sarebbe andato a trovare sua nonna più spesso. Ogni giorno, anzi.

CAPITOLO VENTI

Mark tornò nel vuoto della morte per accompagnare Henrietta. Guardò in basso, lungo la riva del fiume che costeggiava le pianure senza tratti distintivi dell'infinito, e vide una macchiolina nera che spiccava su ciò che la circondava, come un singolo grano di pepe in un mucchio di sale. Scese in volo per raggiungerla e trovò Emma a terra.

Mark aiutò Henrietta a scendere da cavallo. Lei gli diede un colpetto garbato sulla mano, come per dire «ben fatto», e si avviò da sola verso la sua infinita sala d'attesa. Mark la guardò allontanarsi per un istante, poi andò da Emma.

«Com'è andata? Dov'è la tua anima?»

Lei indicò l'acqua. O meglio, sotto. «È morto di overdose. È tornato sobrio non appena mi ha incontrata. L'ho portato qui e gli ho detto di aspettare il traghettatore. Mi ha chiesto cosa sarebbe successo se avesse provato ad attraversare a nuoto. Gli ho detto che sarebbe affondato per non riemergere mai più e lui...» Abbassò il braccio di scatto.

«Poveraccio» disse Mark. «Be', nessun problema, vero? Nessun intoppo?»

«Nessuno.»

«Non hai dovuto farlo a pezzi e poi ricucirlo?»

«No. Si è solo aggrappato. Ha pianto un po'. Credo che le droghe stessero soffocando gran parte del suo dolore interiore, accumulato per anni e anni. Non riusciva a sopportare se stesso senza.»

«Be', è triste» disse Mark. «La mia era solo una simpatica vecchietta. Non ho avuto il coraggio di dirle che qui non c'era assolutamente niente ad aspettarla. Niente se non una vasta, aperta, infinita distesa di nulla e...»

I due sentirono un tintinnio metallico nelle vicinanze. Si voltarono e videro Henrietta salire con cautela sulla barca di Caronte. Mark corse a ispezionare la scena.

«Che roba è questa?» chiese lui.

Caronte sogghignò e aprì il pugno. Mostrò due orecchini d'oro massiccio, spessi e bellissimi, con chiusure a gancio, e una fede nuziale d'oro: un dono d'addio a cui Henrietta aveva rinunciato volentieri. Era morta con indosso alcuni dei suoi gioielli.

«È giusto il necessario per pagare il viaggio» disse Caronte. «L'anello in sé, che tanti portano, vale a malapena, ma Voi, mia cara, siete un'anima onorata e anche preziosa.»

«Pensavo accettasse solo monete» disse Mark.

«L'oro è oro» rispose Caronte. Diede un colpo di remo nell'acqua, schizzando un po' la veste di Mark. «Diventerà moneta dopo aver benedetto la mia tasca abbastanza a lungo. Attenzione ora, mia cara. Sulla barca si può stare seduti al sicuro, ma non in piedi, altrimenti non troverete fondo a questo lago.»

«Può dirmi cosa c'è dall'altra parte?» chiese Henrietta.

Caronte ridacchiò e parlò a bassa voce; poi si allontanarono abbastanza nella nebbia sopra il fiume che la sua voce burbera non raggiunse più la riva su cui Mark era bloccato.

«Uh» sbuffò Mark. «Be'.» Si mise le mani sui fianchi, ed Emma lo raggiunse portando con sé il suo cavallo e quello di lui. «Quindi, le donne hanno più probabilità degli uomini di arrivare dall'altra parte...»

«Cosa te lo fa pensare?»

Lui si pizzicò un orecchio tra pollice e indice e lo mosse.

«Sembra una...?» domandò Emma.

«Non è una sciarada. Intendo dire che gli uomini di solito non vengono seppelliti con orecchini d'oro.»

«Ah» capì lei.

«O collane o cavigliere o un sacco di anelli.»

«Alcuni sì» lo corresse Emma. «Capimafia. Rapper. Influencer di Instagram.»

«Vero. E i tifosi del Manchester United.»

«Ma in generale, sì, hai ragione.»

«Se torniamo in vita» disse Mark, «dobbiamo assicurarci di avere sempre dell'oro addosso. Almeno qualche oncia. Preferirei rischiare qualunque cosa ci sia laggiù piuttosto che rimanere qui per sempre.»

«E i poveri?» chiese Emma. «Quelli che muoiono senza stringere niente, senza niente?»

«Ultimi in vita, ultimi nell'aldilà...» Mark annuì. «È una fregatura su tutta la linea. Ho votato Laburista per tutta la vita. Ti prego, non dirmi che i maledetti Tory avevano ragione fin dall'inizio e che è tutta una questione di grana.»

«Non preoccuparti.» Emma strofinò la spalla di Mark. «Non hanno mai ragione. Anche se ce l'hanno, non ce l'hanno.» Arricciò le labbra con curiosità, poi allungò la mano verso la sua bisaccia e tirò fuori una clessidra. «Sbrighiamoci a passare al prossimo. Così ci distraiamo da tutte queste domande, per non impazzire.»

«Siamo davvero già arrivati al punto» disse Mark, «in cui le nostre vite sono diventate così complicate che dobbiamo distrarci con il lavoro? L'ultima volta che ci siamo ridotti così, hai cercato di ucciderti.»

Emma sospirò. «L'ultima volta è stato perché ero in una morsa economica che mi trattava come una cittadina di seconda classe nel mio stesso paese, per aver osato volere più opzioni per pianificare il mio futuro. Questo è leggermente diverso.»

«Riguarda sempre il futuro» disse Mark. «E, per ironia della sorte, abbiamo ancora bisogno di una notevole ricchezza personale per andare avanti.»

Emma non volle discutere oltre. Montò a cavallo, aspettandosi che Mark la seguisse. E aveva lei la clessidra, quindi il portale era suo da creare e chiudere a piacimento. Mark montò in sella e si sollevò da terra proprio mentre Emma decollava. La raggiunse giusto in tempo mentre lei faceva oscillare la falce in avanti e apriva il portale per...

Il nulla. Niente. Nessuna città in vista. Nient'altro che dolci colline verdi e nebbia. Nonostante i loro corpi spettrali, potevano ancora sentire un brivido nell'aria e un odore umido e muschiato.

«Questa è la Scozia?» chiese Mark.

«Sì?» chiese Emma. Si guardò intorno attraverso le nuvole basse sul terreno e individuò un castello in lontananza, antico ma venerabile, con un proprio parcheggio che si affacciava su un lago poco profondo. «Sì, credo di sì.»

Mark si tuffò giù e nella nebbia. Emma lo seguì. Passarono un po' di tempo sopra le strette strade di campagna e attraverso le valli e le dolci colline, ammirando il paesaggio. Praticamente il loro cortile di casa, a poche centinaia di miglia di distanza al massimo, eppure era un luogo che sentivano così incondizionatamente distante e sconosciuto.

Emma seguì la sabbia facendo il giro lungo, volando alto sopra foreste, ruscelli e collinette perfette. Si godettero tutti i panorami e nessuno degli odori dei boschi perennemente umidi.

Poi tutto divenne grigio. Tutti i verdi svanirono in un lampo. Il cielo si oscurò, la nebbia si diradò e l'acqua assunse un nero opalescente e inquietante. Emma non ebbe bisogno di guardare per averne conferma: l'ultimo granello di sabbia era passato. Il divertimento era finito, anche se non era mai stato concepito per essere divertente. Dovevano trovare immediatamente il cittadino del nuovo regno a loro destinato. O altrimenti...

Continuarono a seguire la sabbia che premeva contro il bordo del vetro per diversi minuti. O minuti relativi ai loro sensi e alla loro velocità, che era molto elevata. Si addentrarono sempre più nella natura selvaggia, senza incontrare città o villaggi, spingendosi solo più a fondo dove altri castelli sperduti sembravano sorgere dai fianchi delle colline.

«Spero che non debbano aspettare a lungo» disse Mark.

«Saranno contenti di vederci» disse Emma. «Ne sono sicura.»

Finalmente, la sabbia si diresse verso un luogo: una piccola portineria dall'altra parte di un fossato decrepito con un ponte levatoio marcio accanto a una passerella con rinforzi in ferro perfettamente funzionante. Era un castello storico collegato a una strada di campagna, una specie di trappola per turisti. E l'unico castellano, di turno per il fine settimana, era morto a tavola, stringendosi il petto con una cena a base di haggis intatto sul piatto.

Lo spirito dell'uomo era un vecchio scozzese burbero, dall'aria forte, che digrignava i denti, con braccia robuste e una folta barba. «Chi siete?» chiese. «Piombare in casa mia in pieno giorno senza neanche un appuntamento. Lo sapete che mole di lavoro devo fare prima della prossima alba?»

«Signore...» cominciò Mark.

«Guardatevi!» sbottò l'uomo. «Vestiti come dei maledetti fantasmi a una sfilata per bambini. E tu, ragazza, con quel cappellone, non hai mai sentito parlare di ombrelli? Non dovresti indossare il tetto quando ce n'è già uno sopra di te!»

«Oh, Caronte gli piacerà un sacco» disse Mark.

«Noi siamo la Morte» disse Emma. «E Lei è morto. Siamo venuti a prender...»

«Pensa che abbia tempo per stendermi e morire?» disse l'uomo. Si accovacciò accanto alla sua faccia soffocata e le urlò contro. «SVEGLIA-TI!» L'occhio ebbe un fremito. «SVEGLIATI, BRUTTO BASTARDO PIGRONE! NON TI PAGANO PER DORMIRE SUL PAVIMENTO!»

«Signore, Lei è morto» disse Mark. «Non c'è niente che possa fare.»

L'uomo si alzò e gli sferrò un pugno. Mark indietreggiò per istinto, incerto se il colpo sarebbe andato a segno, ma non abbastanza temerario da volerlo scoprire.

«Non dirmi tu come devo parlare al mio corpo» disse. «Se quello là sotto sono io, allora chi sono io quassù?»

«La sua anima» disse Emma, «che dobbiamo portare...»

«Neanche per sogno!» disse lui. Alzò le braccia e agitò i pugni. «Non mi trascinerete nella vostra fossa infernale, demoni maledetti! Andate a cagare in bocca a Satana e ditegli che è da parte mia!»

«Non lavoriamo per Satana» disse Mark. «Non l'abbiamo mai nemmeno incontrato.»

«Oh» lo prese in giro l'uomo, «così in basso nella gerarchia del diavolo da non aver mai parlato col vostro capo? I benzinai dell'aldilà, ecco cosa siete. Scaffalisti che un giorno sognano di essere addestrati al banco del pesce, eh? Mi sbaglio forse?»

«Signore» disse Emma severamente, «ci è permesso riportarla indietro *a pezzi*, se necessario.» Mostrò il sacco, un sacchetto di iuta marrone appena abbastanza grande da servire come bisaccia. La minaccia aleggiò nella stanza, reale, ma l'uomo continuò a ridere imperterrito.

«Allora fareste dannatamente meglio a provarci!» disse. Caricò, pugni alzati, urlando.

Emma e Mark si erano allenati per settimane sotto l'esperta tutela del determinato monaco guerriero. Avevano consolidato quegli insegnamenti studiando attentamente i numerosi tomi di anatomia nell'ampia biblioteca della Morte, memorizzando il nome e la posizione precisa di ogni principale gruppo osseo e muscolare. Si resero conto, praticamente nello stesso istante, che c'è un'enorme differenza tra il *sapere* come mietere un'anima con un'arma da taglio a due mani e l'*usarla effettivamente* per affettare il fantasma di un altro essere umano con la sola intenzione di farne a pezzi. Questa improvvisa necessità di trasformare la conoscenza teorica in applicazione pratica avrebbe messo in difficoltà molti.

Ma non Emma e Mark. No, loro due erano più che pronti a menare fendenti, desiderosi e capaci di applicare le loro lezioni in un ambiente reale senza un attimo di esitazione.

L'uomo si fece avanti, scagliò la cavità vuota della sua spalla contro Emma, e si guardò indietro confuso. Mark gli aveva abilmente reciso il braccio. Cadde a terra e continuò a contrarsi da solo. Lo scozzese rise. «Scommetto che non lo rifarete!»

Emma menò un fendente e gli tranciò la testa. Il suo corpo rimase in piedi, confuso e senza scopo, come se fosse diventato cieco e sordo all'istante, mentre la sua testa spettrale rotolava sul pavimento.

«Oh, questo è proprio un fottuto spettacolo» continuò lui beffardo da intorno ai loro piedi. «Pensate che mi serva un corpo per ridurvi in poltiglia? Ho parole così atroci che il vostro diavolo si tapperà le orecchie e se la farà sotto a sentirle. Conosco bestemmie che Cristo stesso non penserebbe di bandire dalle sue sacre scritture, troppo profane per l'Inferno e troppo singolari per il Paradiso. Io...»

Mark afferrò la testa per la barba e la mise, insieme al braccio, nel sacco. Guardò Emma, e entrambi guardarono il corpo, che vagava ancora per la stanza alla cieca, tirando pugni a qualsiasi cosa si trovasse nelle vicinanze.

CAPITOLO VENTUNO

A poche anime dall'inizio del loro vero e proprio apprendistato, Mark ed Emma se la stavano godendo. Se la stavano godendo per davvero. Il lavoro che Emma aveva fatto in vita era stato noioso e ripetitivo, con scarse possibilità di carriera o gratificazione, e lei aveva desiderato ardentemente qualcosa che la facesse sentire realizzata e ricompensata o, in mancanza di ciò, anche solo un po' di apprezzamento e riconoscimento.

Sebbene Mark traesse una certa soddisfazione dal suo lavoro di grafico, questo era sempre passato in secondo piano rispetto alla sua vera passione: scrivere sitcom. Era prolifico, la sua scrittura era buona e aveva persino vinto qualche concorso, ma non era riuscito a trovare una casa di produzione che accettasse i suoi progetti per nessuna ragione al mondo. Invece, si teneva a galla con la grafica per un'agenzia pubblicitaria, e passava le serate e i fine settimana a creare nuovi scenari in cui far vivere i suoi personaggi.

La natura del lavoro in agenzia consisteva nello sbrigare gli incarichi e passare rapidamente a quello successivo. Si trattava solo di trovare una soluzione in fretta, con poco tempo per conoscere il cliente o i suoi consumatori, il che significava che era poco più di un lavoro da catena di montaggio mascherato da libertà creativa.

Avevano mietuto solo un paio di anime, ma finora tutto bene. Nonostante la posta in gioco fosse alta, letteralmente la vita o la morte, c'era una magnifica semplicità nel loro compito. Arrivare all'ora stabilita, mietere e condurre l'anima alla riva del fiume. Chiaro, definito e binario, con poche possibilità d'interpretazione. Un po' come pulire un patio con l'idropulitrice, si provava una gratificazione istantanea per un lavoro ben fatto e, a quanto pareva, c'era abbastanza varietà da mantenere le cose interessanti e sempre nuove.

Sebbene fossero felici, era chiaro che non esisteva una morte felice. La cosa che più ci si avvicinava era qualcuno che voleva morire, solo per poi rendersi conto che non c'era nulla ad attenderlo dall'altra parte; e una fine del genere era solo l'ultima luce di una vita già immersa in un'oscurità su cui era meglio non soffermarsi.

Era estenuante dal punto di vista emotivo, ma fisicamente non si sentivano ancora così stanchi. Le braccia erano la parte peggiore, e le spalle da cui facevano oscillare le falci. La schiena di Mark era un po' indolenzita per il fatto di doversi chinare per aggrapparsi al suo pony mentre cavalcava, ma si stava abituando. Gran parte del peso che sentivano derivava dalle paure, dalle domande e dalle sensazioni irrisolte riguardo a ciò che stavano facendo e vedendo, e dal dubbio se la Morte avrebbe alla fine approvato il loro operato.

Questo particolare viaggio li aveva portati a Londra, e si fecero strada oltre il Big Ben, lungo il Tamigi e attraverso Waterloo, fino a raggiungere un ospedale. Naturalmente, era un luogo ovvio dove trovare molti morti, un posto dove la gente andava a trascorrere i suoi ultimi, futili momenti a combattere malattie o ferite.

Il loro bersaglio, Thomas Berringer, era un giovane uomo dai capelli selvaggi e di bell'aspetto. Una tragica giovinezza stroncata da una qualche orribile violenza che aveva richiesto la presenza di più agenti di polizia al suo capezzale mentre moriva, e che lo teneva ammanettato al letto dove dormiva. Era una scena straziante. Mark ed Emma si sentivano combattuti se entrare o meno, e rimasero nel corridoio color malva spento mentre il tempo continuava a scorrere.

Nonostante le fosse stato ripetutamente e spettacolarmente dimostrato il contrario, Emma credeva ancora che le persone in fondo fossero buone, ma che a volte facessero cose cattive, piuttosto che accettare che il mondo fosse strapieno di stronzi che provavano un piacere estremo nell'infelicità altrui. Aggrappandosi disperatamente a questa ipotesi, giustificava, almeno a se stessa, il motivo per cui i suoi 'amici' di scuola le avevano rubato i soldi del biglietto dell'autobus, costringendola a tornare a casa a piedi ogni giorno, senza che lei l'avesse mai detto ai suoi insegnanti o ai suoi genitori. È così che si convinceva che il fatto che altri si prendessero il merito del suo duro lavoro in ufficio fosse colpa sua perché non si faceva sentire, piuttosto che loro perché se ne approfittavano. E, cosa più importante, era il come e il perché aveva contratto prestiti che a malapena poteva permettersi per alimentare il vizio del gioco di sua sorella maggiore, Claire, la quale aveva promesso, più e più volte, che le avrebbe restituito i soldi, con gli interessi, se solo Emma fosse riuscita a prestarle abbastanza da puntare sulla sua prossima scommessa sicura... Fu solo quando le perdite di Emma ammontarono alla cifra da capogiro di sessantamila sterline e lei semplicemente non poté più accedere a ulteriori crediti che si rese conto che non avrebbe mai rivisto un centesimo.

Eppure, valutando la scena di fronte a sé, e nonostante tutte le prove contrarie, vide una possibile ingiustizia.

«Secondo te cos'è successo?» domandò Emma a bassa voce, anche se erano invisibili, incorporei e per nulla percepibili fisicamente dagli altri.

«Beh,» cominciò Mark, «ovviamente ha fatto... qualcosa.»

«Perché non ci danno delle schede o dei foglietti? Dei piccoli riassunti su chi sono queste persone?»

«Credo che sarebbe un po' controproducente, visto che dobbiamo solo trovarli e spingerli giù da questa valle di lacrime.»

«Si dice 'spingerli via'» lo corresse lei.

Mark strinse gli occhi. «Ne sei sicura?»

«Sì, 'spingere via', nel senso di allontanare.»

Mark strinse di nuovo gli occhi. «E cos'è poi questa 'valle di lacrime'?»

«Io non— Ogni volta che siamo arrivati, c'è sempre stata una storia dietro, no? Per quanto piccola, tutto ciò che vediamo è come muoiono queste persone. E se stesse aiutando qualcuno?»

«Aiutando chi?» chiese Mark. «Un cartello? Dei rapinatori di banche? Non credo che ci siano dei poliziotti al suo fianco con le manette al polso perché è *lui* la vittima.»

«E se invece lo fosse?» chiese Emma. «Una specie di storia di vendetta, in cui ha rinunciato a tutto, alla sua libertà, al suo futuro e ora alla sua vita, per vendicare qualcun altro?»

«Che importanza ha?» chiese Mark. «La ragione per cui— Senti, se la Morte fosse qui adesso, sai che ci farebbe una bella ramanzina proprio su questo.» Assunse una voce profonda e demoniaca, non proprio come quella della Morte, ma nello spirito dei modi inquietanti del cavaliere. «Conoscere le persone vi avvicina a loro e rende più difficile prendere la loro vita. È il vostro dovere, non pensateci.»

«Oh, lo so benissimo,» disse lei, «ma comunque...»

«'Lo so benissimo' è praticamente la fine di quella frase,» disse lui. «Se lo sai benissimo, allora non c'è altro da dire.»

«Ma c'è ancora qualcosa da dire,» disse lei, «perché se...»

«Non credo di voler sentire,» disse lui.

«E se avessimo la possibilità,» cominciò lei, e Mark si tappò le orecchie e iniziò a canticchiare, «di lasciarlo vivere un po' più a lungo per fare ciò che deve essere fatto?»

«E cosa sarebbe?»

«Beh, forse è innocente?»

Mark la guardò di nuovo stringendo gli occhi. «È perché sembra un membro di una boy band, vero?»

«OPPURE...» disse lei sulla difensiva. «Oppure, forse è colpevole, e la morte non è una via di scampo per lui. Dargli abbastanza sabbia per superare il processo o anche di più. O forse potrebbe spiegarsi meglio... non lo so. Solo che non voglio starmene qui ad aspettare chiedendomi perché proprio lui e non le decine di altre persone su questo piano che sono malate e aspettano solo il loro turno.»

«Beh, se vuoi rischiare,» disse Mark. «Ma non stai rischiando solo di fare un'incursione nella dimora della Morte, ma anche di rubare una sua risorsa che non ci è stata data alla leggera, per stravolgere una parte molto importante del ciclo della vita per un capriccio, solo perché possiamo. Senti, sono assolutamente favorevole a prendere qualche articolo di cancelleria per me. L'ho fatto. Tutti quei post-it e quelle risme di carta per stampante che sono apparsi dal nulla nell'appartamento? Non li ho comprati io. La mia sedia? Nessuno la usava. È una cosa innocua. Quella va bene. Quella possiamo farla. Se odiamo davvero qualcuno, possiamo farlo a pezzi e dirgli che fa parte della procedura. Facile, semplice. Ma ora considera questo: quello saremmo ancora noi che facciamo il nostro lavoro, come previsto, senza intoppi. Siamo solo noi che facciamo il lavoro. Se non facciamo il lavoro, allora che succede?»

«...Giusto,» disse lei. Ci pensò un secondo in più e aspettò che Mark la raggiungesse. «Esatto. E allora? Lo facciamo come vuole la Morte o... cosa?»

«Beh, ci getterà nel fiume.»

«Ma questo è infrangere le regole,» disse lei.

«È lui il capo,» disse Mark. «Lui può infrangere le regole. È così che funziona il potere.»

Emma sbuffò e attraversò stizzita la scrivania della guardiola.

«Non piace neanche a me, ma è *così* che *va*.»

Fu più o meno in quel momento che si accorsero che il tempo era scaduto. I colori dell'ospedale sbiadirono, il che non sembrava molto diverso dal solito. Erano stati per lo più bianchi e grigi fin dall'inizio, ma alcuni cartelli cambiarono, e tutti i camici di infermieri e inservienti che passavano di corsa diventarono in scala di grigi.

L'uomo nella stanza emerse dal proprio corpo e si guardò intorno. Si diede delle pacche addosso e si fece ruotare un polso nel palmo della mano prima di scorgere il primo mietitore nel corridoio: Mark. Lui e Mark si guardarono negli occhi. L'uomo fu spaventato per un secondo, poi si addolcì e avanzò.

«Ehi, amico mio,» disse Thomas, molto disinvolto e amichevole. Emma si nascose subito nella stanza accanto per osservare. Thomas tese la mano, poi la ritrasse. «Uh, be', immagino che sia un po' tardi per questo, no?»

«Un po',» disse Mark. Gli strinse comunque la mano.

«Ah, ancora carne e ossa,» osservò Thomas. «Pensavo di toccare uno scheletro.»

«Non questa volta,» disse Mark. «Thomas Berringer, sono venuto a condurLa nel mondo nuovo. Alla sua nuova eternità. Il suo tempo è scaduto, e Lei...»

«Sì, ma uh,» cominciò lui, «questo per me è un po' un problema, a dire il vero.»

«Già,» disse Mark. «La morte è un problema per la maggior parte delle persone. Il problema finale. L'ultimo che avranno mai.»

«Beh, non è un problema per *me*, di preciso,» ammise lui, «considerato quello che stavo per subire. Delle accuse inventate per tenere un uomo lontano dalla sua donna. Questo complotto è profondo, amico. Te lo dico io, forse lo sai già. Tu che sei la Morte onniveggente e onnisciente. Devi sapere chi è il vero colpevole di tutto questo.»

«Mmm,» mormorò Mark. Non lo sapeva. La sua discussione con Emma era stata proprio su quanto poco sapessero di coloro che andavano a mietere, cosa che a lui andava bene perché snelliva il lavoro. Ma voleva vedere fino a che punto avesse ragione.

«Non posso riportarLa in vita,» disse Mark. «Non si può fare. Ma se c'è qualcuno che vuole vedere prima di andare, qualcosa che ha bisogno di sapere che stia accadendo, allora forse...»

Thomas chinò la testa e batté le mani. Per lui era abbastanza. Sperava che lo sarebbe stato anche per Emma...

CAPITOLO VENTIDUE

Mark cavalcava il suo pony di Shetland – un truce e intimidatorio cavallo dell'aldilà, come assicurò al suo passeggero – lungo le numerose strade e i vicoli urbani nel desolato mondo grigio dell'ultimo, sbiadito istante di vita. A Thomas Berringer era stato concesso un congedo diverso da ogni altro, quello di essere perdonato e di ricevere profezie dal fantasma del suo Natale futuro. Ma aveva ricevuto il suo dono con molti mesi di anticipo. Quasi sei mesi prima, a dire il vero.

Emma, nel frattempo, intuì il piano di Mark e lo seguì da sotto, dove un cavallo dovrebbe stare, a una distanza di sicurezza dal pony per poter vedere senza essere vista. Thomas era troppo rapito dalla vista di Londra dall'alto per farci molto caso, in ogni modo.

«È una figata, amico» disse Thomas. Si teneva stretto con le cosce per poter allargare le braccia e sentire la brezza fantasma nell'aria immobile. «Che gran modo di viaggiare, eh?»

«Serve allo scopo» disse Mark. «A proposito, dove andiamo?»

«Harlesden» disse lui. Indicò, approssimativamente, una zona a nord-ovest di dove si trovavano. Mark deviò il pony dal percorso che stavano seguendo per uscire dall'ospedale. Decise di vedere quale sarebbe potuta essere la fine della storia di Thomas, di estrapolare da ciò che avrebbe visto e scoperto da solo, e poi di sbatterlo in faccia a Emma se si fosse rivelato qualcosa di veramente brutto. Altrimenti, sarebbe servito come un buon modo per perdere tempo e dimostrare che i loro sforzi sarebbero stati meglio impiegati semplicemente a fare da taxi per gli spiriti che trovavano, con la minor interazione possibile.

La paura principale di Mark riguardava la sabbia nelle loro clessidre personali, ancora invisibile ma sempre presente come un orologio rotto a un solo ticchettio dalla mezzanotte della loro intera esistenza. Se si fossero gingillati proprio mentre il loro tempo si esauriva, immaginò che ciò avrebbe annullato gran parte della benevolenza e della buona volontà che avevano guadagnato. Il pony non era un pony vivo; veniva dall'aldilà. Se loro non appartenevano a nessuno dei due mondi, che ne sarebbe stato di lui?

Quegli ultimi granelli di sabbia, finché fossero rimasti incastrati, erano l'unica barriera che impediva a Mark di diventare lui stesso un'anima. Finché fosse rimasto in carne e ossa e avesse svolto bene i suoi doveri mortiferi, c'era una possibilità – sebbene infinitesimalmente piccola – che sarebbe stato rimandato sulla Terra.

Mark era perfettamente consapevole di essere ancora nel suo corpo. Thomas no. Le loro interazioni fisiche erano parte di una sorta di unicità della loro situazione. Thomas era uno spirito puro che probabilmente avrebbe potuto imparare ad andare e venire a suo piacimento, se ne avesse avuto la voglia. Ma perso in un singolo istante di tempo, il danno che avrebbe potuto causare sarebbe stato minimo. Uno spirito problematico avrebbe comportato una nota di demerito. Il loro apprendistato era in gioco.

«Laggiù.» Thomas indicò. «Quell'edificio, proprio lì.»

«I palazzi?»

«Il primo all'angolo, accanto al parco.»

Mark scese in picchiata e atterrò appena fuori da un caseggiato. Erano edifici brutalisti, un tempo case popolari, e ora del valore di poco meno di un milione di sterline l'uno. Definirli "malmessi" era un complimento. C'erano dei ragazzini fuori – giovani adolescenti che sembrava avessero finito di scambiarsi pugni e ora si erano sdraiati sul marciapiede per riprendere fiato prima di continuare. Interi guardaroba erano stesi su fili e ringhiere dei balconi, che erano sigillati con grate di ferro.

Sembrava il tipo di posto da cui un uomo come Thomas, con le braccia completamente tatuate e morto sotto custodia della polizia, sarebbe potuto

venire. Ma era umano. Aveva le sue attenuanti. Mark supponeva semplicemente che fossero terribili e voleva dimostrarlo. Emma aveva fatto la sua
supposizione e aveva esitato, ma era rimasta ferma nel voler soddisfare la sua
stessa curiosità invadente. Aveva il potere di scoprire, quindi perché non
farlo?

Thomas entrò dritto nel portone aperto del caseggiato. Salì al terzo
piano e si avvicinò a una porta. La sua mano trapassò la maniglia. Si
appoggiò alla porta, quasi sconfitto, finché Mark non lo raggiunse.

Mark bussò alla porta, cosa che la sbloccò. Poi afferrò Thomas per una
spalla. «Con me» disse.

Non era sicuro che avrebbe funzionato. E se così non fosse stato, aveva
intenzione di salvare la faccia brandendo la falce e facendo fuori Thomas,
gettandone i resti nel sacco e spedendolo dritto al Limbo per avere la possibilità di mettere su il bollitore, aprire un pacco di biscotti e spaparanzarsi su
una delle poltrone della Morte.

Ma funzionò, e si ritrovarono entrambi nell'angusto appartamento
dove una donna, appoggiata allo schienale di una sedia con una sigaretta in
bocca, guardava la televisione.

L'appartamento aveva visto tempi migliori. Le fessure dove il pavimento incontrava il muro erano tutte sporche, e gran parte del battiscopa
mancava. Ragnatele pendevano negli angoli bui, i paralumi erano tutti di
una sfumatura di giallo nicotina ma probabilmente in origine erano stati
azzurro cielo. La moquette era strappata e consumata e mostrava un'intera
fila di listoni di legno dove il padrone di casa semplicemente non si era
preoccupato di sostituirla, trasformandola invece in una sorta di sentiero
decorativo. Il lavello della cucina era pieno di piatti, e cocci di vetro erano
stati spinti sotto i fornelli, di cui funzionava solo un fuoco perché gli altri
erano tutti rotti.

«Ha messo un po' in ordine» disse Thomas. «Eh. Abbiamo fatto un
casino d'inferno qui dentro.»

Mark rimase neutrale e silenzioso, ma la scena si stava lentamente deli-
neando. Scorse Emma fuori dalla finestra. Aveva parcheggiato il suo cavallo
in aria e si stava arrampicando lungo il lato per trovare un'angolazione attraverso la finestra senza essere vista.

Thomas, come spirito, girò intorno alla donna. «Vetti» le sussurrò.
«Riesci a sentirmi?»

«Non può» lo interruppe Mark. «La tua presenza non può più avere effetto su questo mondo.»

Thomas indietreggiò e annuì. Poi guardò verso Mark. «Ma la tua sì.» Mark lo scrutò. «Hai aperto la serratura, no? Quell'arnese che hai... Deve tornare utile.» Si avvicinò a Mark, con un'andatura un po' saltellante. Come se fossero amici per la pelle e volesse solo chiedergli un piccolo favore spudorato. «Scommetto che puoi aprire un sacco di cose con quello.»

«Posso» disse Mark, allontanando inconsciamente la falce. «Ma solo io.»

«Davvero?» disse Thomas con un cenno sarcastico. «Che fortunato che sei, allora. Niente per nessun altro. Tutto quel potere solo per te.»

«...Sì» assentì Mark. «L'ho portata qui perché potesse vederla, un'ultima volta. Questa è l'unica consolazione che posso darle finché, in futuro, non riuscirà a vederla di nuovo.»

Thomas annuì. Si mise le mani in tasca e abbozzò un sorriso tirato e rigido. Finse di accettare. Poi si tuffò verso la falce. Mark indietreggiò fino a sbattere contro il bancone della colazione. Thomas lo afferrò e le parti lacere della sua tunica si sfilarono. Mark si ritirò finché non ebbe la schiena contro il muro accanto ai fornelli. Thomas lo prese per la gola e cercò di colpirlo. I pugni non erano dolorosi; non soffrì né sentì nulla, se non una brezza acuta e gelida che svaniva nella sua pelle. Era come se un frigorifero gli stesse tossendo addosso.

Quando Thomas si rese conto che i suoi colpi erano inutili, puntò direttamente alla falce. L'afferrò con entrambe le mani. Con sorpresa di Mark, la presa del fantasma era solida. Era un'entità spirituale, uno strumento spettrale dell'altro mondo. Il corpo di Mark era immune agli spiriti, come sempre, ma la falce e le sue vesti no. E probabilmente neanche il suo pony! Il fantasma riuscì a strappare la falce dalle mani di Mark con una torsione e tirò via.

«No!» urlò Mark. Com'era stato così stupido? Non ascoltare i consigli degli altri era una cosa. Non ascoltare i propri consigli era imperdonabile. Per dimostrare qualcosa a Emma, per guadagnare punti in una classifica immaginaria, aveva rischiato tutto e aveva fallito. Non c'era modo di far passare la cosa per un errore accidentale con la Morte. Non c'era nessuna clausola di salvataggio del tipo "sto ancora imparando, non farò più lo stesso errore"... Ciò che Mark aveva fatto contravveniva praticamente all'intera lista dei divieti più assoluti in una sola mietitura.

Thomas gli puntò la lama contro.

«Non posso usarla, eh?» disse. Un'improvvisa follia si impossessò di lui – o meglio, la maschera di simpatico ragazzo di strada fu finalmente gettata via, rivelando il pazzo scatenato che era sempre stato. «Proprio come disse quello sbirro prima che gli prendessi il manganello telescopico e glielo ficcassi in gola! Proprio come mi disse il mio socio: "Quel punteruolo non è per te, Tommy! Quella ragazza non è tua, Tommy! Appartiene a un altro!". Be', adesso è MIA! È nelle MIE mani! Significa che mi appartiene! È così, è sempre stato così, lei è mia e lo SARÀ!»

Thomas sollevò la falce, trionfante, pronto a colpire.

Mark si puntellò contro il muro, i pugni stretti, i muscoli delle gambe tesi. Mark non era solo incollerito con se stesso, ma era furioso che quell'orribile stronzo avesse avuto l'audacia di approfittare della sua buona volontà. In qualsiasi altro scenario, sarebbe stato paralizzato dalla paura, ben consapevole del danno che la falce gli avrebbe inflitto. Ma la rabbia – la rabbia assoluta che Mark provava – prevalse su qualsiasi desiderio di rannicchiarsi o contorcersi. Invece, Mark si lanciò in avanti, pronto a strappare gli arti del suo avversario a mani nude—

La testa di Thomas saltò via e cadde dietro di lui. Il suo corpo si bloccò e si irrigidì per la paura, mentre dal pavimento fissava lo stivale accuratamente posato sulla sua fronte. Emma era entrata dal balcone e aveva negato a Mark l'opportunità di fargliela pagare cara.

Mark recuperò la sua falce e rovesciò il corpo. Emma fece un passo indietro e lasciò che la schiena di Thomas gli seppellisse il viso sul pavimento.

«Immagino che questo» disse Emma, «sia il motivo per cui non dovremmo immischiarci nelle vite precedenti dei defunti.»

«Non credo che saranno tutti assassini» disse Mark. Le mani gli tremavano ancora per l'adrenalina.

Emma annuì. «Forse quelli ammanettati ai letti, però...»

«Se sono già stati giudicati, concordiamo di attenerci a quel giudizio? Se sbagliamo—»

«Noi non giudichiamo nessuno» disse Emma. «Per quanto ne sappiamo, è di questo che si occupano dall'altra parte del fiume.»

«Giusto» disse Mark. «È esattamente così... e non dovremmo più fare domande al riguardo.»

«Non sono io quella che l'ha portato qui fuori» gli ricordò Emma.

«Giusto. Lasciamo che sia un mistero» disse Mark. Entrambi annuirono e sospirarono. Poi Mark diede un colpetto al corpo con il piede. «Dobbiamo chiedere un sacco più grande.»

130

CAPITOLO VENTITRÉ

Cinque andati, ne restavano novantacinque.

Mark ed Emma tornarono nelle pianure del purgatorio, riassemblarono Thomas e lo lasciarono solo con il profilo del fiume in lontananza a guidarlo verso il suo destino con Caronte. Rimase in silenzio mentre loro lavoravano. A quanto pareva, la perdita della sua vendetta finale, e di circa il 75% della sua precedente massa corporea, era bastata a zittirlo.

Avevano convenuto che fosse più facile tenere la testa bassa, la bocca chiusa e mettersi al lavoro. Vivere nella morte come avevano vissuto in vita.

Ma quel pensiero durò soltanto dal momento del decollo fino al loro ritorno attraverso il portale. Inacidì e marcì in un tempo record. La prospettiva di un'eternità di scomoda servitù non era poi così allettante. Così, si accordarono su alcune concessioni mentre si dirigevano verso la loro preda successiva.

«Uno» disse Emma. «Dovremmo sempre prendere le strade panoramiche. Vedere quello che possiamo delle parti del Regno Unito in cui non siamo mai stati, finché ne abbiamo l'occasione.»

«Due» aggiunse Mark. «Non farsi coinvolgere nei drammi tra fantasmi, non importa quanto siano avvincenti. La morte è la morte. È ora di andare avanti.»

«Tre» continuò Emma. «Non giudicare. Non c'è giusto o sbagliato. La morte è la fine. La punizione non è sotto il nostro controllo.»

«Quattro» disse Mark, agitando un dito. «Se meritano davvero una punizione, falli a pezzi e mettili nel sacco.»

«E affrontare un viaggio turbolento verso casa» annuì Emma.

«E panoramico, se possibile!»

«Lasciarli a macerare tra le proprie parti del corpo per pensare a quello che hanno fatto.»

Mark ridacchiò. «Okay, cinque. Uhm... Niente gare con i treni.»

«Perché no?»

«Okay, giusto.»

«Abbiamo bisogno di un quinto emendamento?» chiese lei. «Credo che abbiamo già coperto tutte le parti importanti.»

«Oh!» esclamò Mark. Alzò una mano per attirare la sua attenzione. «Cinque: se c'è una... situazione compromettente, che coinvolge la presenza, o l'assenza, di vestiti, ognuno di noi si occupa di ciò che... corrisponde a sé. D'accordo?»

Emma annuì con convinzione. «Ben pensato. Perché quello che odierei dover fare è entrare nella camera da letto di un uomo stroncato da un ictus mentre si stava... stroncando, e magari facendosi anche una sega.»

«E io la penso allo stesso modo» disse Mark. «Esattamente allo stesso modo. A proposito di entrare dove ci sono donne nude. Ma penso sia meno imbarazzante e meno conflittuale se ci atteniamo al nostro stesso sesso.»

«Sì, d'accordo» disse Emma. Diede un colpetto sul lato della clessidra ed esaminò il nome: Shahir bin al Marik. «Finora siamo stati fortunati con persone che parlano inglese, ma se non fosse così?»

«Non stiamo parlando una specie di... lingua universale che va diretta nella loro mente o qualcosa del genere?»

«Non lo so» ammise lei. «Non ne sono sicura. Abbiamo bisogno di un sistema. Anzi, forse è meglio se non parliamo affatto? Finora tutti ci hanno riconosciuto come la Morte, almeno abbastanza da non mettere in discussione quello che sta succedendo.»

«Solo un cenno e poi indicar loro il cavallo» suggerì lui.

«Sì!»

«Cosa che per te funzionerà benissimo, perché tu non li stai invitando su un pony.»

«Beh, sì.»

«Oh!» esclamò Mark. «Ho appena pensato al numero sei.»

«Sei? Davvero? Se vogliamo aggiungerne altri, tanto vale arrivare a tredici.»

«Perché tredici? Comunque, questo, credo, è buono. Ma è complesso, quindi stammi a sentire.» Prese un respiro e mise in ordine i pensieri prima che gli uscissero tutti di bocca nell'ordine sbagliato. «Allora, nessuno è felice di morire, giusto?»

«No, mai.»

«Anche se è per scelta, non possiamo dare per scontato che ne siano felici.»

Emma annuì lentamente.

«Quindi, potrebbero non voler venire con noi» disse lui.

«Questo sarebbe un problema.»

«In quei casi» spiegò lui, «dobbiamo iniziare a essere aperti. Quindi, dovrebbe andare così: ci presentiamo, battiamo la falce per terra» – cosa che fece – «facciamo vedere che facciamo sul serio, e indichiamo loro la cavalcatura. Io sarò un po' più insistente a riguardo, per far capire che la cosa non piace a me più di quanto piaccia a loro, e poi ci mettiamo in cammino. Se hanno bisogno di conforto, tipo se non credono che sia reale o hanno una crisi di nervi, allora possiamo parlare, ma non possiamo dire loro tutto. Dobbiamo solo dir loro il minimo indispensabile per farli salire a cavallo. Facciamo a pezzi la gente solo se ci attaccano o cercano di rubarci le falci o qualcosa del genere. Fidati, se qualcuno piange, si agita, ti martella il petto, non fa male. E probabilmente hanno solo bisogno di un bel pianto per... sai, il fatto di morire.»

«Giusto.»

«E possiamo parlare con loro, e ascoltarli, se è questo che li convince a venire con noi.»

«Quindi, solo in caso di emergenza» disse Emma, «essere empatici e trattarli come esseri umani?»

«Sì. Altrimenti... via la testa.»

«Il solito tran tran.»

«Il solito tran tran» sospirò lui.

Il mondo diventò grigio, segnalando loro che il tempo trascorso piacevolmente era finito e che il loro dovere doveva iniziare immediatamente.

«Bene» disse Mark. «Andiamo.»

Mark ed Emma trovarono il loro bersaglio in strada. Aveva il collo piegato in un modo che sembrava terribilmente sbagliato, ai piedi di una rampa di scale di cemento. Il suo spirito era a una certa distanza. La bussola a clessidra di Emma indicava solo il corpo, evidenziando un problema del tutto nuovo nel caso un'anima decidesse di andare a farsi un giretto.

Mark si avvicinò per primo, un oscuro spettro con un grazioso pony e assolutamente nessuna emozione. Shahir, un uomo arabo con una folta barba e un berretto in testa, guardò Mark con paura e sdegno prima di urlargli contro. Sfortunatamente, lo fece in una lingua che Mark non conosceva, il che lo portò immediatamente a dubitare della sua teoria secondo cui ora parlavano una sorta di esperanto etereo. Shahir urlò di nuovo, apparentemente arrabbiato, ma Mark non riuscì ancora ad aggrapparsi a nulla.

Poi Shahir si voltò e cadde in ginocchio. Si mise carponi e si inchinò in preghiera. Mark rimase immobile, incerto su come gestire la situazione. Si voltò verso Emma, che aspettava lì vicino, dietro un albero. Lei lo esortò ad andare avanti. Lui annuì e si avvicinò all'uomo, aspettando che Shahir si calmasse, finché tutto ciò che passò tra loro fu il suo respiro pesante contro il selciato.

«Lei è morto» disse Mark. Shahir alzò lo sguardo, con le lacrime agli occhi, e Mark annuì.

«No» disse Shahir. La sua bocca si muoveva in modo diverso dalle parole che Mark aveva sentito. E le sentì con una voce monotona, una sorta di voce da sistema telefonico automatico. «Non può essere. Non è per questo che mi sono preparato. Non è Lei la mano che deve prendermi.»

«Non posso aiutarla» disse Mark. «Posso solo guidarla.»

La testa di Shahir si abbassò in segno di sconfitta. Si rialzò e si mise a camminare avanti e indietro, si strofinò gli occhi e lottò in modo molto visibile con ciò che aveva di fronte. Guardò Mark negli occhi con estrema intensità e fu chiaro che stava di nuovo urlando, anche se Mark sentiva solo un monotono e stabile tono robotico. «La mia vita non è stata spesa invano. Non lo è stata. Lo giuro.»

Mark mise una mano sulla spalla di Shahir. «Nessuna vita è spesa invano.»

Il labbro di Shahir tremò. Si chinò e abbracciò Mark. Mark era sempre stato incline a un buon abbraccio e si sporse volentieri per ricambiare, dandogli una pacca sulla schiena. Fu come schiaffeggiare la superficie di una vasca d'acqua, ma resistette. Tenne Shahir sulla sua spalla per tutto il tragitto fino al pony, il che fece ridere Shahir. Poi montò in sella e i due si allontanarono, nel cielo. Emma arrivò dall'alto e gestì il portale. Da lì, il resto fu questione di procedura. Shahir si inoltrò nel vuoto per trovare quelli della sua fede, convinto che la sua terra non fosse al di là del fiume, ma da qualche parte nel deserto della fede morta.

«Okay» disse Mark. «Allora, come caso di prova, è andata piuttosto bene. Più o meno. Possiamo parlare altre lingue, e se lo spirito non è vicino al corpo...»

«Questa è una buona ragione per raggiungerli *prima* che il mondo si oscuri» disse Emma. «Probabilmente un punto su cui la Morte vorrebbe insistere.»

«Il che va contro il punto uno, quello sul giro turistico.»

«Accidenti, già.»

«Dobbiamo davvero sbrigarci di più.»

«Quella però è stata buona.»

«Mmh?»

«"Nessuna vita è vana"» ripeté lei. «"Posso solo guidarla". Guardati, saggio spirito guardiano dell'aldilà. Così saggio.» Gli tirò giocosamente la veste. Mark annuì leggermente al complimento. Il suo trucco pallido diventò appena un po' rosa. «Da che film l'hai sentita?»

Mark rise. «Non è vero! No! Non lo farei mai!»

«Sette: non citare film» disse Emma.

«E se fosse un grande fan? È morto indossando una maglietta promozionale e io so chi è il suo personaggio preferito e un sacco di belle frasi da citare?»

«Solo per i bambini» disse lei, «come estensione del punto sei.»

«E per gli eterni bambini?»

«Loro finiscono sempre nel sacco.»

«È giusto.»

Sei andati. Finalmente, gli apprendisti stavano ingranando. Il gioco della vita e il mestiere della morte erano saldamente nelle loro mani.

CAPITOLO VENTIQUATTRO

Gli apprendisti di Morte erano in giro a compiere il suo dovere sul piano mortale, il che gli lasciava un po' di tempo libero per pensare e oziare. Non gradendo quella sensazione di spreco, decise di intrattenersi con un po' di compagnia, come faceva una volta ogni tanto. Una partita a poker, uno dei vecchi giochi trasmessi nelle ere passate, che portava a ogni sorta di guaio di cui poteva godere con coloro che avevano doveri simili ai suoi.

Guerra, Pestilenza e Fame si unirono a lui. Una partita a quattro era più facile da gestire e risolvere di una a cinque. E poi Caronte era refrattario alle scommesse, praticamente allergico, a dire il vero. Persino le fiche senza valore, garantite solo dalla fiducia e dai bei momenti, erano troppo per Caronte.

A casa di Morte, il poker era sempre un evento piacevole. In parte per l'umorismo cameratesco, in parte per il brivido e la possibilità che il vincitore prendesse tutto. Ma principalmente, era perché Veronique ne approfittava per sfoggiare le sue doti culinarie – in particolare la sua conoscenza della pasticceria – dando vita a una cornucopia di prelibatezze fatte in casa.

Guerra apparve in un tailleur pantalone sobrio e impeccabile, che le cadeva a pennello sulla sua corporatura nobilmente robusta. Aveva sempre la stessa espressione compiaciuta di vittoria, a prescindere dalla mano che le capitava, e non aveva chiari segni rivelatori, ma non andava mai all-in. Pestilenza arrivò con una sciarpa, che smorzava un occasionale schiarirsi di gola. Era un campionario di sintomi quando aveva una mano sfortunata, quindi il suo silenzio di solito significava che aveva qualcosa di buono. Fame era sempre a corto di figure, ma spesso rilanciava forte quando aveva coppie basse. E Morte non pescava altro che mani morte.

Erano tutti convenientemente in balia del river e del flop, che determinavano il corso della partita. Nonostante una sfortuna nera che durava da decenni, Morte si vestì in modo appropriato. Indossava occhiali da sole scuri sopra le orbite vuote e nascondeva sempre il suo volto scheletrico. Sfoggiava le cuffie del suo Walkman, con i cuscinetti arancioni logori che stonavano contro il suo cappuccio nero come l'inchiostro. Il suo teschio cavo fungeva da altoparlante, così che tutti potessero godersi la sua consunta musicassetta degli Wham!. Ci voleva un bello sforzo di interpretazione per capire se stesse sorridendo o no, senza avere labbra. Nel complesso, era solo un gioco di divertimento e fortuna. Nessuno se ne andava da perdente, a meno che non si sentisse tale. E nessuno di loro si sentiva tale.

Fame tagliò le carte e cominciò a mescolare il mazzo: i semi tradizionali erano stati sostituiti da Teschi, Spade, Mosche e Sangue.

«Ve lo dico io», esordì Pestilenza, «sento che sta per arrivare una nuova epoca».

«E come mai?», chiese Fame.

«Girano queste voci», cominciò, grattandosi sotto la sciarpa, «di sperimentazioni cliniche che stanno facendo scoperte rivoluzionarie, e di laboratori in tutto il mondo che intensificano la ricerca genetica. Stanno cercando di decodificare e riprogrammare i batteri trovati negli animali selvatici per invertire gli effetti sugli esseri umani. Le farmacie stanno decollando. Potrebbe essere un'altra rivoluzione in stile industriale se continua così, una *farmarivoluzione*. Non so se riuscirò a starci dietro senza uscirne completamente pazzo».

«Che male c'è?», chiese Guerra.

«Beh, sarebbero troppi», disse lui senza tanti giri di parole. «Troppi morti, non abbastanza sofferenza. Tutto sommato, i morti non sono il mio obiettivo».

«Infatti», disse Morte. «Una pestilenza moderna porterebbe, per lo più, a una decimazione degli anziani e al lento gocciolare delle loro vite attraverso il setaccio della propensione genetica. Ma se si prendono di mira i giovani, non ne rimarrà nessuno per contrarre una nuova malattia in piena fioritura».

Fame distribuì a ciascun giocatore due carte.

«Almeno tu hai qualcosa da fare», disse Fame. «La produzione e le scorte di cibo sono in continuo aumento. A tal punto che la gente ora butta via il cibo. Grazie al cielo; è l'unica buona notizia che ricevo giorno dopo giorno. Riuscite a immaginare? Tonnellate e tonnellate lasciate a marcire e sprecare... ma solo perché la gente non riesce a mangiarlo abbastanza in fretta».

Tutti sbirciarono le proprie carte.

«C'è sempre qualcuno», disse Guerra, «che non riceve abbastanza». Spinse una bella pila di fiche verso il piatto. «Vedo».

«Non prima che io rilanci», disse Fame.

«Hmph», sbuffò Morte, vedendo.

Pestilenza tirò su col naso e grugnì. «A proposito, si sta facendo più freddo là fuori?».

«Non fa né freddo né caldo», disse Morte. «È il nulla. Qualsiasi percezione nel Limbo è una sensazione che ci si porta dietro».

«Sì», disse Pestilenza, «ma sembra più freddo».

«Forse il fiume si sta alzando», disse Guerra. «Non è successo mai... ma potrebbe essere».

«Troppe anime dannate che cercano di attraversare a nuoto», disse Fame. «Arrancano sul fondo, creando una diga per bloccare l'acqua. Una dannata diga».

«Improbabile», disse Morte. «Anche se Caronte è a corto di passeggeri. Non mi sorprenderebbe se le acque si stessero alzando per reclamare l'intera riva, non lasciando traccia delle anime abbandonate a vagare».

«È sempre stato così, il Limbo?», chiese Guerra.

«Esisto da più tempo di tutti voi», disse Morte. «Da momenti incalcolabili. Da prima che l'uomo cospirasse per fare la guerra, conoscesse la malattia o morisse di fame durante la caccia. Solo la nascita della società ci ha riuniti, ma questo luogo è sempre stato il terreno su cui vagano i condannati, e a quei tempi le acque erano abbastanza basse perché i più audaci potessero raggiungere l'altra sponda da soli».

«Poveri loro», disse Guerra. «Ora in compagnia solo di coloro che non si sono mai dovuti sporcare i piedi neanche in una pozzanghera di fango».

«Non compatire i morti che sono già passati oltre», disse Morte. «Sono sfuggiti a quel destino».

Tutti gli sguardi si rivolsero a Pestilenza, che aveva ancora un prurito di cui non riusciva a liberarsi. «Oh, ehm, passo».

«Ah!», sbuffò Guerra. «Che peccato». Mostrò le sue carte. Aveva una coppia di regine che batteva la carta alta regina di Fame.

Gli occhi si spostarono su Morte. Grugnì e mise giù le carte.

«Beh, non è affatto male», disse Pestilenza.

«Oh», ansimò Guerra, quando vide la mano di Morte.

«Nessuna pietà per questo», osservò Fame.

«Colore», pronunciò Morte. «Tutti teschi».

«Per una volta il mazzo ti vuole bene», disse Guerra. «È la prima mano vincente che ti vedo pescare da eoni».

«Questo gioco non è vecchio di eoni», disse Morte seccamente mentre raccoglieva il piatto. «Anche se fa piacere vedere una buona mano ogni tanto». Mescolò le carte e si preparò a distribuire la mano successiva.

Pestilenza tossì. «Scusate. Con permesso, continuate pure».

«Stai covando qualche nuovo bacillo?», chiese Guerra.

«Ehm, forse», disse lui. «La verità è che mi sono lasciato tentare da alcuni nuovi progetti. Sono indeciso su un paio... nel senso che sto cercando di renderli aerotrasportati».

«Hai finalmente intenzione di farlo?», chiese Fame. «Mandare il mondo intero a rotoli?».

«No», sospirò Pestilenza. «I viventi hanno rovinato tutti quei piani quando hanno intravisto un sogno profetico nella mia stessa mente cosciente di una rabbia aerea e hanno fatto tutti quegli orribili e sanguinosi film di zombi. Ora tutti hanno la paranoia da sopravvivenza agli zombi e sono tutti pronti ad affrontarla. Qualsiasi cosa curabile con una pallottola non funzionerà».

«L'America non si piega», disse Guerra con orgoglio, battendosi il petto con un pugno chiuso. Si appoggiò all'indietro e sussultò subito, massaggiandosi la spalla indolenzita.

«Troppo rigida?», chiese Fame. Raggiunse un altro pasticcino fatto in casa sul vassoio tra lui e Morte, uno dei tanti che aveva mangiato, più di chiunque altro quella sera.

«La guerra è diventata troppo statica», disse lei. «Tutti veicoli e droni, guerra cibernetica e cose del genere. Nessuno si alza e corre in giro con spade, lance e archi come ai bei vecchi tempi. Ora mi sta venendo il mal di schiena a imparare il codice software per stare al passo con i modi in cui le persone hanno imparato a farsi del male. Una volta dovevi prendere a mazzate la caviglia di un uomo per azzopparlo... ora ti basta bloccargli l'accesso a Internet».

«Tali guerre senza morti», disse Morte, «non hanno gloria. Nessun significato».

«Ma un mucchio di ricchezza da accumulare», disse Guerra. «Gli ideali del passato sono stati barattati con azioni e quote. Le credenze che la gente aveva, e che alcuni hanno ancora, non valgono più la loro vita in gran numero. C'è sicuramente del valore, ma ultimamente ho trovato la determinazione molto carente. I bisogni primari sono tutti saziati». Si rivolse a Fame. «Il che non mi turba tanto quanto potrebbe turbare te».

«Mah». Fame dondolò la testa avanti e indietro. «Ci sarà un tracollo. Quando gli umani guarderanno sé stessi e poi di nuovo il pianeta e si chiederanno dove e come produrranno il cibo di cui hanno bisogno per sfamare così tanti, inizierà la fame. E anche il pianeta morirà di fame con loro». Si riempì la bocca di pasticcino e tutta la crema uscì e gli riempì la guancia. «I deserti sono miei amici in quest'epoca. Vedrete. La resistenza è futile. L'acqua sarà il nuovo oro».

«Ma cercheranno di resistere», disse Morte. Distribuì le carte, due per ciascuno, e poi posò con cura il flop, il turn e il river al centro del tavolo. «E molto spesso ci riusciranno».

«Che peccato», disse Guerra.

La prima carta era un cinque di Teschi. La seconda un quattro di Sangue. Le puntate furono piazzate intorno al tavolo: Guerra rilanciò. Fame vide. Morte rilanciò. Pestilenza vide, rimanendo in gioco. Morte girò il river: il sei di Spade. Un altro giro di chiamate e rilanci. Erano ancora tutti dentro, e tutti si sentivano fiduciosi. Tutte le mani furono rivelate.

Vinse Morte, con carta alta re. Nessuno aveva nemmeno una coppia, ognuno di loro sperava nella scala. Era una mano pessima per tutti, un giro morto. Morte prese il piatto piuttosto considerevole e, se si potesse dire che un teschio senza labbra sorride, quello stava sorridendo. Passò il mazzo mescolato a Pestilenza perché lo tagliasse.

«Non segnare di nuovo le carte», lo avvertì Morte.

«Ehi! Cosa? No», protestò Pestilenza. «Non è stato intenzionale».

«Perché altro avresti portato le pulci qui?», chiese Guerra. «E poi le avresti lasciate convenientemente sulla carta?».

«Con me una volta ha funzionato», disse Fame. «Segnare le carte con il sangue».

«Sì, è quello che ha fatto agitare le pulci», disse Pestilenza, con le mani alzate in segno d'innocenza. «Sei tu che hai iniziato, io sono solo quello che è stato beccato».

CAPITOLO VENTICINQUE

L'eco degli spari. Per le strade si scatenò il panico. I civili correvano in ogni direzione.

I festaioli si riversarono fuori da pub e ristoranti per vedere se ci fosse qualcosa che valesse la pena filmare con i cellulari e si misero subito a correre anche loro, senza sapere da cosa, né in quale direzione fosse meglio andare. Mark ed Emma arrivarono giusto in tempo per librarsi in aria e osservare il pandemonio sottostante. In pochi secondi, la strada passò da un affollato venerdì sera al deserto.

Sentirono l'ululato delle sirene.

«Ma davvero?» disse Mark. «Siamo finiti di colpo negli States?»

«No, guarda. Quello è l'Arndale» disse Emma, indicando il vasto tetto del centro commerciale. «Mi duole dirlo, ma siamo proprio dove dobbiamo essere... Manchester.»

«Che gioia» disse Mark. «Crimini con armi da fuoco.»

«Già, già» disse Emma. «Beh, non siamo procuratori penali, siamo mietitori. Dobbiamo solo trovare chi è stato colpito e portarlo dall'altra parte.»

I due scesero a terra per analizzare la situazione. Le sirene annunciavano che la polizia stava arrivando. Un uomo con un berretto di lana nero e una giacca stava in piedi con una pistola in mano sopra due corpi, rannicchiati per proteggere una bambina contro il fianco di un muro. L'uomo armato teneva stretta al petto una borsetta. La cosa di per sé non era incongrua, pensò Mark, dato che lui stesso era piuttosto favorevole alla praticità di un borsello da uomo, ma lo scintillante fermaglio di strass era la prova schiacciante che fosse stata rubata, e che la sua probabile proprietaria giacesse morta ai suoi piedi. Gli occhi dell'uomo sfrecciavano a destra e a manca. Si posizionò sotto la sporgenza in pietra di un portico vicino e una lanterna decorativa in ferro da tempo dimenticata.

Tutto si fermò proprio nel momento in cui le auto della polizia svoltarono l'angolo stridendo. L'anima che Mark ed Emma erano venuti a prendere erano in realtà due anime: le vite dei genitori che avevano protetto la figlia. Fortunatamente – o sfortunatamente, a seconda di come la si guardava – erano solo loro. La bambina era illesa.

«Oh no» disse il padre della bambina. «No. Olivia!»

«Olivia!» gridò la madre. Si guardarono nelle loro forme spettrali. Stavano in piedi sopra i propri corpi, flosci e morti, ma ancora rannicchiati insieme, a protezione della bambina che tremava sul marciapiede.

Emma e Mark rimasero in silenzio, attoniti, mentre la coppia di defunti iniziava a piangere. Avevano un lavoro molto difficile davanti a loro. Mark allontanò Emma e l'attirò a sé per un sussurro privato. «Questa non mi piace per niente.»

«Dobbiamo prepararci un discorsetto» disse lei, «perché saranno inconsolabili per tutto il viaggio di ritorno se non riusciamo a convincerli che è meglio così.»

«È meglio che siano morti?»

«No, senti» insistette lei. «Non scendere al loro livello. Okay? Niente compassione. Solo lavoro.»

«Certo, sì» concordò lui, «ma comunque... è un casino.» Mark alzò lo sguardo verso il rapinatore. Era rannicchiato, protetto dal portone di pietra, con la pistola alzata, pronto a continuare a combattere e a uccidere. «E dovremmo convincerli ad andarsene proprio accanto a quel coglione di un teppistello che li ha fatti fuori. Pensi che andrà bene?»

«Oh, già» disse Emma. «Mmm... dovresti nasconderlo alla loro vista.»

«Mettermi qui come un muro?» le chiese. «Allargare le braccia così non possono vedere oltre me?»

«Sì, qualcosa del genere» disse lei, e lui le lanciò un'occhiataccia. «No, funzionerà. Non ti presteranno attenzione. Saranno troppo sopraffatti dal dolore e dalla paura per la figlia e tutto il resto per mettere in dubbio la tua presenza.»

«Giusto» disse lui. «Usare la sopravvivenza della figlia contro di loro. Bella mossa.»

«Ci penso io.» Emma diede una pacca sulla spalla a Mark.

Avevano un piano, e si sarebbero attenuti a quello. Emma si voltò verso i genitori ancora in lutto mentre Mark si fermò sopra il criminale, non ancora catturato, e lanciò un'occhiata sprezzante verso l'uomo.

La madre e il padre si tenevano stretti nelle loro forme astrali. Quando notarono la figura sospesa di Emma con la falce pronta, il padre si mise subito davanti alla moglie. «La prego» esordì, «se deve prendere qualcuno, prenda me. Ma se le è possibile, lasci vivere mia moglie.»

«Peter, no» singhiozzò lei.

«E nostra figlia» disse lui. «Nostra figlia... Lei... lei deve vivere, a qualunque costo.»

Emma abbassò lo sguardo. La figlia era al sicuro. Nessun proiettile era riuscito a penetrarla, e aveva a malapena una macchiolina del sangue dei suoi genitori sulla camicetta. Stava semplicemente seduta, con la testa tra le ginocchia, le mani sulle orecchie, in una paura pensosa, aspettando che il brutto momento finisse. Emma tornò a guardare negli occhi di Peter. Era risoluto e intransigente. Aveva dentro di sé la stoffa del sacrificio, a qualunque costo, il che rendeva il prenderlo molto più semplice. Ma il fato aveva deciso per entrambi.

«Dovete andare avanti entrambi» disse lei.

Peter emise un gran sospiro, come se stesse per balzare, ma la moglie lo trattenne da dietro.

«Peter» cominciò lei, «mi dispiace.»

«Cosa?» disse lui, sgonfio e sconfitto. «Jen, no. Non hai fatto niente.»

«Siamo morti per colpa mia» disse lei. «Se solo... se solo gli avessi dato subito quella maledetta borsa...»

«No, non essere stupida» insistette lui. «È stata colpa mia. L'ho provocato. Ho sferrato io il primo pugno, ricordi? L'ho messo alle strette. Non sapevo che avesse una pistola! Pensavo di aver risolto tutto, lì per lì.»

«Ma siamo qui solo per causa mia» disse lei. «Pensavo sarebbe stato bello fare una passeggiata in famiglia. Una stupidaggine, davvero. È tutta colpa mia!»

«No, non è possibile» disse lui.

Jen cominciò a piangere sul suo petto, e lui la cullò mentre guardava malinconicamente nel vuoto. Emma batté la falce a terra. Risuonò con un forte clangore, come un rintocco finale di campana d'ottone.

«Non possiamo restare» insistette Emma. Indicò il suo cavallo, spazioso abbastanza per entrambi. «Non c'è tempo.»

Peter balbettò. Si voltò immediatamente verso Olivia. «Può sentirci?»

«N...» Ma Emma non se la sentì di calpestare le loro evidenti speranze. Inspirò e rovesciò la testa all'indietro. «Solo per un istante» mentì. «Fate che ne valga la pena.»

La coppia si inginocchiò accanto alla figlia, oltre i propri corpi, per prendere un orecchio ciascuno e sussurrarle qualcosa. Emma si girò verso Mark in cerca di un po' di supporto morale. Rimase sorpresa quando lui le lanciò uno sguardo vagamente critico, appena accennato. Aveva ragione, ovviamente. Le sue stramaledette regole. E le aveva infrante. Era molto più facile immaginare come avresti reagito a una situazione teorica. Ora, di fronte a una coppia morta, chiaramente vittima delle circostanze con il colpevole a pochi metri di distanza, non era così netto.

Morte li aveva avvertiti di non farsi coinvolgere. Aveva sentito le parole ma non aveva davvero ascoltato. In fondo, pensava che fossero state per il bene di Mark piuttosto che per il suo. Aveva un lavoro da fare ed era determinata a fornire un'eccellente prestazione. La ricompensa per il successo? Aiuto per attraversare il fiume e il passaggio all'aldilà che aveva tanto agognato. Fare il lavoro e basta. Niente drammi, niente complicazioni. Entra, esci, e avanti col prossimo. Avrebbe dovuto affrettare la coppia, scortarla alle rive del fiume. Non c'era tempo per chiacchiere oziose e inutili.

Emma era rimasta sorpresa quanto Mark quando aveva fatto un passo indietro per permettere loro di dare parole di incoraggiamento alla figlia.

«Papà ti vorrà sempre bene» gemette Peter. «Per sempre. Tu sei la ragione per cui vivevo, e finché tu vivrai, papà sarà felice.»

«La mamma è tanto dispiaciuta, tesoro» sussurrò Jen. «Dispiaciuta di non poter essere lì a guardarti crescere. Ma veglierà sempre su di te. Quindi ti prego, *ti prego*, fai del tuo meglio.»

«Fai del tuo meglio, amore» aggiunse Peter. Provarono ad abbracciarla. Le loro lacrime spettrali rigarono le guance della piccola Olivia. Emma era a disagio come non mai e si distolse dalla scena, con gli occhi che cominciavano a inumidirsi.

«Che c'è?» chiese Mark.

«Hai mai provato un imbarazzo tale da sentirti rivoltare le budella, fino alla nausea?»

«Oh, ti prego, no» disse lui.

«Non posso farci niente» disse lei. «Mi è successo al funerale di mia nonna. La gente pensava che stessi singhiozzando. Stavo soffocando il *vomito*.»

«Non posso scambiarmi di posto adesso» disse lui. «Non riuscirei a farli stare entrambi sul pony.»

Emma sospirò, e il respiro le si bloccò in gola. Lo lasciò andare e avanzò decisa dietro la coppia in lutto. «Ora» disse, con voce bassa e improvvisa. I genitori si alzarono e camminarono davanti a lei verso il cavallo senza un'altra parola.

Mentre lei montava in sella, Mark alzò gli occhi sulla lanterna decorativa, poi li abbassò sul criminale esattamente sotto la sua base appuntita. Guardò la ragazza che era ancora nel suo campo visivo, circondata dai corpi dei suoi guardiani ormai silenziosi per sempre.

Mark fece un passo indietro, prese la sua falce e strattonò la lama attraverso la catena della lanterna. Un breve crepitio di energia la circondò. Poi, qualcosa si mosse leggermente nell'istante sospeso e la catena si allentò.

Quando Mark partì all'inseguimento di Emma, il tempo riprese a scorrere normalmente. Il peso della lanterna spezzò ciò che restava della catena e sfondò il cranio dell'uomo armato prima che i poliziotti fossero usciti dalle loro auto. Mark atterrò di nuovo sul suo pony.

Pochi istanti dopo, il ladro rinvenne e alzò lo sguardo in una nebbia filtrata da una scala di grigi. Un uomo tetro in vesti scure incombeva su di lui con un bastone ricurvo e affilato in una mano e un sacco nell'altra.

«E lei chi sarebbe?» chiese il rapinatore.

«Può salire sul cavallo» disse Mark, «oppure può entrare qui dentro.» Spinse il sacco in avanti.

«Non ci entro là dentro» disse il rapinatore.

Mark batté il manico della falce sul pavimento. «Non intero, infatti» disse.

E così si portò dietro la terza, alquanto inaspettata, anima morta nel sacco e si prese del tempo per riassemblarla con cura sulla riva del fiume, lontano dai defunti appena consegnati dalla cavalcatura di Emma.

CAPITOLO VENTISEI

Tra i morti, il tempo scorreva lentamente. Senza giudizi né conseguenze, il regno tra i mondi era frenetico solo nella misura in cui i cavalieri riuscivano a farlo apparire con le loro visite intermittenti da e per il mondo dei vivi. Mentre Morte mieteva, Guerra impiegava sotterfugi e voci diaboliche per infettare la coscienza di uomini altrimenti gentili e indurli a prendere le armi contro i loro fratelli. Pestilenza stava principalmente per conto suo, sperimentando nuove colture in un ambiente vivo e prendendo appunti meticolosi sulla loro efficacia. E poi c'era Fame, che per lo più se ne stava a casa, ma ricorreva comunque all'aiuto saltuario dell'unica altra residente del Limbo.

Veronique arrivò a cavallo di uno dei tanti destrieri delle scuderie di Morte, desiderosa di vedere un altro lato del suo ospite occasionale. La dimora di Fame era un appartamento al primo piano sopra un ristorante a buffet a volontà su misura. Viveva dove c'era il cibo, e lì c'era sempre cibo. Mangiava ciò che gli umani non potevano mangiare e si godeva le prelibatezze più rare che sulla Terra non erano più reperibili.

Fame aprì la porta. Era sempre in forma e ben nutrito, un affronto al suo stesso essere, a dimostrazione che tutto il cibo che mancava al suo passaggio andava da qualche parte e a qualcuno, lasciando coloro che si lasciava alle spalle a soffrire la furia della gelosia oltre alla miseria della loro fame e a conoscere la vera disperazione. Eppure, a Veronique parve più magro. Forse perché le aveva aperto la porta in una vecchia canottiera e boxer sdruciti.

«Ah, ciao» disse. «Sono contento che tu sia venuta».

«È un piacere per me» disse lei. «Monsieur Morte è stato nella sua tana tutto il giorno e mi ha proibito di pulirla, ma non la pulisce nemmeno lui. Sta rimuginando, credo, sui progressi di Mark ed Emma».

«Chi e chi?» domandò Fame. «Oh! Quei due, sì. Stanno andando bene?»

«A quanto pare» disse lei. «Sono andati e venuti senza nemmeno fermarsi per riposare o per una tazza di tè per adempiere al loro dovere».

«Bene» disse Fame. «Uh, be', entra pure, prego. Vorrei il tuo aiuto, se puoi».

«Farò del mio meglio» rispose lei. Entrò e si guardò intorno. Il buffet era in uno stato pietoso. Un'intera testa di vacca Holstein fungeva da centrotavola con un cesto di mele Taliaferro in bocca. Attorno a essa, le sezioni delle verdure esotiche estinte e dei frutti rari erano tutte molli e avvizzite. La pregiata uva persiana, raccolta fino all'esaurimento agli albori della vinificazione, era inacidita nel modo sbagliato. Strani cavolfiori bluastri incorniciavano pollastrelle della Cornovaglia in miniatura, secche e dalla pelle rugosa. Sulla carne di mammut erano comparse macchie brunastre perché era stata lasciata cruda. Le zampe di dodo erano storte nel vassoio.

«Oh, ignora tutto questo, cara» disse Fame. «Sono solo alcune vecchie collezioni di cui non mi sono ancora occupato. Quello per cui ho bisogno d'aiuto è nel retro, se non ti dispiace».

«Certo» disse lei. Superò il bancone sul retro ed entrò in cucina. Il posto era sudicio. Immediatamente, si scatenarono in lei tutti i suoi istinti di casalinga. Allungò la mano verso lo strofinaccio più vicino, ma scoprì che era già sporco.

«Ignora il disordine, ti prego» disse lui.

«Ne sei sicuro?» chiese lei.

«Oh, non è niente che non possa sistemare più tardi. È solo che... ehm...» Il suo stomaco brontolò. Si interruppe. Il suo corpo e la sua mente sembrarono cedere per un momento, mentre combatteva un crampo della fame. «Giusto, sì. Uh, hai mai sentito parlare dell'ortolano?»

Veronique si bloccò. Lo stato della cucina le sopraffece i sensi. «Sì».

«È francese, credo» disse lui. «Il piatto, almeno. E tu sei francese».

«Sì» disse lei «ma è un piatto aristocratico, in un certo senso. Un piatto regale, preparato per coloro che... Mi dispiace, monsieur, ma devo fare un commento sullo stato della sua cucina».

Fame annuì. «L'ho trascurata un po', è vero. Ma tutto nello sforzo di cercare modi nuovi e vecchi per indulgere nella cultura del cibo. Pezzo dopo pezzo e morso dopo morso, queste culture vanno perdute, e quando un cibo smette di essere mangiato, deve quindi trovare la sua strada verso di me. Ogni franchise che scompare, le sue ricette e i suoi ingredienti vengono a me, e io posso godere di ciò che l'umanità non può. È uno scambio decente, direi, avere una scorta infinita di tutto ciò che non può essere prodotto o trovato sulla Terra. E mentre queste pratiche si estinguono, a me resta il compito di preservarle».

«Quindi, gli ortolani sono finiti?»

«Non ancora» disse lui. «Penso sia solo questione di tempo, e voglio essere preparato. Voglio sapere come prepararlo correttamente, così che quando la specie e le usanze si estingueranno, io possa preservarle. Ora, ho questo...» Si chinò verso un armadietto da catering in acciaio inossidabile e tirò fuori un uccello intero, ancora vivo. Era un uccellino semplice, di piccole dimensioni, che era stato ingozzato a forza ed era a malapena in grado di volare. «Uh, questo è un tipo di piccione, non è affatto lo stesso, ma abbastanza simile da poterci esercitare».

«Un piccione?» disse lei, con una smorfia disgustata sulle labbra. «Non sono uccelli portatori di malattie?»

«Solo quelli delle città» disse lui. «E solo quelli che passano il tempo a finire i doner kebab sul marciapiede del centro il sabato sera. Questo...»

Come se li avesse sentiti insultare i suoi fratelli viventi, l'uccello sbatté le ali e impazzì, saltando da un bancone all'altro. Piume volarono ovunque. La maggior parte di esse si attaccò a qualsiasi macchia toccasse su ogni superficie. Fame si scansò quando l'uccello si precipitò verso di lui. A causa del suo peso, poteva solo muoversi descrivendo delle parabole.

Veronique afferrò una pentola spessa e la calò sull'uccello, intrappolandolo sotto di essa, contro il bancone. Si agitò lì sotto per un momento, poi tornò la calma.

«Ben fatto» disse Fame. «Bella presa. Bestiole piene di energia».

«Monsieur» cominciò lei «vorrei ripulire questo posto prima di iniziare a cucinare».

«Ma perché?»

Veronique sospirò. «Non si può iniziare a cucinare in un luogo dove sono state dimenticate le buone maniere o l'etichetta. La cucina è il culmine di sé e del proprio ambiente. Non si cucina semplicemente il cibo in qualsiasi tugurio o fossa da cui strisciamo fuori, o vicino a qualsiasi pasticcio che abbiamo fatto. C'è un detto umano: non mangiare dove fai la cacca, altrimenti mescoli le due cose. E va oltre una logica igienica. È la sensazione stessa di pulizia che rende buono il cibo. Se cucini dove è pulito, il cibo sembrerà pulito e avrà un sapore pulito. Se cucini circondato dalla sporcizia, cucinerai cibo miserevole».

Fame annuì. «Di solito mangio e cucino come mi pare. Forse è per questo che ultimamente ho sempre fame. Non mangio nel modo giusto perché l'ambiente non è quello giusto».

«Questo piatto» continuò Veronique «sebbene lo prepariamo nel modo sbagliato, è una sensazione. Ci sono modi migliori per mangiare un uccello di quello che stiamo per fare. Ma è la correttezza della preparazione a dargli quel *je ne sais quoi* di passione».

Fame annuì con un sorriso. I due si misero al lavoro e pulirono insieme la cucina. Fame non era passivo o ossessivamente impegnato come Morte. Anzi, era decisamente oberato di poco lavoro. Veronique era felicissima di avere un partner con cui pulire. Lui la sollevò come una ballerina per spolverare e strofinare le macchie appiccicose vicino al soffitto. Lei mescolò una nuvola di potenti bolle di sapone per tagliare lo sporco e il grasso accumulati, che si erano rappresi in cristalli simili a stalagmiti sopra i fornelli a gas.

Spazzarono la cucina da un angolo all'altro, finché questa non luccicò di rimando con il fiero bagliore del progresso. Strofinarono insieme pentole и padelle e si scambiarono bolle di sapone. Il potente detergente bruciava gli occhi e la gola di Veronique, ma la giocosità li fece ridacchiare durante quel combattimento insaponato. Poi, fu finalmente il momento di cucinare.

Il primo passo era già stato fatto: l'uccello era stato ingozzato a forza ed era grasso. Il secondo passo era la preparazione. Fame si procurò una bottiglia di distillato d'uva proveniente da antiche vigne georgiane, un vino di alcuni gradi più fine e pungente dell'Armagnac richiesto dalla ricetta. Poi Veronique affogò l'uccello vivo nel liquido finché non smise di muoversi. Il terzo passo era la cottura al forno. Non era necessario alcun condimento. Le piume caddero via da sole mentre la pelle ben ricoperta splendeva di una glassa appiccicosa.

Quando fu pronto, l'uccello intero fu servito. Fame prese un grosso coltello da macellaio – appena pulito e affilato – e divise l'uccello a metà per la lunghezza, per condividerlo.

«Non è secondo le regole» disse «ma penso che questo uccello sia un po' troppo grande per un solo appetito».

«Merci» disse lei. L'ultimissimo passo consisteva nell'indossare un tovagliolo sotto il mento e mangiare l'uccello al riparo dallo sguardo vigile di Dio, poiché l'atto era così peccaminoso da poter trasformare un sant'uomo in un mostro ai Suoi occhi.

«Oh, giusto» disse Veronique, sputando un pezzetto. «L'uccello dovrebbe essere molto più giovane».

«Giusto» disse Fame con un secco scrocchio di ossa tra i denti. «È a questo che serve la pratica: a rendere perfetti. Non sempre si riesce al primo tentativo».

Continuò a mangiare incurante, con tutte le ossa, mentre Veronique con cautela tagliava e si faceva strada attorno alla carne commestibile. Nel complesso, era comunque un piatto molto saporito, assolutamente degno della tavola di Fame.

CAPITOLO VENTISETTE

Mark volò giù fino alla riva del fiume con un uomo al seguito. Un uomo schivo, incerto, che si guardava intorno con occhi spalancati e indagatori. Era smilzo e magro, quasi decrepito. Era morto in prigione in custodia cautelare, in attesa del processo. Non era affatto un brav'uomo, ma ormai era morto, e non necessitava del giudizio di un cavaliere.

«Il traghettatore arriverà presto» disse Mark. L'uomo annuì e Mark sfrecciò via per il suo incarico successivo. Dopo una breve attesa e un banco di nebbia che si addensò contro la riva, il barcaiolo Caronte si fermò pigramente con la sua barca a riva.

«Be'» disse, «cosa hai da offrirmi in cambio del passaggio su questo fiume dei dannati?»

L'uomo aprì la bocca e tirò fuori un gingillo dorato da sotto la lingua. Era un orologio da tasca d'oro massiccio. Le parti interne avevano smesso di funzionare, poiché nell'aldilà il tempo cessava di avere importanza, ma la maggior parte della sua composizione era oro lavorato e modellato. E per Caronte, tutto l'oro era oro. Accettò l'orologio, lo strofinò sulla manica per pulirlo e ridacchiò tra sé e sé per il bottino, mentre l'uomo saliva lentamente sulla barca.

«E allora si parte!» esultò Caronte. «Reggiti forte per non finire in acqua, o ti perderò tra i flutti!» Remò attraverso il fiume, finalmente in compagnia e finalmente pagato. «Sei il primo dopo tanto tempo a pagarmi per il mio servizio. È passato troppo tempo, e troppo ne passerà ancora, prima che le mani dei vivi smettano di aggrapparsi alle loro elemosine dopo la morte. Dovrebbe essere un gesto più nobile, donare ricchezza a colui che ti accoglie nella morte. Ma questa usanza è andata persa da tempo. Dimmi perché l'hai fatto. Quale grande usanza onori per portarmi quest'oro?»

L'uomo fece spallucce. «L'ho nascosto» disse. «L'ho rubato, e quindi l'ho nascosto.»

«Non sapevi del favore che ti sarebbe stato concesso su questo fiume se avessi presentato un pegno al barcaiolo?»

L'uomo fece di nuovo spallucce. «Nessuna idea» rispose cupamente.

Caronte sorrise. «Sapevi di doverlo fare. Avresti potuto nasconderlo ovunque, ma sotto la lingua è una tradizione onorata. Vendi la tua lingua al silenzio nella morte, per non parlare mai più finché il traghettatore non prende il pedaggio dalla tua bocca. È un segno di reverenza.»

«Okay.» L'uomo annuì.

Caronte si rabbuiò e tenne il broncio per il resto del viaggio. La nebbia si diradò e rivelò una nuova sponda, coperta di canne e piante ondeggianti.

«Continua a camminare» disse Caronte «finché non troverai l'incrocio dei sentieri, e prendi quello che devi.»

L'uomo scese dalla barca e proseguì, senza parole, senza meta, attraverso il velo di nebbia. I suoi passi erano così leggeri che le canne a malapena si piegavano al suo passaggio. Si stava già trasformando in una forma eterea, senza più il peso della colpa o della coscienza. Caronte gemette e si affidò alla corrente per proseguire lungo la riva del fiume, dove si trovava la sua dimora. Guardò di nuovo l'orologio e forzò via il vetro del quadrante. Usò le lunghe unghie per estrarre tutto ciò che non era oro o prezioso e lo gettò con noncuranza in acqua, come se si stesse liberando di un pelucco dalla veste. Intascò ciò che rimaneva. Tutto sommato, era una giusta ricompensa per i servizi resi.

La sua barca urtò contro un molo di legno traballante e lui scese barcollando, con la catena stretta intorno alla caviglia, e risalì il sentiero ben battuto verso casa sua. Era fatta d'oro, ogni sua superficie, ricoperta di monete, lingotti e gingilli: pezzi scintillanti assemblati come mattoni alla rinfusa. Ogni pezzo d'oro che aveva raccolto da eoni addietro e attraverso i millenni, che fossero lingotti da parte di nobili e sovrani morti riconoscenti o offerte accidentali da parte di gente comune, finiva tutto in quel posto: un grande tesoro simile a una collina fatta interamente d'oro sciolto.

Superò alcune colonne instabili ed entrò in una sala dove sedeva il trono di un re vichingo, trono con il quale era arrivato il cadavere del re, parzialmente bruciacchiato dalla sua sepoltura in mare. Molti altri oggetti di valore di civiltà estinte da tempo, per lo più dell'Antico Egitto, completavano il suo spazio vitale. Si incurvò e si sedette sul trono, dondolando le gambe.

La catena lo strattonò all'indietro. Era quasi al limite estremo del suo raggio geografico – legato metaforicamente e fisicamente alla sua barca – ma non del tutto. Tirò un po' la catena. Gli anelli di ferro tintinnarono liberandosi da un intoppo su un pesante palo formato da varie verghe d'oro avvolte in corde dorate provenienti da una qualche sconosciuta sepoltura divina. La forza della catena di metallo che veniva tirata scosse leggermente una parte della parete. Caronte gemette e si avvicinò dondolando per sistemarla.

«Non basta per un rattoppo» disse, soppesando l'orologio in mano. «Ma va comunque bene per qualcosa.» Girovagò finché non trovò un altro punto che necessitava di un rinforzo, altre aste ed else e altri strumenti sciolti che erano stati legati insieme a formare una colonna in grado di sorreggere un soffitto. Inserì il quadrante dell'orologio in una fessura tra due copricapi d'oro ornamentali, come un muratore avrebbe potuto ristuccare i giunti di un muro di garage fatiscente. Non era una misura perfetta, ma poteva andare.

«Ecco fatto» disse. Diede una pacca sulla colonna, fiero della sua robustezza. Non appena lo fece, la parete vicina fu compromessa. Iniziò a vacillare. Caronte rimase a guardare, incapace di fermarla. Il muro d'oro crollò verso di lui, sul resto dell'edificio, e si riversò all'esterno in una magnifica frana, scendendo lungo la collina verso il fiume. Caronte emise un lungo sospiro di sollievo mentre guardava il suo prezioso oro fermarsi appena prima di toccare l'acqua.

Fece spallucce e si sedette sulla pila appena smossa. Si mosse leggermente sotto di lui. Era più solido che no, come giacere su una roccia che si stava lentamente sgretolando ma non smetteva mai di essere rigida e dura. Inflessibile, immutabile, per sempre statico, un bene permanente. L'oro era l'antitesi della morte. Perciò, i morti lo portavano per dimostrare che il valore della loro vita era qualcosa che poteva sopravvivere alla loro fine. Provava e smentiva la morte allo stesso tempo, perché l'oro non poteva morire. Poteva solo essere perduto.

Caronte mosse le braccia su e giù, come un bambino che fa un angelo nella neve, e si circondò di ricchezza come se fosse una coperta su tutti i lati. Era tutto suo. Nessun'altra anima dannata ne aveva bisogno. I cavalieri non erano convinti che possedesse tali ricchezze quando se ne vantava e protestavano sempre per la sua ossessione. Che senso aveva avere così tanta ricchezza che non poteva spendere o trasformare in qualcos'altro? Loro non capivano.

«Non capiranno mai» borbottò. Raccolse una moneta e la lanciò in aria sopra il suo viso. Se la fece passare sopra e sotto le nocche, avanti e indietro. Da un dito all'altro. «Come potrebbero?»

Caronte fece distrattamente rotolare la moneta finché non sentì le dita irrigidirsi. La moneta cadde e lo colpì sul naso. Non emise nemmeno un grugnito, si lamentò solo di aver perso di vista proprio quella e si guardò intorno per prenderne un'altra. Fece scorrere la mano nel mucchio di monete e le sentì scivolare via dalla sua mano come acqua dura. Poi ne trovò una e la raccolse, un'antica moneta ottomana coniata da una dinastia vecchia di innumerevoli ere. La esaminò, testa e croce, e la fece girare tra le dita sempre più velocemente.

Finché non la perse. Premette troppo forte e la moneta schizzò via dalla sua presa, oltre il muro, e finì sulle rocce scistose lungo la riva del fiume. Caronte scattò in piedi e la seguì. Le monete dietro di lui si spostarono tutte, cantando con una caduta metallica mentre Caronte inseguiva l'unica moneta che rimbalzava contro le rocce. La raggiunse quasi e si chinò per afferrarla e prenderla al volo.

Ma poi venne tirato indietro. La catena alla sua caviglia lo strattonò via. Si era incastrata in un'altra colonna d'oro di sua creazione. Poté solo guardare la moneta rotolare e rimbalzare appena fuori dalla sua portata. Era a un pelo dall'acqua ma troppo lontana per essere recuperata, con le onde del fiume che la lambivano.

Caronte si voltò e scalciò freneticamente la gamba per liberare la catena da ciò che la bloccava. Gli sarebbero bastati due o tre centimetri di gioco per raggiungerla. Tese tutto il corpo per allungarsi. Il suo dito toccò la moneta – un breve attimo di euforia – ma quando cercò di schiacciarla contro la roccia per trascinarla a sé, questa si inclinò e schizzò via dalla sua mano bagnata, finendo in acqua con un piccolo tonfo, mentre il fiume accoglieva la sua preda negli abissi.

«Maledizione» gemette. Tirò di nuovo la gamba e trovò quei centimetri che stava cercando, ma troppo tardi. Guardò con disprezzo le sue catene prima di notare che erano allentate. Alcuni anelli si erano allungati. Non abbastanza da spezzarli, ma più di quanto non fossero mai stati prima...

CAPITOLO VENTOTTO

Di nuovo al lavoro, Mark ed Emma si ritrovarono diretti verso un ospedale e si prepararono a qualunque cosa li attendesse.

Erano già stati in ospedali in passato, perlopiù per prendere gli anziani o sfortunate vittime del caso, ed era sempre filato tutto liscio. I morti accoglievano il loro destino ed erano di solito piuttosto felici di liberarsi della sofferenza della loro situazione. E si era sempre trattato di adulti. Stavolta era diverso. La clessidra li indirizzò oltre le porte del reparto pediatrico, e Mark ed Emma si scambiarono uno sguardo preoccupato mentre si preparavano a entrare, mentre il mondo aveva ancora un po' di luce.

«Speriamo» disse Mark «che sia un giovane molto maturo che ha sentito parlare a lungo di quanto è stato coraggioso e di quanto sfortunata fosse la sua situazione, e che non si faccia troppe illusioni sulle sue possibilità».

I due attraversarono il reparto e videro molti bambini vicini alla morte, ma che lottavano duramente contro di essa. Le loro possibilità sembravano buone. Avevano imparato in fretta non solo a leggere le clessidre, ma anche a valutare da lontano la vita residua di qualcuno con un buon margine di precisione. La maggior parte dei bambini lì aveva un futuro discreto davanti a sé. Alcuni erano in bilico. Loro ne cercavano uno che non avesse più tempo.

E lo trovarono nel reparto di Rianimazione Chirurgica Pediatrica.

«Potrebbe essere» disse Mark a bassa voce «che sia morto un medico o un infermiere. Forse».

Emma sollevò la clessidra. Il bulbo inferiore, il più pieno e quasi completo con solo pochi granelli rimasti a cadere, era molto basso. Quattro anni al massimo. Scosse lentamente la testa mentre gli ultimi granelli si preparavano a scendere. Si precipitarono dentro, superando infermiere e medici nel corridoio – incapaci di urtarli fisicamente ma comunque cortesi – finché la sabbia all'interno non si mosse e la clessidra li indirizzò dritti in una stanza dove un gruppo di infermiere era riunito intorno a un letto.

Sentirono un suono lungo e costante, e poi il mondo divenne grigio.

«Sentiremo questo suono un sacco di volte» disse Mark. Nel momento in cui il tempo si fermò e l'istante finale di una vita ebbe termine, anche i suoni si ritirarono, tranne le loro voci e il pianto lamentoso di un bambino. Gli occhi di Mark e di Emma si incontrarono. Nessuno dei due voleva farlo. Emma sollevò un pugno e lo mosse in avanti per due volte. Mark scosse la testa e mimò con le labbra un «No», ma Emma annuì.

Mark si era calato nel suo nuovo ruolo con disinvoltura, apprezzandone persino molti aspetti, ma trasportare i bambini lo turbava sempre. Non aveva un particolare istinto paterno e aveva poca esperienza con i bambini, a parte una visita trimestrale per vedere il nipotino di sei anni, Jack.

Per Mark era una questione di giustizia, o della sua mancanza. Un adulto aveva avuto una possibilità nella vita. Una possibilità di fare la differenza. Poteva essere stata una vita dura o facile, ma avevano vissuto e amato, commesso errori e, si sperava, si erano anche divertiti. I bambini no.

Nonostante le sue riserve, sapeva che per Emma non era più facile, quindi dovevano decidere a chi sarebbe toccata la pagliuzza più corta stavolta.

Non avevano pagliuzze, così giocarono a sasso, carta, forbici per vedere chi sarebbe entrato. La sua carta contro il sasso di Emma: perse lei. Mark non era felice di aver vinto. Nessuno ne usciva vincitore, in realtà. Emma si controllò il costume, lo sistemò perché fosse meno provocante e appoggiò la falce al muro esterno. Entrò e cercò la fonte dei lamenti.

Un bambino piccolo, Robert, vagava per la stanza con le mani giunte e la bocca che borbottava e piagnucolava alla velocità della luce. Emma poteva vedere il suo corpo morto sul letto, con i medici e le infermiere attoniti intorno a lui. Erano furiosi per il loro crudo destino, incapaci di salvare il povero ragazzo nonostante tutti i loro sforzi. Ora l'unico aiuto che gli restava era nelle mani in attesa della Morte.

«Robert?» chiese Emma. Il bambino si voltò verso di lei. Si chinò e cercò di sorridergli. «Ciao».

«NO!» gridò Robert. Corse a nascondersi dietro a uno dei dottori.

«R-Robert?».

«No» ripeté Robert. Cercò di aggrapparsi alla gamba dei pantaloni del dottore, ma le sue manine continuavano a scivolare attraverso il tessuto. «No. Vattene!».

«Robert, tesoro?» disse Emma. «Uhm...» Si alzò, si voltò e si disse a mezza voce: «Che diavolo gli dico?».

«Basta» gemette Robert. «Non mi fa male la pancia. Non voglio andare. Vattene!».

«Il dolore è sparito?» chiese Emma. Si chinò e cercò di vederlo. Lui fece capolino da dietro la gamba dei pantaloni e annuì. «È una buona cosa! Significa che è ora... di andare da un'altra parte».

«No» disse lui. «Sta arrivando la mamma».

Emma non riuscì a trattenere il sorriso. Si rialzò e si voltò per lanciare un urlo silenzioso contro la finestra. Non trovava affatto più facile di Mark trasportare le anime dei bambini.

«La mamma ha detto che quando non mi fa male la pancia, possiamo andare a casa» continuò Robert. «E che mi avrebbe dato il gelato».

«Io... io posso prenderti un gelato, Robert» disse Emma.

Lui scosse la testa con aria di sfida. «No! La mamma mi prende il gelato. Nel mio letto!».

«Robert?» disse Emma. «Potresti restare qui, per favore? Devo solo andare a cercare la tua mamma. Okay?».

Robert uscì lentamente dal suo nascondiglio e annuì. Emma sorrise e indietreggiò fino al corridoio, dove Mark la stava aspettando.

«Oh, cielo, non ce la faccio» sussurrò disperata. «Non questo».

«So che è difficile» disse lui «ma...».

«Ah, davvero?» disse lei incredula. «E tu sapresti quanto è difficile? A quanti bambini hai dovuto far accettare la morte e spiegare che non vedranno mai più le loro madri?».

«Sei, contro i tuoi due» rispose lui all'istante. «Non che tenga il conto o altro...».

«Vorrei solo piangere e abbracciarli». Emma stringeva e apriva i pugni mentre camminava avanti e indietro.

«Allora fallo» suggerì Mark. «Mettiti al loro livello. Dagli una coccola se ne hai bisogno, stringili forte e digli che andrà tutto bene».

«Ma non andrà tutto bene, vero? Sono morti».

«E qualunque dolore, sofferenza o terribile incidente sia appena accaduto è finito. Per sempre».

Mimò il gesto di chinarsi e sollevare il bambino come se stesse maneggiando un cane. La bocca e gli occhi di Emma si spalancarono lentamente.

«Voglio dire, lo porta dove deve andare» disse lui.

«Questa è l'ultima cosa che faremo» disse lei. «Non per questo. Se vuoi metterlo nel sacco, dovrai farlo tu».

«D'accordo, okay» disse Mark. «Lo faccio io, allora». Marciò dritto nella stanza. Emma attese dietro l'angolo, senza alcuna fretta di fermarlo.

Robert era in punta di piedi, nel tentativo di guardare il proprio corpo sul letto.

«Vuoi una mano per salire?» chiese Mark. Robert lo guardò incerto.

«Chi sei?» chiese.

Mark si inginocchiò per avvicinarsi al livello di Robert. «Beh, io sono la Morte» rispose.

Mark si era trovato in una situazione simile con suo nipote Jack centinaia di volte. I bambini amavano i giochi di ruolo e il trucco era stabilire rapidamente le regole e stare al gioco. Anche gli accenti buffi aiutavano. Era stato vari personaggi dei cartoni animati, l'insegnante di Jack, un vecchio che stavano seguendo al supermercato e più di recente – man mano che Jack cresceva – calciatori famosi.

Stavolta, però, Mark non stava fingendo. Era la Morte e doveva spiegare chi fosse e quale fosse il suo scopo in un modo che un bambino di quattro anni potesse comprendere.

Emma si morse il labbro. Mark continuò a rivolgere a Robert il suo miglior sorriso rassicurante, anche se il bambino non sembrava capire la parola "Morte", per quanto semplice fosse.

«È il tuo nome?» chiese Robert.

«Sì» disse Mark. «E il mio lavoro. Vengo a portare le persone che sono morte nel mondo successivo».

Robert guardò di nuovo il letto. Mark si chinò in avanti e lo prese in braccio per sollevarlo abbastanza da permettergli di vedersi.

«Chi è quello?» chiese Robert.

«Sei tu» disse Mark. «Temo che tu non sia sopravvissuto all'operazione. Sei morto».

Robert guardò di nuovo il proprio viso inerme e i medici e le infermiere, congelati nel tempo intorno a lui. Lentamente, cominciava a capire.

«Perché sono tutti arrabbiati?» chiese.

«Perché hanno provato a salvarti» disse Mark. «Hanno fatto del loro meglio, ma non ci sono riusciti».

«Perché no?» chiese Robert.

Mark fece sedere Robert ai piedi del letto per dare un po' di sollievo alle sue spalle e si chinò di nuovo per guardarlo negli occhi. Aveva già un sottile velo di lacrime. «Non dipendeva da loro» rispose lui. «Se fosse dipeso da loro, saresti vivo, perché avevi i migliori medici e infermiere del mondo a prendersi cura di te. Ma nessuno può prevedere queste cose. Succede e basta, quando succede. Mi dispiace, giovanotto. Ma...» Mark si asciugò una lacrima. Robert allungò una mano e la posò sulla guancia di Mark, per confortarlo. Mark alzò lo sguardo e vide le stesse lacrime formarsi negli occhi del bambino.

Mark allargò le braccia e Robert vi si rifugiò. Il bambino pianse, più sommessamente di prima, mentre Mark lo portava fuori verso il suo pony nella sala d'attesa del pronto soccorso. Emma li ricondusse entrambi indietro, attraverso il portale fino al fiume, dove Mark mise di nuovo a terra Robert.

«Potresti restare qui per un po'» disse Mark «ma sei un bambino coraggioso, non è vero?».

«La mia mamma verrà qui?» chiese lui.

«Un giorno» disse Mark. «Ma fino ad allora, dovresti farti degli amici ed essere felice, okay?».

Robert tirò su col naso e annuì. Mark lo salutò con la mano e lasciò che il piccoletto si incamminasse lungo il sentiero del fiume, scomparendo alla vista nel vuoto. Mark si voltò ed emise un lungo e tremante sospiro. Guardò Emma, che era ancora un po' scossa, e cercò di spezzare la tensione. «Posso occuparmi anche di prime comunioni e bar mitzvah, se fossi interessata a prenotare».

Emma scoppiò contemporaneamente in una risata e in un pianto sguaiato. Mark fece lo stesso, con le lacrime che gli scorrevano liberamente sulle guance. Fecero una pausa finché i loro cuori non si calmarono. Emma si tirò indietro i capelli e si asciugò il trucco sbavato. «Non so come tu abbia fatto a trattenerti per così tanto tempo» disse lei.

«Quando si tagliano le cipolle» rispose Mark «impari a... trattenerti e basta».

Emma ridacchiò e si appoggiò al suo cavallo. «Saresti un bravo padre».

Mark sorrise, annuendo. «Grazie».

«Non credo che avrei avuto un figlio. Probabilmente l'avrei dimenticato per sbaglio sul treno o mi sarei scordata di dargli da mangiare. Riuscivo a malapena a badare a me stessa».

«Forse non saresti saltata, però, con un piccoletto di cui occuparti» disse Mark.

Emma sbuffò. «Se avesse pianto così tanto, forse sarei saltata prima».

Risero entrambi, prima che il peso di ciò che avevano vissuto li colpisse con un certo ritardo. Divennero silenziosi e tornarono al lavoro, accettando che col tempo sarebbe diventato troppo cupo per scherzarci su. Solo un'inevitabile e sfortunata conseguenza del mestiere...

CAPITOLO VENTINOVE

Il cottage di Morte era diventato una specie di area di servizio autostradale, con un Days Inn adiacente perché Mark ed Emma potessero riposare le loro stanche membra. Dopo tanti viaggi da e per il regno dei vivi, tornavano per una breve pausa, un tè con qualche biscotto, o un sonnellino nella stanza degli ospiti prima di riprendere la loro corsa di resistenza nell'assistere gli infiniti morti, mentre Morte si occupava in modo molto più produttivo ed efficiente dei defunti nel resto del mondo. Ciò significava che c'era sempre qualcuno nei paraggi o di passaggio nel cottage mentre Veronique lavorava.

C'era vita, una condizione insolita, considerando le ere di stagnante non-morte che l'avevano preceduta, ma lei ne era piuttosto felice. Non le dispiaceva pulire. Le dispiaceva molto di più la solitudine. Era quindi grata per ogni opportunità di spolverare o spazzare via un po' di sporco portato dal mondo dei vivi.

Inoltre, non ricordava un periodo in cui avesse ricevuto più chiamate dagli altri cavalieri. Sembrava che tutti avessero bisogno di aiuto e solo ora fossero pronti a farsi avanti per chiederlo. Era come se Morte avesse creato un precedente schierando Emma e Mark, e all'improvviso gli altri cavalieri si sentissero autorizzati a richiedere assistenza anche per sé. Galoppò attraverso le pianure del purgatorio fino alla modesta dimora a un piano che era la residenza di Pestilenza. Il suo prato era di solito o morto o fiorente di una vita turgida maculata dai colori terribili di varie malattie radianti, tutte sperimentazioni o morbi debellati da tempo dal mondo, che venivano a marcire liberamente nel paesaggio altrimenti immutabile.

Bussò alla porta e sentì subito una patina umidiccia sulla sua superficie. Persino la porta era malata e flemmatica. Si pulì la mano sull'orlo del grembiule e sentì una tosse terribile dall'altra parte, mentre Pestilenza veniva ad aprire. Non era mai stato così "in salute" come Carestia o Guerra, ma nonostante ciò non aveva mai preso bene l'essere malato. La sua era una carnagione che poteva prendere qualsiasi terribile malattia e farla sembrare lieve al confronto. Solo che ora sembrava soffrire in modo più acuto.

«Ah, salve» disse sbirciando dalla porta. «Veronique, uhm, è un po' imbarazzante. Grazie per essere venuta; speravo di poterLe chiedere un favore.»

«Sì, certo» disse lei. «Ma se si aspetta che io pulisca... temo che non saprei da dove cominciare né dove finire.»

«Oh, no» disse lui, congedandola con un gesto della mano. «Non è per... Questo posto è un caos organizzato. Ogni cosa è esattamente dove deve essere. Germi inclusi. In realtà, sono nel bel mezzo di un lavoro e non posso andare io in questo momento, ma mi serve una cavia.»

Veronique inarcò le sopracciglia.

«Non Lei, cara» disse lui. «Una pecora. È una malattia ovina destinata a soppiantare certi ceppi di...» Si tirò indietro e starnutì nella direzione opposta prima di continuare. «...pecore e capre che sono preferite al...» Un altro starnuto. «...bestiame. Diffusione più ampia, attraverso la lana. Sia un tesoro e mi porti un agnello, se può. Da un posto qualsiasi, ma un posto industrializzato, un esportatore netto. Ma anche biologico. Le pecore degli allevamenti intensivi sono tutte sterili, con la quantità di antibiotici che gli pompano in corpo.»

«Una pecora?» chiese lei. «Con la lana folta.»

«Sì, per favore» disse lui. «Credo che qualsiasi pecora andrà bene. Non vorrei approfittare troppo, è solo che...»

«No, non si preoccupi. Capisco. È nel bel mezzo di qualcosa, non può andarsene. Ci penso io.»

«Grazie.» Sospirò. «Il mio cavallo si è sentito un po' giù e non voglio stressarlo...» Si interruppe, come se stesse soffocando per poi ingoiare qualcosa che si era accumulato e riversato nella sua gola. «Lei capisce.»

«Sarò di ritorno tout de suite» disse lei.

«Grazie.» Chiuse la porta e fu colto da un altro attacco di tosse. Lei non ci fece caso. Lavorava con le malattie tutto il giorno, tutti i giorni. Senza soggetti affidabili, probabilmente sperimentava l'efficacia di tali cose sul proprio corpo. Ma non l'aveva mai sentito o visto così malato prima.

Veronique portò il suo cavallo in alto nel cielo ed estrasse un piccolissimo paio di forbici da sarto ricurve, che roteò per aprire il proprio portale. Era stata la prima persona a cui Morte aveva insegnato a penetrare il velo tra i mondi con ciò che aveva con sé: un kit di medicina da campo. Aveva tenuto le forbici di quella scatola originale e le aveva modificate con una lama più fine e lunga per orlare e rifinire tende e stoffe, così da potersi prendere cura delle vesti di Morte e riutilizzare quelle ormai inservibili per creare eleganti tende oscuranti.

Apparve sopra un'ampia distesa verde. Centinaia di acri si estendevano in ogni direzione, dedicati all'allevamento di ogni tipo di bestiame. Cavalcò in tondo finché non individuò qualcosa di chiazzato e bianco a terra e si ritrovò presto in mezzo a un campo di pecore. Le pecore erano tutte radunate, il che rendeva un po' complicato prenderne una dal branco. Se una avesse improvvisamente iniziato a fluttuare verso il cielo, le altre se ne sarebbero accorte facilmente e si sarebbero fatte prendere dal panico. La sua presenza nel mondo dei vivi doveva essere minima, trascurabile e facilmente spiegabile con una comune dimenticanza umana.

«Veronique?»

Si voltò nella direzione della voce e vide, con sorpresa di entrambi, Mark appoggiato a un palo fuori dall'area recintata. Lo salutò con la mano proprio mentre due cavalli passavano tra loro in una gara serrata. Emma cavalcava il cavallo perdente, e un cavaliere spettrale spronava il cavallo ancora vivo in un impetuoso giro attorno al recinto. Veronique si affrettò ad attraversare e si scavalcò la staccionata. Mark l'aiutò a scendere e le sfilò il vestito da dove si era impigliato sulle assi di legno.

«Cosa ci fa qui?» chiese Veronique.

Mark indicò la scena. «Stiamo lavorando.»

«State facendo una corsa di cavalli?»

Lui sospirò. «L'uomo, Harris Furnell, è il proprietario di questa fattoria. Ha ricevuto un calcio dal suo cavallo, ma il suo spirito ostinato si rifiuta di andarsene finché non avrà battuto Emma in una corsa. E questo ci ha messo in questa situazione, perché non si fermerà a meno che Emma non riesca a stare in testa per un giro. E non è che non abbiamo provato a» —

fece un gesto brusco con le mani — «acchiapparlo mentre passa, ma è astuto. Questo è il nostro caso più difficile finora, e siamo entrambi bloccati finché non sarà finita.»

«Oh, capisco» disse lei. «È problematico.»

«Lo so» disse Mark. Si strofinò la fronte, appena sopra gli occhi. «Comunque, Lei perché è qui?»

«Monsieur Pestilenza ha bisogno di una pecora per testare la sua nuova piaga» spiegò lei.

«Ugh» gemette Mark. «So che fa tutto parte del lavoro, ma preferirei che non lo facesse. E se ci riuscisse?»

I cavalli passarono di nuovo rombando, testa a testa.

«Allora darà sicuramente del lavoro a chi è ancora vivo, no?» rispose lei con un sorriso. «Ho avuto i Suoi stessi pensieri: perché Guerra ha continuato dopo la Grande Guerra? Era il conflitto finale, la guerra che avrebbe messo fine a tutte le altre, e invece no. La Seconda Guerra Mondiale, la Corea e il Vietnam, il Medio Oriente, varie nazioni africane, guerre civili e rancore infinito, intolleranza e insaziabile sete di sangue, e Guerra era lì ogni volta per farla funzionare. E il suo lavoro aveva successo, perlopiù. Lo stesso vale per Morte. Le persone muoiono, sempre. Non è una cosa così triste quando è ovunque e accade a tutti. Diventano parte della vita, queste cose.»

«Che mondo» disse Mark. «Chissà come sarebbe se si prendessero tutti una vacanza insieme e ci lasciassero semplicemente distruggere da soli.»

«La risposta potrebbe non piacerLe» disse lei. «Una volta posi la stessa domanda. Monsieur Morte mi spiegò che un mondo senza morte diventa un mondo senza vita. Quando le persone non conoscono il limite della propria vita, non la vivranno adeguatamente. Non vivranno per far contare ogni giorno, ma solo gli ultimi giorni, o le ultime settimane o mesi, così saranno ricordati solo per il loro tempo finale sulla Terra. Costruire ricordi ogni giorno è ciò che rende la vita umana degna di essere vissuta, sia nel bene che nel male. Superare le difficoltà e trovare la forza nei momenti di debolezza rendono la vita una cosa che le persone amano.»

«Giusto, ma è questo il modo per dimostrarlo?» chiese Mark, e Veronique sorrise alla sua ingenuità.

Il mondo si fermò improvvisamente e divenne grigio. Il cavallo all'estremità del recinto si impennò e lo spirito cadde sulla schiena. Aveva ammesso la sconfitta in qualche modo e posto fine al prolungato momento finale della sua dipartita, al termine della sfida.

«Grazie a Dio» disse Mark.

Veronique scavalcò la staccionata e si diresse verso le pecore. Ne scelse una giovane ma con una lana che sembrava molto folta da portare con sé. La sollevò come un sacco di farina e se la gettò sulle spalle.

«Le serve una mano?» chiese Mark.

«No, no» insistette lei. «Lasci fare a me. Abbiamo i nostri doveri, non è vero? Si concentri sui Suoi.» Raggiunto il suo cavallo, depose la pecora a terra e prese una corda per legarla al fianco della sella. «State facendo un ottimo lavoro, credo, come Morte, insieme.»

Mark le fece un cenno con la falce e trotterellò con il suo pony per aiutare a recuperare l'anima ribelle, che aveva saltato la staccionata e si era data alla fuga. Veronique osservò come agivano in squadra, la sincronia naturale nella loro cavalcata, che culminò con Mark ed Emma che facevano oscillare simultaneamente le loro falci attraverso il collo dell'uomo, così da poter porre fine all'inseguimento e andare avanti.

Sorrise. Era bello avere dei Morti così vivaci di cui occuparsi, e non vedeva l'ora della loro prossima pausa al cottage...

CAPITOLO TRENTA

Il mare. Un aperto invito all'esplorazione, all'avventura e a pericoli indicibili. Le Bianche Scogliere, una bellezza naturale e un punto di riferimento così facilmente visibile che i marinai di un tempo potevano navigare verso la salvezza da miglia al largo, fino alla vecchia Dover. Un luogo di grandi commerci, dove le enormi navi dei giorni nostri attraversavano rotte marittime invisibili per trasportare merci di vario tipo da e verso il continente.

Non proprio un luogo ideale per una nuotata. Specialmente non così al largo.

Il loro compito, in quel momento, era trovare l'anima di un disperso sotto la Manica. Fortunatamente, i loro cavalli potevano galleggiare. Sfortunatamente, il corpo no.

«Non è sbagliato?» domandò Mark mentre stava in piedi sulla superficie gelata delle onde del mare.

«Cosa?»

«I cadaveri non dovrebbero galleggiare? Per un po'?»

«In acque calme» disse Emma.

Mark abbassò lo sguardo. «Giusto, e queste non erano calme...»

«Non sai nuotare, vero?» chiese Emma.

Mark si strinse nelle spalle, a disagio. «So nuotare. Solo che non sono particolarmente bravo, ecco il punto.»

«Oh, giusto» disse lei. «Ayia Napa. Sei rimasto in spiaggia per tutto il tempo, mentre io e le ragazze cercavamo d'imparare a fare surf. Lo sai che per quello erano iniziate a girare delle voci sul tuo conto, sì?»

«Oh, sì, lo so» disse Mark. «I miei amici mi hanno messo al corrente. È solo che io...» Sbuffò. «Uhm, non è importante. Ma il nocciolo della questione è: come facciamo ad arrivare fin laggiù per prenderlo?»

«A nuoto?» suggerì Emma. «Gli zoccoli di Princess sono ben saldi sulla superficie, qui.»

Mark saggiò l'acqua e tentò di smontare dal suo pony, lentamente e con attenzione. Riuscì a stare in piedi sulla superficie dell'acqua. Si stabilizzò e accarezzò il piccolo cavallo per calmarlo di nuovo.

Anche Emma smontò e per un attimo faticò a trovare l'equilibrio. «Oh, si scivola.»

«Vero? È bagnato» disse lui.

Si scambiarono un silenzio, un silenzio terribilmente palese.

«Dobbiamo pur riuscire a scendere laggiù» disse lei. Si abbassò e cercò di spingere la mano attraverso l'acqua. Funzionò, e il braccio vi scivolò dentro lentamente, fino al gomito. «Ugh. È come spingere attraverso la gelatina.»

Mark la imitò e cercò di spingere giù un piede. «Oh, hai ragione. È collosa. È strano.»

«Com'è possibile che attraversare muri solidi sia più facile di così?» chiese Emma. Sfilò il braccio e afferrò la falce.

«Che stai facendo?»

«Ho pensato» disse lei «che se questa cosa può aprire uno squarcio tra i mondi nel cielo, potrebbe aprirne uno anche nell'oceano.»

«Come il bastone di Mosè?» chiese Mark.

«Non l'abbiamo mai chiesto» disse Emma «ma i cavalieri vengono dalla Bibbia. *Fanno* parte della stessa tradizione di Gesù e di Dio stesso. Quindi anche quelle cose potrebbero essere reali.»

«Sì, ma Caronte è greco» disse Mark. «Credo. Nell'Inferno non si menzionavano fiumi. È tutto fuoco, zolfo e urla, e anche quello è solo apocrifo. La vera natura dell'Inferno è l'assenza di Dio, così viene descritto. Quello che descrivono come Inferno è attribuito semplicemente a un luogo dove faceva caldo e dove bruciavano i loro rifiuti, a quei tempi.»

Emma scelse di ignorare la filippica non richiesta di Mark e usò la falce come una vanga per scavare nell'acqua. Riuscì a ritagliare un pezzo d'acqua considerevole e si mise a sudare. «Non funziona» disse alla fine. «Non come vorrei.»

«Oh-oh» fece Mark. Cominciò a scivolare nella gelatina e si fermò all'altezza dei fianchi. «Ok, credo di aver capito come funziona, ma non so come tornare indietro.»

«Cosa?»

«Stavo pensando... di affondare» disse. «Come quando pensi di attraversare i muri, no? Ma prima con i piedi. E ora, se smetto di pensare di rimanere sopra l'acqua, sento che sto andando sempre più a fondo.»

«Allora, pensa a volare.»

«Ci sto provando, ma non sta funzionando.» Sprofondò di un altro paio di centimetri nell'acqua. «Oh, no!»

«Svelto, non respirare.»

«Cosa!?» urlò lui. «Perché no?»

«Forse se non credi nella respirazione non avrai bisogno di farlo» disse lei, con un leggero sorrisetto al proprio commento.

«Oh, certo, ridi pure dell'uomo che affoga» disse Mark.

«Lo sto facendo» disse lei. Tirò fuori la clessidra. «Secondo questa, è esattamente sotto di noi. Quindi lasciati affondare, trattieni il respiro e dovresti...» Si voltò per vedere l'espressione patetica di Mark un'ultima volta, ma lui era già sott'acqua, e l'acqua si richiuse lentamente per inghiottirlo. La sua mano rimase fuori, e sollevò un dito, mandandola a quel paese. Lei sospirò e rivolse lo sguardo verso Dover, con un'idea in mente.

Mark, nel frattempo, semplicemente affondò. Trattenne il respiro più a lungo che poté, poi si sentì sul punto di svenire. Cercò di nuotare verso l'alto e fece pensieri vivaci, ma non servì a nulla. Era un affondare molto lento. Niente poteva renderlo più veloce o invertirlo. Provò a nuotare, ma le braccia e le gambe erano per lo più bloccate dalla natura dell'acqua. Quindi, cercò di pensare di passarci attraverso. E funzionò.

E poi cadde più velocemente, senza nulla sotto di sé che potesse prenderlo. Urlò senza aprire la bocca e precipitò in picchiata attraverso l'acqua come se fosse solo aria. Poi finalmente raggiunse il fondo e atterrò di pancia. Nessun dolore, ma un po' di shock. Era sul fondale della Manica. Non era esattamente quello che si aspettava.

«Woah!» Si portò le mani alla bocca per lo shock. Dopo aver fatto pensieri senza aria, scoprì di non avere alcun bisogno di respirare. Non poteva inspirare, fisicamente. Ci provò ed era come succhiare da un sacchetto di plastica. Ma non *doveva*. La sua voce era solo un sussurro senza fiato, ma sembrava riempire lo spazio intorno a lui, non diversamente dal sussurro fantasmagorico di uno spettro raccapricciante nel cuore della notte: una vera voce da Tristo Mietitore.

Ora soddisfatto di poter forse adempiere al suo ruolo laggiù, si guardò intorno. Era tutto molto grigio, non dissimile dal mondo di sopra quando il tempo era fermo, e abbastanza piatto con alcune colline di sabbia ondulate. E il fondale era costellato di detriti. Alcuni erano recenti e avevano appena abbastanza sabbia da impolverarli: pezzi di barca, reti perdute e altri rifiuti gettati in mare dalle navi erranti di sopra. Altre cose che trovò erano antiche.

«Questo è un aereo» disse mentre camminava sui rottami di un velivolo sepolto da tempo. Cercò di spazzare via un po' di sabbia. Si grattò via come una custodia di cartone ben aderente. «Luftwaffe, eh? Bel posto per te, allora.» Ammirò la maestosità del mare inquinato e avvistò l'albero spezzato di una nave nella foschia lontana.

Era una vecchia nave a vela, marcita da cima a fondo, tranne che per il legname più spesso e i pavimenti ben lucidati. Anche il carico a bordo era conservato. C'erano pesanti vasi e contenitori di piombo, alcuni dei quali erano ancora ben chiusi. «Una nave mercantile? O da contrabbando? O una nave militare? Affondata così vicino alla costa, potrebbe essere una qualsiasi delle tre, in realtà...» Visitò il ponte della nave morta per un po' e quasi perse di vista il suo dovere.

«Qualsiasi pirata che sia durato così a lungo quaggiù non è un semplice mortale da collezionare, se questo è esattamente sotto il punto in cui sono caduto. Dov'era?» Mark tentò di tornare da dove era venuto, ma si ritrovò rapidamente un po' perso. Ripercorse i suoi passi fino alla fusoliera del Messerschmitt e all'impronta a forma di corpo del suo punto di atterraggio, poi fece una perlustrazione in cerchio. Lo allargò una o due volte prima di alzare le braccia in segno di resa.

«Dove sei?» sussurrò più forte che poteva. «Pronto? Sibila se mi senti!» Cominciò a sibilare, come un serpente che si schiarisce la gola, in tutte le direzioni. Si mise le mani a coppa intorno alla bocca e si girò come una sirena d'allarme.

Poi incrociò lo sguardo di Emma, che nuotava verso di lui attraverso il fondale. E poi arrivò l'uomo che teneva in pugno, trascinato per il colletto e con un'aria sgomenta. Sembrava che nuotassero da sotto il substrato roccioso, dall'Eurotunnel, e presto si diressero di nuovo verso il cielo.

«Aspetta!» sibilò Mark dietro di loro. «Non so ancora nuotare!»

Provò a fare pensieri volanti. Alla fine, si accontentò di pensieri sottomarini e si spinse verso l'alto con una spirale fino alla superficie.

CAPITOLO TRENTUNO

Mark ed Emma scesero in un quartiere piuttosto carino di Liverpool, appena fuori dal centro, in una schiera di case che avevano ancora giardini sul retro. Giardini piccoli, grandi appena per un tavolo e un paio di sedie, ma posti dignitosi in cui vivere. Un posto per famiglie. Parte di una comunità. Era ben diverso dal loro palazzo di appartamenti angusti e di nuova costruzione: tutto vetro e rivestimenti, proprietari assenti e mutui per affitti.

«Ah, eccoci qui» disse Emma. «Dennis Perth Offdenson. È giunta la tua ora.»

La casa era una classica villetta a schiera vittoriana con minime ristrutturazioni esterne. Erano presenti segni di lavori sul tetto, ma sembrava per lo più attenersi a puri standard di conservazione, come il resto delle case della via. Mark entrò ed Emma rimase fuori di riserva, appena fuori, nel caso fosse successo qualcosa, ma sembrava improbabile. A giudicare dalla sabbia nella sua clessidra, il signor Offdenson era piuttosto anziano. Aveva vissuto una vita piena e l'istante della sua morte si concluse molto rapidamente dopo il loro arrivo, segno che era già in uno stato di transizione, in attesa della mano del mietitore.

Mark si trattenne poco in casa. Era deliziosa, però. Accogliente, pensò. Un bel miglioramento rispetto al loro precedente tenore di vita. Poi ci pensò. Il loro appartamento era per lo più un open space, senza corridoi stretti o angoli acuti che conducevano ad altre stanze. Tentò di considerare la superficie totale, escluse le pareti, e se in fondo non se la passassero meglio di quanto si fosse reso conto.

Trovò il signor Offdenson in una specie di biblioteca, uno studio, dove ogni parete era rivestita di file di libri che risalivano chiaramente a molti decenni prima, forse troppi per essere letti in una sola vita. La collezione aveva chiaramente superato lo spazio sugli scaffali e pile di libri, per lo più cartonati rilegati in pelle, giacevano in pile disordinate, alcune delle quali formavano colonne dal pavimento al soffitto. Una solitaria lampada da scrivania a basso wattaggio illuminava la stanza grigio-blu. Un gatto a pelo lungo, immobile nel sonno, giaceva su un piccolo cuscino accanto alla cornice d'ottone del camino.

Il signor Offdenson, un uomo con la barba grigia e una folta chioma di capelli bianchi, sedeva su una poltrona di pelle marrone di fronte al suo cadavere a riposo, con una pipa in mano. Fumo spettrale saliva verso il soffitto. Squadrò Mark con la coda dell'occhio da sopra gli occhiali con la montatura di quercia e se li sistemò mentre si voltava per salutare il suo ospite.

«Ah, buongiorno» disse l'uomo con un raffinato accento di Liverpool. «Lei dev'essere il mio psicopompo, previsto per le 12:15 circa.» Sollevò il braccio e guardò l'orologio. «È perfettamente in orario.»

«Sì» disse Mark. «Venga.»

«Mmm...» mormorò l'uomo con curiosità. «E se mi rifiutassi?»

«Non è un'opzione» replicò Mark.

«Oh, davvero?» disse il signor Offdenson. Sembrava stranamente divertito dall'avviso perentorio di Mark. Si reclinò ulteriormente sulla sedia e unì le dita a cuspide. «Beh, allora temo di dover invocare il teorema di Campanellino e negare l'autorità della sua esistenza, ragazzo mio. Peccato, eh.» Si voltò e guardò fuori dalla finestra.

«Cosa?» disse Mark. «Dobbiamo darci una mossa, signore. Devo...»

«Oh, che seccatura» disse il signor Offdenson mentre si alzava e si dirigeva verso la finestra dietro la sua scrivania. «Una seccatura, indeed. Vede, io sono un uomo particolarmente istruito. Un ateo, per decisione morale. Ho trovato molto più sincero vivere senza le illusioni di un grande disegno fin da subito. Anziché soccombere alla paura o alla disperazione di vivere una vita fallimentare, ho osservato il mondo in modo naturale, organico... veritiero! E sebbene abbia considerato l'esistenza di un'anima, ho dedotto che nessuna singola entità potesse detenere il potere di controllare tutte le anime insieme come farebbe un Dio. Quel livello di potere centralizzato non è che un sogno dell'umanità – di governanti e despoti della storia – riflesso negli insegnamenti di coloro che per primi eressero la civiltà.»

«Senta, con la scuola ho finito» disse Mark. «Dovrà pagarmi se vuole che stia ad ascoltare questa roba.»

«Nessuno» proclamò trionfante il signor Offdenson, «sfugge all'apprendimento! Né alla logica. È questa la follia degli imperi teologici dell'uomo. Fuggono dalla logica e incolpano gli dèi per i loro disastri, ma ne lodano altri, sotto il controllo dell'imperatore, per i loro grandi successi! Avevano una mano dietro il sipario che li accecava, eppure riuscivano a vedere oltre la prima illusione: che non esiste un Dio. Ma, mancando della fede per governare se stessi, sostituirono la loro congettura con molti dèi, così da potersi sentire ancora controllati.»

Mark si stropicciò gli occhi. «Signor Offdenson...»

«Ragazzo mio» disse, «non ho insegnato per *cinquantuno anni* per niente. Se ha intenzione di rivolgersi a me, le chiederei di farlo usando "Professore".»

«Certo, come no» disse Mark, stancandosi rapidamente della conversazione. «Ho molte altre anime da mietere, quindi se potesse, sa... sbrigarsi.»

inseguito alla loro grande riuscita! Avevano una mano che li accecava dietro il sipario, eppure sono riusciti a intravedere oltre l'inganno primario: l'inesistenza di Dio. Ma, mancando della fede necessaria per autodeterminarsi, hanno sostituito il loro assunto con una schiera di dèi, per poter continuare a sentirsi controllati.

«Avrei potuto insegnare così tanto a così tanti» si lamentò il professor Offdenson. «La mia mente è stata sprecata nel mondo accademico. Non è più il mondo dei pensatori, ma quello degli esecutori, a cui viene chiesto di pensare sempre meno a ogni generazione. Ho visto questo intorpidimento delle menti, questo ottundimento progressivo dell'ingegno dei miei studenti. Si rifiutavano di lasciarmi insegnare loro le grandi opere dell'uomo e il loro significato, la decodifica dei teoremi divini da parte dei grandi pensatori che si infiltrarono nella Chiesa stessa per alterare il corso dell'umanità verso un'illuminazione auto-riflessiva. No, volevano solo test e risultati. Volevano dei sì e dei no. Volevano fede nel sistema. Fede senza onore! E mi hanno tenuto in ostaggio per intrappolare la mia mente nella loro sfera di illusione. Ora siamo in un'epoca in cui molti si proclamano Dio, creati dall'uomo, *ex machina*, eppure nessuno è disposto a ridursi a una setta animista di molti dèi! No, tutti vogliono essere l'Unico perché hanno tutto il potere. Istruzione, sanità, trasporti... la burocrazia è l'illusione di Dio del nostro tempo, ragazzo mio! È ciò che ci sta riportando all'Età Oscura!»

Mark si guardò intorno nella stanza e notò alcune cornici appese al muro: lauree in pedagogia e vari riconoscimenti in ambito filosofico, incluso un attestato incorniciato per il primo posto in un club di dibattito regionale. L'uomo aveva una foto di sé con un gruppo di bambini in uniforme, con la scritta "Buon Compleanno Signor Perth" dipinta a grandi lettere.

Mark trattenne una risata e si voltò.

Il professor Offdenson stava guardando fuori dalla finestra. Sospirò e iniziò quella che sembrava un'altra lunga dissertazione. «Mi dica, signor Mietitore, chi serve?»

«La Morte» disse Mark.

«Non è lei la Morte?» chiese.

Mark esitò. «È un po' complicato.»

L'uomo sogghignò. «È una gerarchia? Affidare le anime non mietute a un'entità inferiore che svolge una parte del lavoro che altrimenti le spetterebbe di diritto in una posizione molto più alta nella società, ma che è invece relegata ai capricci di un'élite opprimente?»

«No, quello era il mio altro lavoro» disse Mark.

«Ma è pur sempre un lavoro» disse Offdenson. «Un diniego della Divinità! Un diniego della propria importanza! La Morte è un concetto al di sopra di ogni controllo, al di fuori di ogni struttura sistematica, temuto persino dai dogmi della religione. Ragazzo mio, lei *non può* essere reale, perché nessuna Morte, di nessun tipo, si presenterebbe educatamente. Se fosse reale, e se lei fosse sincero, allora non avrei questa opportunità di parlare. Questa è una chiamata di ordine superiore, al di là persino di lei, che mi permette di respirare e formulare questi liberi pensieri! È la prova che lei non è altro che un'allucinazione per tenermi compagnia mentre la mia vera mente rallenta fino alle sue sinapsi finali e si spegne nell'oscurità infinita. E finché quell'oscurità non arriverà, io resterò qui» – si sedette – «dove la mia mente trova il massimo conforto tra i grandi pensatori della Terra, ai quali dobbiamo tutta la nostra esistenza.»

Il professor Offdenson sbirciò con la coda dell'occhio e – come si aspettava – Mark era sparito. La figura oscura non era più in vista. Il suo psicopompo personale, inviato per ricordargli la Morte nei suoi ultimi istanti, non aveva potuto sopportare l'ipocrisia della propria esistenza. Il professor Offdenson sospirò e guardò la sua scrivania, verso un manoscritto incompiuto composto da lunghi paragrafi ininterrotti scritti a macchina. Strinse i denti con rammarico.

Poi Emma emerse materializzandosi dal pavimento, falce in pugno.

«Cosa... Ancora? Un'altra? Non vi ho forse smentiti definitivamente?» L'anima offesa scattò in piedi e iniziò a marciare nella sua direzione. «Basta, dico! Dico...»

Poi l'oscurità infinita arrivò sotto forma di un sacco sulla sua testa. Mark ed Emma lo portarono via e lo scaricarono a testa in giù – e, cosa più importante, a bocca in giù – nel fiume limaccioso dove avrebbe potuto godersi la sua quieta cessazione dall'esistenza e lasciare in pace il resto del Limbo.

«Ce ne sono già troppi che girano» disse Mark.

Emma annuì. «E sono ancora tutti incazzati per essersi sbagliati.»

CAPITOLO TRENTADUE

La terra tra la vita e la morte sulla riva meridionale del fiume Stige era per lo più tranquilla. Morte tornò da un lungo giro di mietitura e notò un bel po' di anime nuove lungo la sponda. Sebbene li accettasse come tali solo con riluttanza, i suoi apprendisti stavano svolgendo i loro compiti, e li stavano svolgendo bene. Nessuno era andato perduto o dimenticato. E la sua stessa mano esperta era in grado di occuparsi del resto dei moribondi del mondo senza dover gettare un'ombra di preoccupazione sul Regno non tanto Unito.

Era tutto per il meglio. Si sentiva stanco. Gli eoni e le ere cominciavano a pesargli e si accumulavano sulla sua schiena ossuta. In effetti, Morte si concesse di considerare, solo per un istante, che Emma e Mark potessero estendere le proprie responsabilità a tutta l'Europa continentale, liberando ulteriormente il suo tempo. Si sorprese a incurvarsi e usò la falce per raddrizzarsi. La schiena scrocchiò forte. Riuscì a sentire il punto in cui le ossa della sua colonna vertebrale si erano spostate e allungò una mano dietro di sé per rimetterle a posto. Fu un dolore da far gemere che lo costrinse a tornare zoppicando verso il cottage.

Aveva un momento libero per sé, a giudicare dal numero di clessidre ancora a portata di mano, così si sfilò il pesante mantello e indossò di nuovo la sua tenuta da giardinaggio. Aveva una salopette di jeans, una camicia scozzese, un cappello di paglia e guanti spessi; gli mancava solo la spiga di grano che pendeva dalla mascella per completare il quadro. La sua falce mantenne la sua forma naturale, poiché in origine era uno strumento per tagliare l'erba e rimaneva altrettanto funzionale per curare le canne e il grano incolti dell'aldilà.

Mentre lavorava, Morte canticchiò una vecchia e allegra canzone, una melodia più adatta al suono frenetico di un violino suonato da un uomo alla disperata ricerca di respingere le beffarde astuzie di uno spettro mortale. Era uno dei suoi generi musicali preferiti, secondo solo alla marcia funebre e al Requiem di Mozart. Canzoni tutte su di lui, rese appropriatamente tetre da mani umane.

Tagliò una striscia d'erba lungo il perimetro del cottage e fece un passo indietro per ammirare il suo lavoro. Il terreno era stato spianato, senza più lappole taglienti o steli di erbacce. Era piacevole camminarci sopra, come un tappeto pregiato. Si voltò per continuare il lavoro quando vide Guerra arrivare a cavallo, trascinando dietro di sé un trattore agricolo. Ella gemette mentre smontava e dovette tenersi il fianco mentre camminava.

«Stai bene?» le chiese.

«Oh, solo uno strappo» disse lei. «Mi sono allenata un po' troppo per combattere la fatica del riposo e, be', è passato troppo tempo senza un combattimento vero e proprio per i miei gusti. Preferirei di gran lunga che l'umanità tornasse al combattimento ravvicinato, così avrei qualcosa di più attivo da fare nel tempo libero.»

«Già» disse lui. «E il trattore?»

«Oh, è per te» disse lei. «L'ho trovato nella mia collezione e l'ho riadattato a sarchiatrice. Fu usato nella Grande Guerra, quella di cui ha fatto parte la tua ragazza, quando dovettero trasformare qualsiasi veicolo in uno di servizio. La sua struttura originale era dotata di un perno rotante coperto di flagelli a catena che colpivano il terreno per sminare. Ma ovviamente, ogni spada è utile, quindi le guardie francesi lo usarono davvero...» Rise. «Lo usarono per travolgere le truppe tedesche e spaccargli il cranio quando si avventuravano troppo oltre le linee nemiche.»

«Fu un'epoca orribile» disse Morte con nostalgia. «L'inventiva dell'uomo nel trovare modi per incontrarmi è sempre stata esaltante da prevedere e frustrante da seguire.»

«In ogni caso» disse lei, «tanto vale che lo tenga tu. Ora è solo un attrezzo agricolo. Perfetto per il tuo hobby.»

«A me piace tagliare a mano» disse lui.

«Ma alla tua schiena piace?» chiese lei.

Morte sbuffò e abbassò lo sguardo. Vide delle bende scivolare da sotto la manica del suo tailleur, che sembravano avvolgerle tutto il braccio.

Lei si accorse del suo sguardo e si tirò giù la manica. «Solo qualche piaga, tutto qui» disse. «Sei fortunato a non avere carne di cui occuparti. Diventa una bella routine, quando si arriva alla mia età.»

«Vero» disse lui.

Con un cenno stanco, lei riprese la sua strada e cavalcò via, lasciando il trattore sganciato a bloccare la vista del fiume a Morte. Lui scese a dargli un'occhiata. Le lame della mietitrebbia erano tutte ben affilate: lame di metallo recuperate da una miriade di spade spezzate e abbandonate in innumerevoli guerre. Tesori per il cavaliere che erano stati riadattati a un uso più gentile. Spade mutate in vomeri.

Morte montò sul trattore, armeggiò con i comandi e lo mise in moto. Ci fece un giro intorno al campo più esterno e controllò il suo operato. In pochi minuti, aveva completato il taglio di un'intera settimana, che sarebbe ricresciuto prima che lui potesse finire il giro con i propri attrezzi. Strinse le mascelle per abbozzare la sua versione di un sorriso e continuò, deciso a spianare l'intera tenuta prima di ritirarsi per la giornata.

Qualche tempo dopo, passò Pestilenza. Morte fermò il trattore accanto a lui e si sporse dal suo sedile di metallo. «Ciao.»

«Vedo che hai fatto un upgrade» disse Pestilenza, fermandosi per inspirare con un sibilo. «Scommetto che con questo mieterai molte più anime.»

«Scapperebbero» disse lui. «Non è abbastanza veloce per i miei gusti. O abbastanza manovrabile. Ma è buono per un po' di cura del prato.»

«È giusto» disse Pestilenza. «Avrei potuto occuparmi io di questo campo, se me lo avessi chiesto.»

«Preferirei che ricrescesse» disse Morte. «Non mutato.»

Pestilenza ridacchiò e poi fu colto da un accesso di tosse, facendo rannicchiare Morte sul sedile. «Ah, già. Quello sarebbe un problema. Dov'è la tua signora?»

«La mia cosa?»

«La ragazza francese?»

«Veronique si sta occupando della casa» disse Morte, «e della stalla. Ora credo che stia facendo esercitare i cavalli.»

«Giusto, be'» cominciò Pestilenza, «volevo solo farle un regalo per avermi aiutato.»

«Aiutato?»

«Sì.»

Tirò fuori un paio di guanti di lana fresca, finemente lavorati a maglia e assemblati, della misura giusta per Veronique. La lana era nera e a strisce, ma non tinta. Le fibre del vello erano diventate scure a causa della piaga che aveva colpito le pecore, rendendole non solo incolori ma del tutto prive di pigmento, e troppo lisce per assorbire qualsiasi tipo di tintura o vernice. Una pestilenza per trasformare tutte le pecore in pecore nere si sarebbe presto diffusa tra le greggi dal pelo bianco e avrebbe fatto crollare il mercato della biancheria fresca, una piaga per gli animali e per i portafogli.

«Non avrei potuto farli senza di lei» disse Pestilenza. «E sembra che le piaccia il nero.»

«Sostiene che sia la sua eredità visigota» disse Morte. «O qualche altra sciocchezza.»

«Perché non le fai fare qualche lavoro per te?» chiese Pestilenza con un colpo di tosse. «Sai, là fuori? Sembra che stia andando bene con quegli altri due che hai portato qui.»

Morte sbuffò. «Rimango poco convinto. L'opera di Morte non è cosa in cui i mortali debbano immischiarsi.»

«Pensi che a un umano piacerebbe vederti falciare un campo?» chiese Pestilenza. «O me... in un ospedale? È passato il nostro tempo, ormai da un pezzo. Muoiono più persone per cose che non possiamo controllare che mai. Queste diavolerie informatiche stanno scatenando il caos. Tutta una sfilza di virus e worm e io non ho mai nemmeno toccato quelle dannate cose. Siamo superati. E stare al passo è—»

Morte sentì uno strattone al fianco. Frugò in tasca e tirò fuori una clessidra che si espanse a grandezza naturale. Gli ultimi granelli erano quasi caduti. La scosse e li vide staccarsi dalle pareti del vetro; ne rimanevano solo alcuni, e non c'era tempo da perdere. Si guardò intorno, ma il suo cavallo non era in vista. Il trattore, tuttavia, era ancora sotto i suoi fianchi. Girò la chiave d'accensione, fece apparire la sua falce dal nulla e frustò il fianco del mezzo come se fosse un cavallo. Il trattore sobbalzò in avanti e iniziò una lenta e costante ascesa in aria. Morte sferrò un colpo poderoso e aprì un portale extra-large per far passare il suo trattore.

Pestilenza rimase a guardare, sbigottito. «Magari potessi farlo io... Non ho nemmeno una macchina.»

CAPITOLO TRENTATRÉ

Il fiume sciabordava con il dolce lambire delle onde contro la riva. Tre figure stavano nella nebbia e si rivelarono lentamente mentre la barca di Caronte si avvicinava furtiva alla sponda. Due di loro impugnavano delle falci, le cui lame ricurve scintillavano d'argento. L'altro indossava una tunica, con le mani giunte in grembo, gli occhi chiusi e il viso arrossato.

Il tintinnio dell'oro si diffuse nel vento mutevole. Caronte si accostò alla riva e squarciò la nebbia per ispezionare lo spettro che gli era stato portato e giudicarne il valore; e in effetti possedeva un certo valore degno di nota. Era un uomo anziano di fede, vestito con pregiate vesti funerarie e adornato di ninnoli ingioiellati, orlati e bordati d'oro dappertutto. Anelli, collane, bracciali e persino i denti, anch'essi d'oro, per quanto Caronte potesse vedere.

«Ben fatto» disse Caronte. «È passato troppo tempo da quando mi avete portato un'anima degna di attraversare il fiume. Più e più volte mi avete deluso in questo, e ne ho respinte più di quante potessi contarne. Ma ora vedo che siamo finalmente allineati. Costui...»

L'uomo dall'aspetto sacerdotale alzò una mano con fare di sfida. «Non parlare, Demonio» esordì, con un accento nordirlandese. «Lascia che mi prostri dinanzi al Signore e riceva finalmente il suo giudizio dopo una lunga vita al suo servizio. Non intratterrò i toni oscuri e seducenti dei malvagi consorti del Diavolo e della sua stirpe, che cercano di molestare la mia anima pura prima che possa essere vista, immacolata, senza errori e libera agli occhi di Dio.»

«Buon divertimento» disse Mark, con un tono del tutto esasperato, e se ne andò.

«Arrivederci» disse Emma, chiaramente anche lei molto contenta di essersi liberata dell'uomo.

Caronte percepì un terribile cambiamento d'umore quando fu lasciato solo con il prete, come se avesse appena iniziato a udire le lunghe tiritere che quei due avevano dovuto sopportare per portare un uomo di Dio in un aldilà senza dèi.

«Paga il tributo» esigette Caronte, «e ti manderò nella terra dove Dio ti attende.»

Il prete arricciò il naso verso Caronte e levò gli occhi al cielo velato di foschia. «O Signore, poiché tu sei il più potente e il più santo, tu sei il mio salvatore, il mio creatore e la mia luce eterna.» Si inginocchiò e mise le mani sopra la testa. «Ti attendo qui, presso questo fiume di disperazione e tormento, affinché tu possa discendere e accogliermi attraverso le porte del Paradiso e farmi entrare nel tuo abbraccio eterno, da ora fino alla fine dei tempi.»

«Il tributo» insistette Caronte.

«Non ascolterò» gridò il prete, non a Caronte ma con voce impostata perché lui sentisse, «questi demoni inviati dal diavolo che mi mettono alla prova e mi tentano. So che sono opera Tua, un amorevole colpo per mettere alla prova la mia fede finale. Ma io sono qui, e ti attendo... Dio! O Signore! Ti vedo e credo in te! Sento e obbedisco solo a te! Concedimi le ali per il tuo regno, mostra che ne sono degno!»

«Le ali non ti faranno attraversare il fiume» disse Caronte. «Solo io posso...»

«OOOO, SIGNORE!» ululò il prete. «Il tuo sacrario e il tuo santuario mi chiamano! Persino qui, in questo muto abisso, posso sentire la tua attrazione. Posso udire il canto della tua creazione!»

«Pagami!» disse Caronte. Sbatté il remo nell'acqua, sempre più frustrato. «Ti ci porterò io, solo... paga...»

Il prete si sfilò uno degli anelli. «Queste cose materiali» disse, «non sono le mie catene. Non sono il mio valore!» Si voltò e lanciò l'oro nell'acqua oltre Caronte.

Caronte lo guardò volare via con un'espressione prima sorpresa, poi decisamente terrorizzata.

«Non sono legato a questa ricchezza come uomo. Sei solo tu, Signore, che brilli come l'oro in questa fine di tutte le cose.» Continuò a togliersi l'oro di dosso e a gettarlo via. Sbraitò qualcosa sul fatto che è più facile per un cammello passare per la cruna di un ago che per un uomo ricco entrare nel regno dei Cieli. Caronte cominciò ad allungare la mano per afferrarlo. Quando lo fece, il prete lo guardò e scagliò il pezzo con forza in un'altra direzione. Continuò finché non ebbe più oro, poi iniziò a spogliarsi delle vesti. A quel punto, a Caronte non importava più. Aveva perso l'oro prima che potesse essere suo, ed era svanito.

Il prete scaricò la sua biancheria sulla barca di Caronte. Rimase con solo dei calzini con giarrettiera alla caviglia e le mutande, oltre alla papalina di stoffa in testa. «Guardami, Signore! Senza impedimenti! Come mi hai fatto, incorrotto dai peccati della tentazione. Guardami come tu vedi tutto, sai tutto, e fammi ascendere al tuo paradiso!» Poi si tolse le mutande, si inginocchiò di nuovo e cominciò a cantare inni sacri dondolandosi. Caronte detestò l'esultanza di quello sciocco e gettò i vestiti nel fiume prima di allontanarsi a remi. L'uomo non aveva soldi, né oro, né tributo — nemmeno le sue mutande — e quindi nessun modo per attraversare.

Caronte tornò alla sua magione dorata. Riparò il muro danneggiato che era crollato prima e risistemò i vari troni per variare un po'. Tirò in secca la barca su un bacino e usò alcuni attrezzi d'oro per ripararne il fondo. Raschiò via alcune mani parziali che si aggrappavano al legno come patelle, insieme a unghie e denti delle anime disperate che avevano cercato di afferrare la barca senza pagare e che erano finite sotto di essa prima che potesse raggiungere l'altra sponda.

«Maledetto sistema ecclesiastico» disse Caronte. «Che convince i pazzi a smettere di credere nel valore dell'oro. Perché seppellirlo con tutto quell'oro se poi deve finire in quest'acqua maledetta, fangosa e insanguinata!?» Caronte alzò la voce fino a urlare e per poco non gettò il suo raschietto dorato nel fiume. Invece, lo conficcò nel molo e si prese la testa tra le mani. Una volta ripresosi, finì di trattare la sua barca e andò a rilassarsi per un momento nel suo grande tesoro. Aveva usato interi lingotti come pareti portanti e aveva impilato monete in segmenti ottagonali che si avvitavano a spirale fino a metà altezza per poi proseguire in formazioni diritte fino a un soffitto a volta, dove aveva incastrato tutti i suoi tesori vari come in un puzzle.

Ovunque guardasse, c'erano oggetti di valore storico e palesemente visibile, eppure tutto sembrava vuoto. Niente di tutto ciò poteva dargli ciò che voleva. Ciò che voleva veramente. I suoi occhi si fissarono su un'icona dorata a forma di cavallo, un antico ornamento di un tempio fenicio che una nobile sacerdotessa si era portata nella tomba eoni addietro. I suoi occhi si strinsero e digrignò i denti solo a guardarla. Caronte parlava spesso all'icona: una magra compagnia, ma con la garanzia che non sarebbe mai stato contraddetto.

«Cavalli» rifletté. «Non sanno nemmeno nuotare. Non possono guadare un fiume troppo profondo. Si credono troppo superiori per le barche, eh? Chi ha deciso che i cavalli possono volare ma una barca no? Così arbitrario. Sono bloccato qui, e acquisisco informazioni sul mondo esterno solo attraverso coloro che sono abbastanza pietosi o pii da morire stringendo dell'oro. E parlano così poco del mondo e così tanto di sé stessi. La mia è stata una sorte immutata, mossa solo dalle sabbie del fiume e costruita su questo cumulo di... iniquità.»

Caronte afferrò una moneta e la lanciò contro la parete opposta. Rimbalzò e rotolò di nuovo verso di lui. Continuò a farla rimbalzare finché non cadde piatta, poi ne prese un'altra dal suo sedile infossato e la lanciò di nuovo.

«Adesso si lamentano solo di soldi. Status. Ricchezza. Ciò che si sono lasciati alle spalle. Rimpianti tutti legati a ciò che non hanno potuto guadagnare or a ciò che hanno guadagnato invano. Soldi. Non la malattia o la guerra o la carestia. Non si lamentano nemmeno della morte. Si lamentano di banche, prestiti e debiti. I cavalieri non riescono a vedere quanto sono stati dimenticati. Pensano di sapere cosa governa il mondo, ma è davvero così?»

Caronte fece un lancio particolarmente forte e mancò del tutto il muro. La moneta volò oltre la sua baracca dorata e tintinnò contro le rocce, continuando a rimbalzare lungo un certo percorso verso l'acqua.

«Mah» sbuffò. «Non ha importanza.»

Ting!

«Tutto quest'oro non vale più della polvere quaggiù.»

Ting!

«Potrei anche buttarlo tutto in acqua...»

Ting!
«... e poi seguirlo io stesso.»
PLOP!
«Non c'è bisogno di...»
Clank!

Caronte cercò la fonte del rumore anomalo e notò che un anello della catena del suo lungo ceppo infrangibile si era spaccato. Gli anelli erano ancora collegati, ma gli concedeva qualche centimetro di movimento in più. Guardò oltre il suo oro verso la riva, ancora coperta di nebbia, sotto la quale giaceva un tesoro sconosciuto di monete d'oro scartate, gettate o altrimenti perse nell'abisso. Dove la natura non aveva previsto che andassero.

Poiché se nella stretta di Caronte il pedaggio non giaceva, a che serviva l'oro che fin lì giungeva?

CAPITOLO TRENTAQUATTRO

Mark ed Emma trovarono la via per il sistema fognario di Londra, una vasta rete di gallerie vittoriane simili a catacombe. Erano ancora in ottimo stato, o almeno così sostenevano innumerevoli amministratori della città: gestivano il deflusso delle acque reflue e impedivano al Tamigi di essere la cloaca di un tempo. In gran parte, inoltre, erano un po' troppo strette per i cavalli, quindi i due dovettero proseguire a piedi nell'acqua stagnante e lurida fino alle caviglie, tra detriti e ammassi di grasso.

«Sono sempre state quaggiù?» chiese Mark. Nonostante gli stretti cunicoli di mattoni, la sua voce non echeggiava, il che lo spiazzò.

«A quanto pare» disse Emma.

«Non è molto più piccolo di quello che avevamo affittato, in fondo» disse lui.

«Anche meglio isolato» disse lei. «Ma con più problemi idrici.»

«Non molti.»

Si orientarono grazie alla vaghezza della loro bussola di sabbia finché non raggiunsero una complessa biforcazione di cunicoli divergenti. L'ago puntava dritto di fronte a loro, contro il muro stesso che divideva il cunicolo in due.

«Pensi che si ricongiungano più avanti?» chiese Mark.

«Queste sono le infrastrutture di Londra» disse Emma. «A questo punto potrebbero andare in su, in giù o girarci intorno.»

«Potremmo ritrovarci a tornare a casa di Morte» disse Mark.

«Più probabile da Caronte.»

Si scambiarono una risata, poi calò il silenzio. Sentirono un debole ronzio in lontananza, come qualcuno che mormorasse una canzone in fondo al tunnel. Sembrava provenire in egual misura da entrambi i lati. Mark ed Emma decisero di separarsi e percorsero la lunghezza dei cunicoli. Questi si snodavano, curvavano e si dividevano di nuovo, ma alla fine tornavano alla stessa cisterna, collegata a una piattaforma squadrata più standard e di costruzione relativamente moderna.

Il loro bersaglio, Phillip Coaver, stava canticchiando una vecchia canzone degli *Who* mentre lavorava di cazzuola contro un muro per premere più a fondo la malta tra i mattoni, nonostante fosse già dall'altra parte della morte. Mark si accorse per primo della sua presenza, dato che Emma svoltò un angolo più lontano pochi istanti dopo. Iniziò lui le formalità.

«Signor Coaver?» cominciò lui. «Mi scusi, potrebbe metterla giù un momento?»

«Non se ne parla, giovanotto» disse il signor Coaver. Appiattì il muro con il dorso della cazzuola e raschiò via un po' di malta in eccesso con un colpo secco. Il suo corpo fisico giaceva contro il muro, una mano stretta forte sul petto e gli occhi chiusi. Problemi di cuore. L'uomo era sulla sessantina, ma sembrava un po' più giovane. Era tutto rughe, senza capelli grigi che spuntassero da sotto l'elmetto, e aveva le braccia grosse di chi fa lavori pesanti.

«Signor Coaver, per caso nota qualcosa di strano in lei?»

«Non molto, no» rispose lui.

«Tipo il suo polso?» disse Mark. «E come potrebbe... non esserci?»

«Non ho tempo per controllare» disse.

«Signore, lei è morto» dichiarò Mark seccamente. «È deceduto. È sorprendente che riesca a influenzare così tanto il piano materiale – non dovrebbe – ma tant'è, e questa è la morte. Per favore, metta giù la cazzuola e venga con me.»

«No, signore» disse il signor Coaver.

«Temo di dover insistere» insistette Mark.

Il signor Coaver si voltò e squadrò Mark da capo a piedi. Si rigirò, chiaramente non impressionato da ciò che vedeva. «È questo il tuo lavoro?» chiese.

«Si dà il caso» disse Mark.

«Chiacchieri sempre del tuo lavoro prima di farlo?»

Il signor Coaver si alzò, cazzuola in pugno, per eguagliare il fattore intimidatorio che Mark avrebbe dovuto emanare con la sua falce. Emma si mostrò per dargli man forte. Due lame erano meglio di una. Phillip si voltò e fece loro un sorrisetto. «Beh, guarda un po'. Siete una coppia?»

«Coinquilini» precisò Emma.

Phillip alzò gli occhi al cielo. «Fortunato. Un uomo fortunato sa lavorare bene con un buon compagno. Non sempre accade. Sii contento che per te sia andata così.»

«Dobbiamo davvero andare» disse Mark.

Phillip avanzò con sicurezza e batté la sua cazzuola contro la falce di Mark. Era forte. Molto più forte di Mark. «Hai un arnese bello grosso. Pensi di usarlo nel modo giusto?»

«Ehi!» gridò Emma. Sferrò un fendente. Sia Mark che Phillip lo schivarono. Phillip si ritrasse e si riprese, mentre Mark scivolò e cadde nell'acqua puzzolente.

Phillip rise. «Non tutti sono portati per i lavori manuali, ragazzo. Non te la prendere. Tieni quelle dita delicate per la contabilità stipendi.» Rise mentre Mark si rimetteva in piedi.

«Che facciamo?» sussurrò Mark a Emma.

«Lo prendiamo di sorpresa» disse lei. «Gli togliamo le braccia e poi le gambe.»

«Come il Cavaliere Nero?» disse Mark. Emma lo guardò incuriosita, poi capì e alzò gli occhi al cielo. Entrambi si voltarono per affrontare il loro bersaglio, ma Phillip era già salito sulla scala d'accesso e uscito dal tombino. Corsero per seguirlo. Appena fu in superficie, Emma emise un fischio acuto e tirò su Mark.

«Inseguilo» disse. «Stagli addosso, ti troverò io con i cavalli.»

«Okay.» Mark corse dietro a Phillip.

Il vecchio se la diede a gambe. Correva come se fosse all'ultimo scatto di una maratona, la cazzuola ancora in mano come un testimone da staffetta. Mark non riusciva a tenere il passo e faticava a non perdere di vista il vecchio. Mark si concentrò su pensieri profondi – come il tempo passato in mare – e scattò ancora più veloce, senza bisogno di respirare. Ora, era limitato solo dalla sua personale abilità nella corsa.

Che non era granché, quindi continuò a restare indietro.

Phillip si voltò con la cazzuola in mano, tenendola come un coltello da lancio, e la scagliò verso Mark. Mark alzò la falce per pararla. La cazzuola colpì il manico e cadde a terra con un clangore. Mark controllò la superficie immacolata della sua falce, poi alzò lo sguardo giusto in tempo per vedere Phillip svoltare un angolo.

Emma arrivò in volo dall'alto e inseguì l'uomo a cavallo. Lui si voltò, la vide arrivare e si infilò in uno stretto vicolo tra alcune case. Lei rimase a fluttuare in alto, aspettando che uscisse dall'altra parte, ma non lo fece. «Maledizione» sputò lei. Scese a livello della strada e vide che non era più nemmeno nel vicolo, nonostante non avesse raggiunto la via. Poi vide un'ombra muoversi all'interno, al piano superiore di una delle case strette, mentre Phillip usciva da un balcone e saltava su quello successivo.

«Scendi da lì!» gridò Emma. «Ti romperai il collo!»

«Non prima di te, ragazza!» le gridò di rimando lui.

Emma saltò giù da cavallo ed entrò dalla porta, dove una cornice volante le si schiantò in faccia, per gentile concessione del vecchio astuto. Le sfrecciò accanto e uscì dalla porta proprio mentre Mark svoltava l'angolo.

Ora Phillip era giovane e bruno, tornato a una giovinezza felice nei panni di un giovanotto dal fisico scolpito, con le braccia gonfie da anni di duro lavoro. I suoi capelli erano più folti, il viso più magro e gli occhi accesi e vivi di una passione terribile. Mark non aveva una giovinezza felice a cui guardare indietro, quindi si limitò a fermarsi di fronte a questa versione migliore dell'ex anziano.

«Hai mai fallito nel mietere un'anima?» chiese l'uomo.

«Non ancora» disse Mark.

Phillip scosse la testa deluso. «Allora non hai nemmeno cominciato a lavorare. Sai quante volte ho fallito nei miei lavori?»

«Non abbastanza da essere licenziato, ma troppe per ottenere una pensione decente?» azzardò Mark.

«Abbastanza da imparare che il lavoro non finisce mai» disse lui. «Che un solo fallimento non può abbattere un uomo per sempre. Che un solo lavoro mal fatto non è sufficiente per annullare una vita di servizio e fatica. Se non hai mai fallito, giovanotto, allora non stai lavorando abbastanza sodo.»

«Temo che non possiamo permetterci di fallire» disse Mark. «Per il *suo* bene, tra l'altro.»

Phillip allargò le braccia in segno di sfida. «Raddrizzerò io la tua mente contorta; una mente che pensa di dover essere sempre perfetta o verrà punita. Chiedi al tuo capo se gli sono mai caduti gli attrezzi e abbia grattato via della vernice che non andava toccata, e se minaccia di licenziarti, saprai che è successo più volte di quante possa contare. I bravi lavoratori sono quelli che falliscono più spesso, ma che lavorano più duramente per rimediare.»

«Signore» disse Emma. Lanciò la sua falce e tagliò Phillip dalla spalla alle costole in un colpo irregolare da cui non poté riprendersi. «Apprezziamo il suo contributo. Ma dobbiamo davvero andare.»

Phillip sbuffò. Le sue rughe tornarono e i muscoli svanirono nella loro forma logorata dall'età. «Ho sempre giurato che avrei lavorato per tutta la vita. E ancora non mi sento morto. Cosa dovrei costruire adesso?»

«Pazienza» disse Mark.

«Ne ho già abbastanza» disse Phillip mentre si raddrizzava e Mark disponeva le parti del suo corpo in una pila ordinata, mentre Stormrider galoppava giù dall'alto. «Immagino che il lavoro onesto viva nell'anima, allora.»

«Proprio così, signore» disse Mark mentre raccoglieva metà dell'anima.

Phillip gli diede una pacca sulla spalla: due colpi secchi dalle sue mani pesanti come mazze. Montò a cavallo, si sedette dietro a Mark e lanciò un ultimo sguardo nostalgico a Londra dall'alto mentre cavalcavano verso l'aldilà.

«Ho costruito un po' di quella roba» disse. «Qualcun altro dovrà continuare.»

«Già» disse Mark. Scivolarono attraverso il portale e si lasciarono alle spalle il mondo fisico, insieme a una cazzuola ammaccata in mezzo alla strada e a un lavoro terminato secondo uno standard rigoroso che ben pochi avrebbero visto dopo la morte del suo unico artefice.

CAPITOLO TRENTACINQUE

Presero una clessidra a testa, partirono nello stesso momento e arrivarono in tempi diversi, in luoghi diversi. Quando Mark si materializzò, il mondo intorno a lui era ancora in un glorioso Technicolor, con il tempo del suo bersaglio che continuava a scorrere, mentre quello del bersaglio di Emma era scaduto e il mondo era già grigio e muto nel momento in cui lei apparve in cielo.

«Oh, meraviglioso» disse lei con un sospiro esasperato. «Ma dammi una possibilità, no?»

La sua clessidra puntava al corpo del suo bersaglio; doveva solo sperare che il suo spirito non si fosse già messo a vagabondare un po'. Il luogo era Sandyford, a Newcastle, in un semplice complesso di appartamenti per studenti. E la scena era un po' sgradevole da affrontare.

Emma arrivò su un suicidio andato storto. Non che ci fosse molto di giusto in quel genere di circostanze, ma era chiaro che l'intera faccenda era stata pianificata diversamente. Lo spirito della ragazza singhiozzava in un angolo, il suo corpo era riverso a terra, sfracellato e a pezzi, con le ossa che sporgevano da sotto la pelle dopo una caduta su quella che sembrava un'opera d'arte moderna raccapricciante, realizzata con angoli perfettamente allineati per spezzare un corpo all'impatto.

«Polly?» domandò Emma. «Polly Harrowsoth?»

«Guarda che roba!» si lamentò la ragazza, puntando un dito storto verso il disastro. «È andato tutto storto!»

«Sì, è così che succede» disse Emma con comprensione. «Una cosa tira l'altra e ti ritrovi senza altre—»

«No, no.» Polly scosse la testa. «L'allestimento! La scena! Avevo preparato tutto e quella dannata corda ha ceduto troppo presto! Ora sono morta tutta brutta e scomposta, e prima era così bello e perfetto! Doveva essere...»

«Oh» disse Emma. «Quindi, questo era...»

«È *arte*» insistette Polly. Si rannicchiò contro il muro con le ginocchia raccolte al mento. «Dovrebbe essere una grande, magnifica dichiarazione. Ora tutto quello che diranno è: "Guarda com'è conciato il suo corpo dopo essere caduta dal suo trespolo". O peggio: "Guarda com'era *grassa* quando si è impiccata..."! Non è affatto vero! Chiaramente!»

«Oh, chiaramente» disse Emma. «È colpa del gancio se non è riuscito a reggerti.»

«Vero? Non sono un'ingegnera. Ma forse avrei dovuto esserlo... per quel che mi serve adesso.»

p>

«Polly, non sono un'intenditrice d'arte. Puoi semplicemente spiegarmi quello che... hai fatto?»

Polly si alzò e iniziò una breve passeggiata intorno all'architettura molto appuntita. «S'intitola, come descritto nel mio biglietto, il *Vertice dell'Apocrifo della Donna*. Le varie cime nella formazione di questa struttura brutalista, fatta di stucco con un'intelaiatura in alluminio, rappresentano l'assalto dell'uomo contro le arti in nome di un pragmatismo incontestato. E per superare quella dichiarazione di pura funzionalità contro ogni espressione, di fredda logica e ordine spigoloso e privo di emozioni, ci vuole il cuore brillante e ironico di una donna.»

«Uh-huh.» Emma annuì.

«Ma aggiungersi semplicemente a essa non è abbastanza» continuò Polly. «Bisogna sacrificare tutto per ergersi al di sopra della dichiarazione finale. Perciò, il martirio è necessario, mentre le donne ascendono al di sopra del mondo maschile di fredda pietra, duramente modellato, per far colare colore dall'alto mentre le loro immagini vengono elevate e quindi santificate.»

«...Quindi ti sei impiccata» riassunse Emma, più letteralmente, «in modo che la tua presenza, per così dire, colasse sugli edifici dell'uomo.» Si voltò verso Polly per una conferma, ma ottenne un sospiro snob e superficiale.

«Se hai intenzione di ossessionarti con dettagli insignificanti, allora non c'è molto altro che possa offrirti» disse Polly in tono sprezzante. «Quindi, comunque, tu saresti... una specie di Morte stile dominatrice?»

«Sono solo la Morte» disse Emma. «Non sono niente di "chic". E tantomeno una dominatrice, se è per questo.»

«Sì, certo» disse Polly. Sospirò sconfitta e si spostò verso una panca sistemata tra due scatole a forma di diamante che, in equilibrio sui loro spigoli, sembravano creare un'incrinatura nel pavimento. «Volevo solo che la mia vita significasse qualcosa. Perché più a lungo vivo, meno lo farà.»

«Ma cosa diavolo te lo fa pensare?» chiese Emma. «Avresti avuto un'intera vita brillante davanti a te, piena di... idee e pensieri. E ragioni.»

L'ironia della situazione non sfuggì a Emma. Discutere con una suicida sulla miriade di ragioni per rimanere in vita. Certo, non era mai una questione così netta. Mark non aveva forse cercato di convincerla a scendere con un ragionamento molto simile? E lei non aveva forse ribattuto a ogni sua parola con una risposta analoga? – Tu non mi capisci; nessuno mi capisce.

In qualche modo, ora che i ruoli si erano invertiti, a Emma appariva chiarissimo che la decisione di Polly era stata estrema, avventata e non necessaria. Era una ragazza giovane, brillante, arrabbiata con il mondo ma con un futuro potenzialmente luminoso davanti a sé. Emma sentì un nodo formarsi in gola.

«Non dovevi arrivare a fare questo» concluse Emma.

«Sì, invece» insistette Polly. «È proprio questo il punto. La tragedia di una donna che lotta per il suo posto nel mondo è il punto: che lei *debba* lottare per lo stesso posto che gli uomini ottengono senza alcuno sforzo. È come se, per ogni sofferenza di una donna, cento uomini trovassero il successo. Eppure non esisterebbero affatto senza i sacrifici delle loro madri e mogli e di tutte le innumerevoli persone inferiori che devono calpestare per lasciare i propri *segni* sul mondo.» Fece un gesto verso la decostruzione brutalista su cui il suo corpo pendeva floscio.

Emma fece uno sforzo enorme per non crollare. In quel momento capì, per la prima volta, come doveva essersi sentito Mark, cercando disperatamente di mantenere l'equilibrio sulla cupola del Liver Building. Aveva combattuto la sua paura delle altezze e nel frattempo aveva cercato di convincere Emma a scendere, supplicandola di riconsiderare la sua decisione. Lei era stata così sicura di sé, convinta che non ci fosse altra soluzione. Aveva convinto se stessa, ma non era riuscita a convincere lui, e ricordò di essersi infuriata sempre di più mentre lui vaneggiava sui Tupperware invece di togliersi di mezzo. Probabilmente gli doveva delle scuse.

Dal punto di vista di Polly, lei aveva fatto solo ciò che era necessario per portare avanti un messaggio che per lei significava più della sua stessa vita. Era un'impresa nobile, ma esagerata in modo estremo e crudele. Ciò che colpì di più Emma fu quanto fosse giovane la ragazza. Le ricordò i brutti momenti che aveva passato poco più che ventenne, quando era stata scaraventata in un mondo di ingiustizie, tristemente impreparata e mal equipaggiata: sempre la timida tappezzeria, dimenticata e ignorata.

Questi sentimenti si erano intensificati nel tempo. Non c'era stato un singolo catalizzatore. Nessun chiaro superamento di un limite o trauma attribuibile. Piuttosto, il graduale e cumulativo fardello di centinaia di gocce che avevano fatto traboccare sia il vaso sia la determinazione di Emma a vivere, ognuna delle quali era individualmente prevenibile ed evitabile, ma schiacciante nell'insieme. Piccoli momenti che l'avevano informata di un sentimento di disperazione e sconforto che alla fine le aveva inculcato l'idea che spegnere tutto fosse preferibile.

«Polly» disse Emma con un sospiro, «mi dispiace, ma... questa è una merda.»

«Certo» disse Polly. «Tutti critici d'arte. E ora mi farai la predica sul mio senso della moda? Avanti, fatti un giro nel mio armadio. Tira fuori quello che vuoi, e posso zittirti in un attimo.»

«No, non la scultura» disse Emma. «Anche se non fa per me. A me piacciono i paesaggi. Ma la situazione in cui ti sei trovata... era una merda. Sono d'accordo che a volte vivere sembra non avere senso e non valerne la pena. Ci sono passata anch'io e neanche avere qualcuno che mi dicesse di non farlo e di provare a superare tutto ha funzionato per fermarmi. Io ancora... pensavo ancora che ci fosse più pace in fondo a un edificio di tredici piani, senza prendere le scale, piuttosto che continuare a vivere. Perché ci sono problemi irrisolvibili nel mondo che ci piombano addosso.»

«Allora, cosa dovremmo fare?» chiese Polly.

Emma si strinse nelle spalle. «Vivere» disse. «Morire non risolve niente.»

Polly si alzò, offesa. «Be', se dobbiamo morire tutti comunque, tanto vale avere voce in capitolo su come ce ne andiamo. Su come verremo ricordati!»

p>

«Ci puoi provare» disse Emma. Si voltò di nuovo verso la scena. «Ma molto spesso fallirai. I vivi non cercano ragioni più grandi nella morte. Nessuno verrà al tuo funerale a piangere perché la tua ultima opera d'arte è stata fraintesa. Piangeranno perché non ci sei più. Mancherai anche ai tuoi critici più feroci. Perché sanno che anche la loro vita, un giorno, finirà. E il significato e l'importanza che hanno dato al mondo potrebbero finire con essa.»

«Questa è una merda» disse Polly.

Emma annuì. «Le persone si fanno le proprie idee per sentirsi meglio con se stesse. È così che funziona l'arte. Cento persone possono vedere quello che hai fatto e inventarsi ragioni diverse per il proprio tornaconto. Non per il tuo.»

«Doveva esserci un modo migliore per far passare il mio messaggio» disse Polly. «Per rendere cristallino il motivo per cui dovevo morire in questo modo... o, in un modo migliore.»

«L'unico modo migliore per morire» disse Emma, «è quando sei molto vecchio e nel sonno. La ragione per cui muori è sempre messa in ombra dalla vita che hai vissuto.»

Polly scosse la testa. «Non c'è davvero nessuna abilità artistica nella morte?»

«Non credo» disse Emma. «Non si presta a molte interpretazioni.»

«Allora... allora posso cambiare le cose?» implorò Polly. «Posso tornare indietro e rifarlo? Farlo meglio? Fare una dichiarazione diversa, con la vita invece che con la morte?»

Emma posò una mano sulla spalla della ragazza. Una mano fredda, concreta. «A poche persone piace il modo in cui muoiono. Ma muoiono lo stesso.»

Polly lesse il brutalismo negli occhi di Emma, la sua espressione fredda e spigolosa. Di fronte a quella dichiarazione opprimente, si strinse semplicemente nelle spalle e si arrese. Emma la condusse fuori e la riportò lungo il fiume, dove la lasciò libera di vagare. Lì incontrò Mark, che era già tornato con uno zaino umano sulle spalle. La conversazione a lungo attesa di Emma con Mark avrebbe dovuto aspettare ancora un po'.

«Cos'è quello?» chiese Emma.

«Che cosa sembra?» gemette Mark. «È un buddista piuttosto devoto. Mi ha completamente ignorato per un bel po', così ho dovuto riportarlo indietro in spalla.»

«Stai pensando di portarlo dai monaci?» chiese Emma.

«Sì. Ma non sono sicuro di farcela.»

Emma si mise dall'altra parte e prese le gambe dell'uomo. Lui rimase in una perfetta posizione del loto mentre loro due lo trasportavano più addentro nel deserto dell'irreale per raggiungere i suoi confratelli dalle idee affini nel loro purgatorio eterno.

«Non si è mosso per niente?»

«Niente di niente» sbuffò Mark.

«Dev'essere piuttosto contento di come è morto» disse lei. «Fortunello.»

«Dev'essere stato piuttosto contento di morire *grasso*» si lamentò Mark. I due trascinarono il loro rotondo bagaglio vivente nel vuoto, poi tornarono ai loro doveri, dopo una breve pausa durante la quale Mark fece piazza pulita dello smorgasbord di salumi che Veronique aveva lasciato per loro.

CAPITOLO TRENTASEI

Le cose andavano bene nella terra tra la vita e l'aldilà, fatta eccezione per alcune lamentele irrisolte che continuavano a sorgere nel cottage di Morte. L'aria era stagnante, coperta da un'onnipresente patina di polvere. Il piumino di Veronique sembrava aggiungere più polvere alle pareti anziché rimuoverla. Così, dovette ricorrere alla misura più drastica di passare l'aspirapolvere su e giù per le pareti. Era rumoroso, ma efficace.

Teneva le finestre aperte per arieggiare, ma si rese conto che i suoi sforzi si infrangevano contro il flusso costante di polvere che sembrava venire dal nulla. Appariva e basta. Distoglieva lo sguardo e il perfetto giallo tuorlo d'uovo della carta da parati diventava di un tono più pallido e tendente al beige. Con la corrente d'aria, poteva almeno sorvegliare le scie di polvere che si snodavano verso il resto del giardino.

Tener pulito era un lavoro solitario. Mai veramente impegnativo, e non sempre gratificante. Aveva un solo inquilino di cui occuparsi, Morte, e le attività di lui di solito lo tenevano fuori casa per quelli che sembravano giorni interi. Il suo tempo nella terra della morte le aveva ottenebrato il senso del tempo e del suo scorrere. Era morta da abbastanza tempo per sapere che il tempo non contava più.

Ma il disordine era comunque difficile da ignorare. I suoi occhi scattavano su ogni potenziale granello di sporco sfuggito ai suoi precedenti sforzi, e vi si avvicinava come un soldato che avanza furtivo nelle trincee. Si diresse accovacciata verso la collezione di dischi in vinile vicino alla finestra, vibrò un colpo col piumino per spazzare via la patina di polvere dalle custodie e fu colpita da un contraccolpo. Il bordo affilato di un filo d'erba le sfiorò il viso tra la mascella e il mento prima di cadere a terra.

«Cosa?» disse. Lo raccolse e lo tenne sollevato verso l'esterno. In lontananza vide uno spruzzo di materia, come un'esplosione silenziosa che aveva sradicato tutto il grano e le erbacce dal terreno. Guardò e vide il suo padrone che mieteva il campo usando il trattore donatogli da Guerra, che a ogni passata creava ampie distese di erba corta e calpestabile.

Raramente le capitava di vederlo lavorare in giardino. Di solito era compito suo. Aveva anche le sue cesoie personali e tutto il resto. Tagliare le erbacce a mano, un ciuffo alla volta, era quasi catartico, come tosare una pecora incredibilmente grande e fibrosa. Ma in fin dei conti era il suo giardino, e curarlo era il suo passatempo preferito. Finalmente ne aveva il tempo, ora che i suoi apprendisti si occupavano degli affari nelle Isole Britanniche. A lei sarebbe piaciuto non poco fare un giretto sul nuovo trattore.

Per il momento, decise di preparare una brocca di limonata per rinfrescarlo e si diresse con passo tranquillo verso la porta d'ingresso, lasciandola aperta perché la polvere potesse uscire. Ormai ce n'era quasi più dentro che fuori. Arrivò proprio mentre Morte finiva di ripulire un sentiero lungo il fianco del cortile che scendeva fino alla riva limacciosa del fiume. Spense il motore e faticò a scendere dal sedile del conducente. Una volta a terra, barcollò in avanti.

«Monsieur!» lo chiamò lei.

Morte si sorresse con la falce. Il manico si rimpiccioli all'istante e lui si infilò il lato non affilato della lama sotto l'ascella per farsene una stampella.

«Ah, salve,» rispose lui. «Ha finito le Sue faccende, non è vero?»

«Sta bene? Potrei farlo io per Lei,» offrì lei, preoccupata da quanto apparisse fragile.

«Sto benissimo,» disse lui.

Lo conosceva da circa un secolo, e da molte vite al di là di quello nel passaggio atemporale del mondo al di fuori del tempo umano, quindi conosceva molto bene i suoi tic. Il suo respiro era superficiale e affannato. La sua postura era così incurvata che poteva contargli le vertebre sotto il panciotto di tweed. Il fatto che si appoggiasse alla falce come se ne avesse bisogno le diceva molto più di quanto lui volesse farle sapere.

«Ne è sicuro?» chiese lei.

Lui grugnì. «Sì, sì. So di sembrare un po' pallido, ma mi creda, è la carnagione che mi si addice di più. È un pallore affinato. Un tipo di... esposizione calcificata molto dignitosa e aggraziata.»

Veronique valutò il suo lavoro. Aveva rasato l'intero giardino, da cima a fondo, mentre lei si affannava con la polvere all'interno. Spiegava perché una nuvola di terra si fosse ora depositata in casa.

«Cos'è quello?» domandò lui, indicando il bicchiere che lei portava.

«Per Lei,» disse lei.

Lui lo prese e lo tracannò. Il liquido sparì nella sua mascella, che era vuota e senza gola, perciò svanì semplicemente alla vista. «Grazie,» disse lui, prima di restituire il bicchiere vuoto e scuotersi dalle dita alcune gocce di condensa.

«Mi lasci accompagnarLa in casa,» disse lei.

Lui sbuffò. «È solo una breve passeggiata su per la collina. A proposito, dove sono quei due?»

«Emma e Mark?» disse Veronique. «Credo che abbiano quasi finito di raccogliere le loro cento anime.»

«Davvero?»

«Oui.»

«Hmmm,» mormorò lui. «Ci hanno messo più o meno quanto sospettavo.»

«Quindi sono sulla buona strada per impressionarLa?»

«Bah,» disse lui. «Impressionarmi? Niente affatto. È impressionante solo nel senso che ce l'hanno fatta e non sono caduti da cavallo sfracellandosi contro l'orribile realtà del duro asfalto.» Frugò in tasca e sollevò la clessidra di Emma. La chiazza di sabbia attaccata al lato si era ormai cristallizzata. «Finché mi saranno utili, riconoscerò i loro sforzi.»

«E quando avranno completato le loro prime cento consegne?»

«Allora potranno farne altre cento,» disse Morte. «E così via, eternamente, finché non si arrenderanno.»

«E Lei si occuperà del resto?» domandò lei scettica.

Lui lesse tra le righe del suo tono sarcastico e si incamminò zoppicando su per il sentiero verso la casa. «Certo che lo farò! Anzi, stavo giusto per riposarmi prima di fare un'escursione in Polinesia a caccia di annegati sul fondo del mare. Un'escursione avvincente e corroborante per liberarmi da tutto questo polline e forfora che c'è nell'aria.»

«Che ha sollevato Lei,» aggiunse Veronique.

«Non è forse il Suo compito ripulire?» disse lui. Entrò per primo e si guardò intorno. Veronique lo seguì. Con sua sorpresa, la casa ora sembrava molto più pulita di come l'aveva lasciata. Non c'era traccia di polvere. Nemmeno negli angoli dei soffitti che doveva raggiungere con la scala.

«Tutti noi abbiamo dei doveri da compiere,» disse lui. «Finché li rispetteremo, andrà tutto bene.»

«Sì,» convenne lei. Morte zoppicò fino al suo studio e si riposò sulla sua poltrona. Lei lo lasciò fare, ma rimase preoccupata per la sua salute. Era fuori fase, era palese. La solita spinta a consegnare conclusioni e mietere vite sembrava essersi esaurita in giardino, e ciò che restava era un vecchio piuttosto scontroso, facile all'ira e con una lunga memoria.

Dopo qualche minuto, uscì di nuovo, usando la falce come un bastone da passeggio invece che come una stampella, mentre si dirigeva fuori dalla porta con un'andatura più sicura, sebbene ancora sbilenca.

Si voltò verso Veronique.

«Se quei due dovessero tornare mentre sono via,» disse, «e avessero adempiuto al loro dovere nei miei confronti, dica loro di attendere nello studio. Di *attendere*, poiché scambierò due parole con loro prima di decidere i prossimi passi.»

«Lo farò,» disse lei con un inchino. Mentre teneva la testa bassa, notò una scia di polvere fresca, quasi scintillante, che seguiva Morte, e che sembrava emergere da sotto la sua veste. Veronique si mise al lavoro per spazzarla via e soffiarla fuori dalla porta. Il sentiero di polvere arrivava fino al suo studio, dove la maggior parte si era accumulata sulla sua grande poltrona reclinabile.

Era strano. La polvere di solito si accumulava in modo molto naturale. Cominciò a sospettare che non fosse affatto polvere. Ne raccolse un po' con la punta delle dita e la sfregò. Il modo in cui si sbriciolava e cadeva non era quello della comune polvere di casa. Era più simile a una polvere densa. La spazzò tutta insieme in un mucchietto sul portico e la lasciò filtrare tra le dita.

Le particelle furono catturate da una brezza che lei non sentiva, che puntava verso il fiume. Tutti i granelli e la sabbia – la polvere e i resti ancora presenti sulla muratura – si sollevarono e volarono via da lei. Li inseguì per vedere dove finisse tutta quella polvere.

Una torbida pellicola si espanse sul fiume Stige quando la polvere vi si posò sopra, allargandosi come una macchia d'olio secca. Rifletteva una sfumatura argentea proveniente dalla luce onnipresente dell'eternità. Veronique sospirò guardandola andare via. Non era più compito suo pulirla, ma era comunque un'evenienza di sporcizia che non voleva tollerare.

Ormai era nel regno di Caronte, e lei sapeva bene di non doverci mettere becco. Essere al servizio di Morte era un destino molto più raffinato che fare la sguattera su una barchetta.

CAPITOLO TRENTASETTE

I due umani tornarono con un'altra anima che, invece di vagare per la vasta distesa del vuoto desolato e senz'anima, decise di spingersi nell'entroterra verso il cottage della Morte per ispezionare il terreno. Non c'erano regole che vietassero di avvicinarsi alla casa della Morte, né di farle visita, a parte il fatto che il padrone di casa semplicemente non voleva visitatori.

Il viandante trovò il tristo mietitore in umili vesti, con una tuta da lavoro e le maniche rimboccate a scoprire le braccia ossute, accovacciato nel mezzo di un orto arato, mentre canticchiava le note del «Dies Irae» di Mozart.

«Oh» disse la Morte. «Salve.»

«Salve» disse l'uomo con grande timidezza. «Ehm... Mi scusi. Credo di essermi un po' perso.»

«Sì» convenne la Morte. «Perso, senza un passaggio per l'aldilà e lasciato a errare e a chiedersi cosa mai possa riservarle l'eternità?»

L'uomo annuì. «S-sì.»

«Beh» disse la Morte, «non sono affari miei.»

Tornò al suo giardinaggio, continuando come se non fosse stato interrotto e lasciando lo sconosciuto un po' senza parole. L'uomo osservò la Morte curare l'orto, piantando semi nel terreno con le sue dita ossute.

«Cosa, ehm...» cominciò, parlando di nuovo. «Cosa dovrei fare?»

«Faccia come crede» disse la Morte. «Non amo gli ospiti in casa e non c'è lavoro da passare a chi non sia già al mio servizio.»

«Allora perché sono qui?» chiese l'uomo.

La Morte indicò l'orizzonte privo di connotati. «Per vagare nel vuoto. Finché una grande resa dei conti non squarcerà questo luogo e assegnerà tutte le anime perdute a un posto o a un altro, al servizio di poteri più grandi di me.»

«Come un rapimento celeste?»

«Una cosa del genere» disse la Morte.

«Non sono stato un buon cristiano?»

«Hmph» sbuffò la Morte. «Nessuno è mai abbastanza buono in niente. Non c'è altro che questo, a meno che non porti oro per attraversare il fiume. Nient'altro può essere barattato.»

«Quindi... si sbagliavano *tutti*?» chiese lui.

«Sbagliavano?» disse la Morte. Si alzò in piedi e si spinse le mani sui fianchi per raddrizzare la schiena con uno schiocco. «Sbagliavano in che senso? È stato ispirato a vivere una vita migliore per gli altri e per sé stesso, grazie agli insegnamenti a cui ha aderito?»

«Ehm... più o meno?» disse l'uomo, incerto.

«Allora sarebbe così sbagliato?» chiese la Morte. «Ha vissuto la sua vita con compassione, cura e comprensione per il prossimo e per gli sconosciuti?»

«Direi di sì» ammise l'uomo. «Non ho mai fatto del male a nessuno. Ho condiviso una password di Netflix per qualche mese e non l'ho mai detto a nessuno. Ma nella Bibbia non ci sono peccati sul non pagare gli abbonamenti, vero?»

«Furto» disse la Morte. «Anche se, spiegare i sistemi di ricchezza che esistono ai giorni nostri agli studiosi biblici del passato li lascerebbe completamente confusi su come sorvegliare moralmente tali cose, che sarebbero sicuramente al di là della loro comprensione.»

«Già» concordò l'uomo. «Ma... allora, perché sono qui? Cosa faccio?»

«È qui perché è morto» spiegò la Morte. «E non c'è più niente *da* fare.»

«Oh, beh, che fregatura» disse l'uomo.

«In effetti» convenne la Morte. Un silenzio trepidante passò tra loro. Poi, la Morte tornò al suo orto e alla sua semina. Voltate le fredde spalle da parte della Morte, l'uomo ritenne opportuno tornare a vagare verso l'oblio.

La Morte continuò a canticchiare da sola e finì di seminare una fila di gigli ragno rossi. Alzò lo sguardo verso il fiume, dove la familiare sagoma di un barcaiolo si avvicinava alla riva attraverso la nebbia.

La Morte si tirò su e si diresse verso la riva dove Caronte l'attendeva.

«Strano vederti sporcarti i polsi» disse Caronte. «Mi rubi anche l'acqua, adesso?»

«La tua acqua?» disse la Morte. «A parte questo, il fiume non fa crescere nulla. Porto la mia acqua dal mondo dei vivi.»

«Oh, la-di-da» cantilenò Caronte in tono canzonatorio. «L'aiuola della Morte riceve solo i più puri succhi di sorgente montana.»

La Morte ridacchiò. «In effetti. È un'altra ragione per mantenere i legami con il mondo dei vivi frequenti e ben percorsi.»

«Non che sia tu a calpestare quel suolo più di tanto, ormai» disse Caronte. «Così poche persone muoiono che ora hai tempo di iniziare a far crescere la vita da solo?»

«Hmm» disse pensierosa la Morte. «Sono quei due.»

«I reietti?»

«Sì» rispose la Morte. «Hanno quasi completato il loro periodo di prova. Ero restia ad ammetterlo, tutto considerato, ma si sono dimostrati più utili di quanto mi aspettassi. Si sono affezionati bene a questo dovere della Morte. E forse c'è del merito in questo, al di là del periodo di prova. Potrei dover espandere questa relazione in futuro.»

«Davvero?» disse Caronte. Tirò fuori una moneta e ci giocherellò tra le dita. Il suo braccio si tese, allontanando la moneta dal suo centro e dalla presa della barca sotto di lui, verso l'acqua. «C'è stato un tempo in cui eri entusiasta di vederli fallire e di gettare i loro corpi in acqua.»

«E potrei esserlo di nuovo» disse la Morte. «Ma tradirei la mia stessa imparzialità se li punissi per il successo. Finora, non si sono lasciati sfuggire una sola anima.»

«Quindi, stanno facendo meglio di te, eh?» disse Caronte.

La Morte rifletté cupamente per un momento e considerò le parole.

Caronte tenne stretta la moneta tra due nocche. Poi, gli scivolò e cadde nell'acqua. «Oops.» Caronte si portò teatralmente una mano alla bocca. «Oh no.»

La Morte si strinse improvvisamente il fianco. Teneva la mano sulle costole ed emise un sibilo doloroso attraverso i denti serrati. Caronte si sedette e osservò la Morte piegarsi in due per il dolore fantasma, apparentemente causato dal nulla.

«Ti sei rotto qualcosa?» chiese Caronte.

«No» disse la Morte. Fece alcuni respiri ansimanti e cercò di raddrizzarsi. Il dolore svanì, ma la sua eco si diffuse nel resto delle sue ossa. La spalla le faceva improvvisamente male e la gamba sembrava un po' fuori dall'articolazione. Roteò il braccio e il collo per sistemarsi. «Sono stato in ginocchio a terra per troppo tempo. Il mio corpo è troppo abituato a lavorare. Pensa che il rilassamento sia un'agonia mortale da aborrire.»

«Saresti più rilassato con più apprendisti» disse Caronte. «Potresti persino morire per averne così tanti in giro. Forse dovresti ripensare alla tua idea di prenderne altri.»

«Potrei» convenne la Morte. «Beh, io vado. Tu hai i tuoi doveri a cui badare, ne sono certo.»

«Oh, certo» disse Caronte. «È così difficile pattugliare la riva in cerca di anime piangenti e vaganti, prive di doratura o di buon valore, che implorano un passaggio su un fiume che non meritano di attraversare. Forse dovrei ricevere i miei stessi apprendisti e creare una flotta di barche per coprire la lunghezza del fiume attraverso il vuoto.»

«Non ne vedo la necessità» disse la Morte. «C'è un solo barcaiolo sul fiume. E a malapena ha abbastanza lavoro così com'è.»

Il sorriso sardonico di Caronte si trasformò in un cipiglio rugoso e incavato, che fu coperto dalla nebbia che lo circondava mentre la Morte si ritirava su per la collina. Caronte usò il suo remo per cercare nelle acque basse se riusciva a ripescare la sua moneta d'oro, ma era perduta. Qualsiasi cosa toccasse l'acqua affondava fino a non poter essere recuperata.

Ma era una perdita che valeva la pena. Sebbene gli dolesse separarsi dalla moneta, la separazione causò alla Morte un dolore ben peggiore. La teoria che era venuto a verificare sembrava vera, ma doveva metterla ulteriormente alla prova. Caronte si allontanò dalla riva e virò controcorrente, con le spalle al vuoto e alla miriade di anime in attesa, intrappolate sul lato spietato della post-esistenza.

La Morte, nel frattempo, faticava persino a infilarsi la veste sopra la testa. Ogni volta che allungava il braccio oltre la spalla, provava una fitta di dolore improvviso che non poteva ignorare, come una corda tesa che collegava il suo braccio al petto, avvolta troppo stretta e che minacciava di spezzarsi in modo sanguinoso.

Veronique la sentì grugnire e gemere e bussò alla porta della sua tana.

«Monsieur!» lo chiamò. «Hai bisogno di aiuto?»

«Nessuno» disse la Morte. Finalmente riuscì a infilare il braccio nella manica della veste. «Vado a lavorare. Per scrollarmi di dosso questo dolore opprimente.»

«Sei certo di essere in condizione?» chiese lei. «Mark ed Emma hanno quasi finito i loro compiti. Sono appena usciti a prendere la loro novanta-novesima anima.»

«Già novantanove?» ripeté la Morte. La sua mascella si piegò in quello che Veronique suppose fosse un breve sorriso. Lo respinse e si sistemò la veste. Sembrava più lunga del solito e le sue gambe si sentivano perse sotto di essa. Camminò lentamente sul pavimento, preoccupato che le sue gambe ossute potessero impigliarsi e tirare i fili interni del suo mantello di oscurità.

«Devo preparare una celebrazione per loro?» chiese Veronique.

«Non c'è bisogno di essere così cerimoniosi» insistette la Morte. «Potrei ancora avere motivo di congedarli alla fine.»

«Oh, va bene» disse Veronique. «Ma allora dovrò buttare via tutti i funghi speciali che sono riuscita a trovare a metà prezzo.»

«...Speciali?» chiese lui.

«Sì. Quelli che ti piacciono tanto. Sarebbe un peccato sprecare...»

«I funghi matsutake non vanno a male» scattò lui.

Veronique ridacchiò, avendolo colto in flagrante mentre dimostrava interesse, quando invece voleva opporsi al suo desiderio di riconoscere il successo.

«Semplicemente... non sprecare. Puoi preparare quello che vuoi. È solo una cena infrasettimanale.»

«Con ospiti!» disse Veronique allegramente. «E una torta.»

La Morte la seguì fuori dalla stanza. Condividere il suo pasto preferito con coloro che stavano facendo il suo lavoro per lui...

L'idea non gli dispiaceva.

CAPITOLO TRENTOTTO

Emma e Mark erano di nuovo sopra Londra. Si erano abituati a quella vista, dopo che così tante delle loro mietiture di prova erano state viaggi da e per la capitale. A volte a sud, a volte a nord, per qualche motivo per lo più a ovest e solo occasionalmente nell'ormai trendy est. Per loro era ancora una sorta di tour spettrale, dettato da una voglia di viaggiare, nella "grande fumata", oltre a essere un momento di «e se...», se Mark avesse deciso di perseguire la carriera da sceneggiatore che aveva promesso di intraprendere invece di ripiegare sul design.

«Una volta diventati Morti ufficiali» disse Emma «pensi che ci manderanno in posti più esotici?»

«Cosa, tipo Llanfairpwllgwyngyllgogerychwyrndrobwllllantysiliogogogoch?» chiese Mark, sogghignando compiaciuto mentre azzeccava la pronuncia con un passabile accento gallese.

«Molto bene, saputello. Ora sillabamelo.» Emma sorrise malignamente, battendo il piede con impazienza.

«Dove vorresti andare?» chiese invece Mark, sviando la domanda.

«Ho sempre voluto vedere il Sud America» disse Emma. «Allontanarmi sempre di più dalla società fino a ritrovarmi nel bel mezzo di un'impraticabile catena montuosa o di una giungla, circondata dalla natura, in un viaggio esclusivo attraverso le sue distese.»

«In ogni caso, finiresti per andare in posti dove trovare cadaveri. E qualsiasi povera anima si allontani dal proprio corpo, giusto?»

«Sì» convenne lei. «Forse, ogni tanto, qualcuno potrebbe morire in un bel posto, ma questo non fa che peggiorare le cose, non trovi? Andresti a vedere un luogo panoramico o una meraviglia della natura che ti sei immaginata fin da bambina, e sarebbe tutto grigio...»

«Vero.»

«E poi saresti lì solo per lavoro. Una specie di vacanza del postino. Rovinerebbe il momento.»

«Credo che sarebbe bello vedere altri paesi» disse Mark. «Vedere come vivono le altre persone.»

«Come i ricchi e famosi?» disse lei. «Probabilmente smetteranno del tutto di morire, tra un po', se avranno i soldi per evitarlo.»

«Beh, se muoiono ancora, faranno meglio a stringere in pugno qualche moneta sonante prima di tirare le cuoia» disse Mark. «O non attraverseranno il fiume.»

«Non così ricchi, allora» disse lei beffarda.

«Ma le altre persone, in generale» disse Mark. «Non riesco a immaginare... Noi abbiamo avuto una vita decente, tutto sommato.»

Emma roteò gli occhi.

«Voglio dire» continuò Mark «in confronto alle persone che vivono in capanne di pietra e rifugi antiatomici. Ma loro vivono, nonostante tutto, trovano un modo per restare in vita. E sì, vedere ville sfarzose è bello, ma vedere come vive ognuno e parlare con loro di come erano felici di tutto ciò. Credo sia un'esperienza che rende umili.»

«Quindi la Morte andrà da loro e dirà: "Sai, il mio appartamento a Liverpool era molto più grande di questo. Me la passavo bene, eh?"»

«Certo, come se lo dicessi proprio così» ribatté lui.

Il mondo divenne grigio. Avevano battibeccato giusto un attimo di troppo. Fortunatamente, la loro preda era ben in vista, proprio sopra il Tamigi, vicino al ponte di Lambeth. Qualcuno era caduto oltre la ringhiera ed era morto sul colpo. Ma la sua anima si era separata dal cadavere, e il fantasma era rimasto sul ponte in uno stato di shock extracorporeo a guardare sé stessa precipitare verso la morte.

«Oh, è una ciclista» disse Mark con una punta di disgusto, osservando le strisce riflettenti avvolte attorno alle caviglie dell'anima. «Se non ti dispiace, sbrigo la faccenda in fretta.»

«Non odiarla perché fa la sua parte per l'ambiente» disse Emma, poi strinse gli occhi mentre si avvicinavano. «Aspetta.»

«Che c'è?»

«Resta indietro» gli ordinò. Volò giù e galoppò lungo il traffico fermo fino a raggiungere da dietro l'anima perduta nella sua tenuta da ciclista. La donna si voltò di soprassalto e poi strinse gli occhi verso il cavaliere oscuro in sella al suo cavallo sauro.

«Emma?»

«Louise?»

Emma smontò e si avvicinò saltellando, un po' euforica, alla donna completamente sconvolta che intendeva salutare.

«Wow» disse Emma. «Un brutto modo per rincontrarsi, eh?»

«Co— *Sei* proprio tu, Emma!» esclamò Louise mentre si slacciava il casco e lo gettava a terra, lasciando che i suoi lunghi capelli ricci e biondi le cadessero sulle spalle. Louise era a malapena invecchiata dall'ultima volta che si erano viste. Ancora alta e snella, le sue guance erano rosee per lo sforzo di evitare gli autobus di Londra e i tassisti arrabbiati. Tese le braccia e abbracciò subito Emma stringendola attorno alle spalle rivestite di pelle. «Sono passati anni, non è vero?»

«Da quando abbiamo finito l'università» disse Emma, ricambiando l'abbraccio. «È bello rivederti!» Fece un passo indietro e il suo sorriso svanì all'istante. «Oh... Brutte notizie, però.»

«Cosa?»

«Sei morta.»

«No!»

«Sì, mi dispiace.»

Louise si voltò verso la ringhiera leggermente piegata da cui pendeva la sua bicicletta, appesa per i raggi. «Ero sicura di essere saltata giù in tempo.»

«Credo che la tua anima abbia lasciato il corpo prima che tu cadessi» disse Emma. «Non ho mai visto succedere una cosa del genere. Ma... sì.»

Louise si voltò, confusa, poi rattristata. «Quindi è tutto qui?»

Emma annuì. Louise sospirò e si sedette accanto alla sua bicicletta, con la schiena rivolta al Tamigi. Emma appoggiò la falce al pilone del ponte e le si sedette accanto: un quadretto di calma in mezzo alle espressioni di orrore congelate sui volti degli sfortunati passanti che guardavano il fiume e il corpo sottostante.

«Peccato doverci incontrare così» disse Emma. Alzò lo sguardo e fece cenno a Mark di scendere. Il suo pony trotterellò fino a loro e lui smontò. Louise si ritrasse alla sua vista, finché lui non abbassò il cappuccio.

«Mark?» disse lei, sbigottita.

«Oh... Louise?» Lui tirò fuori la clessidra dalla manica. «Louise May Grosse! Sapevo di riconoscere quel nome! Cioè, pensavo di conoscerlo, ma non sapevo il tuo secondo nome. Come stai?»

«Bene, fino a ora» disse lei. Si rivolse a Emma, incredula. «Aspetta. Non ditemi che voi due vi siete *finalmente* messi insieme?»

«Cosa? No. Non siamo una coppia» disse Emma. «Io... siamo amici.»

«Migliori amici» la corresse Mark.

«Coinquilini» chiarì Emma. «In realtà ha cercato di impedirmi di farmi fuori, e poi...»

«Ci sono state un sacco di complicazioni» disse Mark. «Lavoriamo per la Morte finché non ci guadagneremo le ali. Per così dire.»

Louise li guardò alternativamente, poi si alzò e tese le mani come se si stesse allontanando da un lavandino che traboccava. «Oh mio Dio. Non posso crederci.»

«Cosa?» chiese Emma. «Se stai pensando a quanto sia improbabile che ci siamo incontrati tutti così, perché siamo tutti morti, allora sì, è incredibile.»

«No, non quello» disse Louise con un sospiro. «Non posso credere che voi due non abbiate ancora scopato!»

«Già» disse Emma. «Solo che non ci vediamo in quel modo.»

«Veramente...» Mark alzò un dito per rafforzare il punto che stava per fare, ma si fermò quando Emma gli fece cenno di no con la testa.

«*Wow*!» esclamò Louise. «Avevamo una scommessa in corso ogni anno. Pensavamo: "Prima o poi lo faranno. È solo questione di tempo prima che vedano quello che vedono tutti gli altri".»

«E cosa vedono tutti gli altri?» chiese Emma, già pentita delle parole non appena le sfuggirono di bocca.

«Che siete fatti l'uno per l'altra. Ma questo coglione qui era troppo fifone per chiederti di uscire.»

«Non è che non ci abbia provato» disse Mark, un po' troppo sulla difensiva.

Emma si alzò, mani sui fianchi. «Siamo amici. Lo siamo sempre stati e sempre lo saremo.»

«Continua a raccontartela.» Louise scosse la testa e cominciò a ridere.

«Oh, Mark. Tanto di cappello. Ormai devi avere delle palle grosse come fottute angurie.» La gaiezza si esaurì rapidamente e la risata di Louise divenne forzata, falsa. Era una risata disperata, spaventata. «Sono morta» disse poco dopo. «Da sola. E voi due siete morti insieme? Com'è giusto?»

«Oh» disse Emma. Guardò Mark come se temesse la tempesta di emozioni in arrivo.

«Ero fuori» cominciò Louise «sulla via di casa dopo un appuntamento con uno stronzo totale che si è seduto a un tavolo a paragonarmi con altri profili con cui aveva avuto un match. E sapete una cosa? Quello è stato il miglior appuntamento che ho avuto questo mese. *Ugh!*» Sospirò con più che esasperazione. C'era un cedimento sfinito e svuotato nella sua voce. Emma tamburellò le dita, aspettando un momento per inserirsi.

«Non è stata tutta fortuna» disse Mark. «Voglio dire, l'intenzione non era quella di morire. Almeno, non la mia.»

«Eppure eccoci qui.» Emma voleva porre fine alla chiacchierata: ne aveva abbastanza di rimuginare e voleva solo passare alla prossima clessidra. Sorrise.

Louise si limitò a gemere. «Spero che ci siano single nell'aldilà...»

«Ci sono» disse Emma «ma... be', vedrai.»

«Qualche cristiano?» chiese Louise. Mark ridacchiò istintivamente.

«Non c'è una gran scena per gli appuntamenti nel Limbo» disse Emma. «E sono sicura che qualcuno ci ha già provato, prima d'ora.»

I tre montarono a cavallo, con Louise in groppa a quello di Emma, e lasciarono la scena sul ponte per salire nel cielo. Emma fece roteare la sua falce davanti a sé. Un crepitio viola di fulmini squarciò l'aria. Poi continuò a crepitare e sfrigolare.

Il portale non si aprì.

Il fulmine continuò semplicemente a crepitare liberamente nell'aria.

«Strano» disse Emma.

Mark sentì che qualcosa stava andando terribilmente storto. Provò ad aprire una fenditura anche lui, orizzontalmente invece che verticalmente. Il suo portale si aprì, ma a malapena. Era troppo stretto per passarci. Vi si chinò sotto. Tutta l'energia collassò su sé stessa quando lui passò, in un'esplosione ovattata e senza eco. Ciò che rimase fu una sfera di fulmini sospesa nell'aria, grigia come il resto del paesaggio, che si mescolava con la realtà momentanea del mondo dei vivi.

«Emma?» chiamò Mark. «Prova a menare un fendente più forte!»

«Vieni qui e menalo con me!» gli disse lei. Lui cavalcò fino al suo stesso livello. Menarono entrambi le falci nello stesso momento. Questa volta, lo squarcio fu abbastanza grande, anche se Mark dovette rimanere indietro e seguirla in fila indiana per riuscire a passare. Una volta al sicuro dall'altra parte, si voltarono a controllare il portale dall'uscita.

Il fulmine collassò con un boato fragoroso, a differenza di tutte le altre volte in cui si era semplicemente richiuso a spirale su sé stesso con un debole sfrigolio scomparendo.

«Corbezzoli!» gridò Louise. «Che botto! Fate sempre così, adesso?»

«Di solito è un po' più tranquillo» disse Emma. Guardò la sua falce. Qualche scintilla in più era rimasta attaccata alla lama mentre la immergeva in un flusso di faville al neon.

«Allora, dove sono questi morti che posso conoscere?» chiese Louise.

Emma ignorò l'anomalia del portale. Di tutti gli strani fenomeni legati ai suoi doveri di cavaliere della morte, un portale difettoso su novantanove sembrava un'incoerenza abbastanza normale. Non valeva la pena di fissarcisi o di fermarsi. Soprattutto non ora che erano a una sola clessidra dal compiere il loro dovere verso la Morte.

A una sola anima perduta dalla loro libertà o dal loro giudizio.

CAPITOLO TRENTANOVE

Era una giornata calma e tranquilla sulla riva del fiume. Proprio come ogni altro giorno dell'ultima eternità, era una giornata con a malapena qualche affare. Per Caronte, era tutto ciò che contava. I suoi compatrioti, forze naturali di distruzione e disperazione per il mondo dei vivi, erano tutti saziati da qualcosa di diverso dal mero scambio di monete e valore. Loro avevano a cuore l'arte, la diligenza, il dovere: cose che non si potevano misurare in once d'oro.

La sua intera esistenza ruotava attorno al valore immutabile dell'oro a cui l'umanità si aggrappava. La loro possessività materiale si riversava nel fiume della morte che scorreva eterno, cosa che lo aveva spinto a diventare un collezionista e un accumulatore di quel valore che perdurava oltre la fine di tutto. Era tutto ciò che aveva. E non poteva nemmeno spenderlo.

Ma aveva ancora valore, come scoprì. Remò fino alla dimora di Guerra, nel punto più a monte del fiume, nel suo egregio complesso che sfoggiava una magnifica longhouse vichinga. Era l'unica a offrirgli una qualche sorta di conforto sulla riva, un molo a cui far riposare la sua imbarcazione e un palo a cui legare la catena per potersi avventurare nell'entroterra quanto bastava per raggiungere la sua porta.

La lunghezza della sua catena, tuttavia, era cambiata. Aveva ancora molta corda lasca quando raggiunse la porta. Quasi abbastanza da entrare e svoltare nel primo corridoio, anche se non oltre. Prese attentamente nota del recente cambiamento.

Bussò alla porta. Dopo un po' di trascinarsi e gironzolare, Guerra rispose.

«Caronte? Come stai?»

«Abbastanza bene,» replicò lui. «Un po' meglio di te, a quanto pare.»

Guerra si strinse una mano sul fianco, premendo un fagotto di bende bianche su una lenta e leggera emorragia. Anche la gamba destra zoppicava, e il trucco era sbiadito intorno alla zona dove un tempo aveva sapientemente nascosto una cicatrice sulla fronte.

«È solo una giornata no,» disse con noncuranza. «Vecchie ferite che mi ricordano il passato.»

«Di giorni migliori?» chiese Caronte. «Ora l'umanità non ha più bisogno di versare sangue di guerrieri, quando si guadagna molto più terreno con la perdita di innocenti e com-piu-ter che compiono le loro atrocità senza la capacità di peccare.»

«C'è ancora sangue sulle mani di qualcuno,» disse lei. «Anche se, il sangue che non arriva a loro è finito su di me.» Sorrise, sempre affascinante e sofisticata, anche con il sangue che le macchiava il palmo. Camminò con Caronte fino alla riva e guardò il molo.

«Cosa ne facciamo di questo?» chiese lui, pungolando le assi allentate con il suo remo. Alcune scricchiolavano per la mancanza di uso e manutenzione. «Parla di una qualche parabola per cui dovrei strappare assi dalla mia stessa barca solo per darle un posto dove riposare, non sei d'accordo?»

«Sembra... parabolico, in effetti,» disse Guerra. Si chinò con cautela e ispezionò il legno e il marciume che lo aveva invaso.

Caronte si ritrasse e salì sulla sua barca sull'acqua. Nascosta nella manica, afferrò una moneta e si preparò a gettarla nel fiume.

«È antiquato,» disse Guerra. «Tale è il problema di utilizzare ciò che l'uomo ha abbandonato in fatto di guerra. Ma posso trasformarlo in un molo di cemento in men che non si dica, provare a dargli quell'aspetto da base navale sottomarina.»

«E sarà più sicuro?» chiese lui. «Non vorrei che la mia barca venisse strappata via dalla corrente se mai venissi a trovarti.»

«Sarà certamente più sicuro,» insistette lei. Si rialzò con uno sbuffo e si diede una pacca sul fianco. Sembrava essere di nuovo a posto.

Poi Caronte gettò una moneta nell'acqua. Dalla sua barca osservò

Guerra piegarsi in due per un dolore lancinante che le attraversò il corpo. Sollevò una mano esitante in segno di compassione.

«Tutto bene, cara?» chiese.

«Oh, benissimo,» gemette lei. «Niente che una seduta non possa sistemare.» Il suo respiro era affannoso e sconvolto. La ferita si era riaperta e ora trasudava sangue fresco. Caronte osservò il rosso scarlatto espandersi attraverso le bende e macchiarle la mano attraverso tutto il tessuto.

«Vedrò se la signorina di Morte ti fa una visita di cortesia,» disse lui. «Forse ha una scorta di medicazioni nuove.»

«Lo apprezzerei,» disse lei.

Caronte si allontanò dal molo scricchiolante e tenne d'occhio Guerra mentre si lasciava trasportare dalla corrente del fiume. Lei si trascinò a fatica su per il sentiero verso casa e cadde persino una volta prima che la nebbia lo oscurasse completamente. Era una coincidenza terribile, ma pur sempre solo una teoria. Aveva bisogno di successi ripetuti per dimostrare di avere tra le mani una pratica funzionante. E aveva altre due monete da perdere.

Più a valle c'era Pestilenza, fuori nel suo campo ad annaffiare piante color neon e a gettare cibo sminuzzato in una pozza stagnante con una pellicola multicolore di colonie batteriche sulla superficie. Salutò Caronte con genuino calore mentre si avvicinava, e lo invitò ad accostarsi.

«Come vanno le cose?» chiese Caronte. «Hai finalmente trovato il graal oscuro per infettare tutte le acque che da esso sgorgano come nefasta bevanda per l'uomo?»

«Non ancora, no. Grazie per aver chiesto,» disse Pestilenza. «Mi sto avvicinando, però. A poco a poco, sto trovando nuove combinazioni di malattie potenzialmente letali. È come diffonderle che non ho ancora ben capito.»

Caronte annuì, fingendo interesse, e poi fece scivolare una moneta nell'acqua.

«I vettori di trasmissione restano il collo di botti— *UNGH!*» Immediatamente, un violento accesso di tosse interruppe il flusso della loro discussione. Caronte si allontanò dalla riva mentre Pestilenza cadeva in ginocchio.

Tossì così forte che si strozzò con l'aria che ingoiava e rimase un relitto ansimante e miserabile.

«Santo cielo,» disse Caronte. «Dovresti ridurre la tua stessa esposizione. Non vorrai mica essere annientato dalle tue stesse opere.»

«Non mi dispiace—» cominciò, prima di tossire di nuovo. «...rebbe.»

«Manderò da te la signorina di Morte,» disse Caronte. «Potrebbe avere qualche cura per i tuoi mali che non danneggerà le piccole creature immonde che intendi coltivare.»

«Grazie,» disse Pestilenza. Rimase piegato in due in un conato doloroso. La sua teoria si era dimostrata di nuovo corretta. Se Caronte fosse stato uno scommettitore, avrebbe puntato una bella somma sull'aver dimostrato la sua ipotesi. Ma non lo era, quindi c'era ancora un ultimo test di controllo da superare.

Il fatiscente ristorante-buffet "all-you-can-eat" e dimora di Fame si trovava poco più a valle. Anche lui era fuori, più magro e pallido del solito, e distratto. Stava affumicando un intero cinghiale selvatico di qualche genoma estinto vicino alla riva. Il fumo della sua fossa si mescolava con la nebbia e si trasformava in una densa nube simile a fanghiglia aerea sopra di loro. Caronte attirò la sua attenzione con un cenno mentre scendeva dalla barca, e Fame rispose al saluto.

«Ci sentiamo affamati, eh?» gridò Caronte.

«Niente che uno spuntino non possa risolvere,» disse Fame giovialmente. Si diede una pacca sullo stomaco – appiattito da quello che sembrava un lungo digiuno – e cercò di farlo ballonzolare, ma riuscì solo ad afferrare pelle flaccida.

Caronte gettò una moneta nell'acqua e osservò Fame bloccarsi all'improvviso. Un'espressione smunta invase il cavaliere – una perdita di ogni sazietà e l'insorgere di una fame nauseante. Era così assorto dal dolore e dalla fame famelica che non notò il traghettatore risalire sulla sua barca e allontanarsi dalla riva. Caronte sentì il brontolio echeggiante dello stomaco di Fame mentre la sua barca si allontanava.

Guerra sanguinava, Pestilenza si ammalava, Fame pativa la fame e persino Morte svaniva. Tutto per l'atto di una moneta che sfuggiva alla presa di Caronte. Non c'era più alcun dubbio nella sua mente.

Si passò una mano sulla sua veste d'oro con una risata roca. «È naturale, allora,» disse a se stesso. «Non si deve rifiutare la propria natura. Altrimenti quel rifiuto scorrerà nel fiume e alimenterà le terre oltre la riva. Sì...» Ridacchiò di nuovo mentre accelerava il passo e remava verso il suo castello-tesoro.

In alto, vide il crepitio secco di un fulmine viola nel cielo. I due apprendisti, i tirapiedi di Morte, stavano tornando da un'altra inutile commissione per il vecchio golem d'ossa. Caronte fece una smorfia alla loro presenza. Altre due teste annuenti che portavano le anime avare da un mondo a infestare e propagarsi in un altro. Anche loro erano al di fuori della natura che Caronte conosceva e capiva meglio.

Anche loro erano la prova di un cambio di marea.

«Sei,» mormorò. «Adesso sono sei. Tre pallidi cavalieri in sella ai loro cavalli, che trasportano anime falciate via dal mondo mortale sulla scia della furia degli altri tre. Non dovrebbero esserci sei cavalieri. E se ci sono, l'anzianità impone che uno debba venire prima dall'acqua...»

Caronte brontolò mentre remava lungo il fiume verso il suo tesoro. Verso il suo scopo.

CAPITOLO QUARANTA

Erano stati giorni difficili, o qualcosa del genere. Mark ed Emma fluttuavano in aria sopra Belfast con l'ultima anima a bordo, fatta a pezzi e ficcata nella borsa di Mark per aver infranto una delle loro regole di concessione. Fissavano il quadrante dell'Albert Memorial Clock. Dal loro punto di vista, erano trascorsi molti lunghi giorni di lavoro dalla loro morte, con solo poche e rare pause per tirare avanti e ricaricarsi.

«A che ora sei arrivato al Liver Building, quel giorno?» domandò Emma.

«Le due e mezza circa» rispose lui. «Circa, quindi forse le due e trentacinque o le due e quaranta?»

Secondo l'orologio, erano le 2:51 di quello stesso pomeriggio. Nella più generosa delle stime, non era passata nemmeno mezz'ora sulla Terra da quando Mark ed Emma erano stati portati via dalla Morte e avevano assunto il ruolo di mantenere l'ordine naturale al suo posto. Solo in quel lasso di tempo, in tutte le Isole Britanniche, cento anime erano trapassate, e loro le avevano portate una per una in un altro mondo di eterna attesa in un vuoto vacuo.

«Non ho mai avuto un lavoro in cui sembrava che passassero ore e ore prima che nella realtà ne trascorresse solo una» disse Mark. «E non mi ricordo... dovrebbe essere una cosa buona?»

«Cosa?» fece Emma.

«Quando il tempo rallenta... È questo che significa?»

«No» lo corresse lei. «È quando ti diverti che il tempo vola.»

«Ah, già» disse Mark. «Beh... non posso dire che non sia divertente.»

«Decifrando le tue doppie negazioni e a giudicare dall'effetto che questo lavoro ha sulla percezione del tempo, dev'essere la fatica più noiosa, terribile e ingrata che abbiamo mai commesso.»

Lui si strinse nelle spalle. «Potrebbe andare peggio.»

«Come, di preciso?» domandò lei.

«Voglio dire, sappiamo esattamente quanto peggio potrebbe andare» disse lui, scuotendo la borsa. «Circa *così* peggio.»

«Vero» ammise lei. «Potremmo essere intrappolati sulla riva del Limbo per l'eternità perché non ci siamo messi l'oro sotto la lingua.»

«Almeno saremmo intrappolati insieme» disse Mark.

«Siamo intrappolati insieme. Solo che siamo insieme nello stesso lavoro.»

«Sì, ma questo fa passare il tempo più in fretta.»

Lei indicò la torre dell'orologio.

«Ok, un po' più in fretta» si corresse lui. «E stavo pensando... Be', ne parlerò con la Morte quando torneremo.»

«Ah, sì?»

«Sì» disse lui. Sollevò la falce e la tenne salda. Era un po' preoccupato, dopo che l'ultimo tentativo non era andato troppo bene. Stavolta roteò l'arma e un portale si aprì facilmente. Entrambi sospirarono di sollievo e lo attraversarono, tornando al consueto vuoto.

Il cielo, se così si poteva chiamare, aveva una sfumatura leggermente più grigia, come se si stesse avvicinando una tempesta. Ma, trattandosi di un vuoto senza connotati, sembrava più che altro che qualcuno avesse abbassato il contrasto del televisore che fungeva loro da panorama. Una nebbia, che prima non c'era, copriva gran parte del vuoto, incombendo e diffondendosi dal fiume e insinuandosi persino a metà del giardino fuori dal cottage della Morte.

«Dev'essere sera» disse Emma.

«E anche estate» aggiunse Mark.

Scesero in volo e smontarono dalla loro coppia di cavalli, pronti a riassemblare lo spirito belligerante perché potesse iniziare a sopportare il suo periodo di attesa eterna.

«Monsieur! Madame!» li chiamò Veronique. La domestica corse giù verso di loro, con passo leggero. «Venite, venite! Presto!»

«Per cosa?» domandò Emma.

«La celebrazione!» esclamò lei. «Cento anime consegnate, come avevate promesso. Monsieur Morte ha acconsentito a una cena per ringraziarvi!»

«Oh, è piuttosto magnanimo da parte sua» disse Mark.

«O ha solo acconsentito perché hai già fatto tutto tu?» chiese Emma.

«Venite e basta!» insistette Veronique, dimostrando che Emma aveva ragione.

«Ehm, e questo?» domandò Mark, sollevando il sacco.

«Lasciatelo» disse Veronique. «Il cibo è pronto. Non fatelo freddare! È la mia specialità!»

«Io non mi perdo un banchetto di Veronique» disse Emma.

«Beh, nemmeno io!» esclamò Mark. «Se Veronique si vanta della sua cucina, scommetto che è fuori scala!»

Emma si avviò senza di lui lungo il sentiero di ghiaia. Quando lui posò a terra il sacco, un leggero gemito provenne dall'interno.

«Senti, amico» disse Mark all'anima all'interno, «non avresti dovuto provare a colpirmi. E ora siamo qui e... tu... tu stattene buono. Non ti perderai niente.» Mentre la nebbia si insinuava lentamente alle sue spalle, lasciò il sacco a borbottare e a tremolare sull'erba corta e appena falciata.

Entrando nel cottage, la coppia fu accolta da un'aggressione di odori gloriosi, tutti provenienti da una tavola brillantemente imbandita nella sala da pranzo principale. C'era una distesa di cibi dall'aspetto magnifico, da una gallina arrosto guarnita e una profonda pentola di zuppa di cipolle alla francese ricoperta di formaggio a un cesto di baguette appena tagliate e un piatto girevole di vari formaggi dolci e cremosi. E c'era vino per tutti, una bottiglia a testa, e alti calici per riceverlo.

La Morte sedeva a quello che sembrava il capotavola, in abiti informali con un paio di occhiali da lettura sulle orbite vuote. Sembrava più vecchia, in qualche modo. La sfumatura delle sue ossa le faceva apparire quasi fragili. La sua mancanza di energia era evidente dal modo in cui era accasciata sulla sedia. Veronique, tuttavia, compensava facilmente il suo deficit di energia mentre faceva saltare il tappo di una bottiglia di champagne, che volò in aria e colpì uno stendardo che si srotolò rivelando un messaggio:

Joyeux 100 trépas!

«Congratulazioni!» esultò Veronique. La Morte sollevò le mani e batté i palmi insieme.

«Ah, grazie» disse Mark. «Tutto questo è molto...»

«Grazioso» disse Emma. «Davvero premuroso.»

«Grazie» concordò Mark. «Sono contento che abbiamo fatto una buona impressione.»

«Sì» disse la Morte. La sua voce, un tempo tonante, sembrava sbiadita e debole. «Celebrare il proprio dovere è più che altro un'usanza mortale. Per incoraggiare una continua obbedienza ai sistemi sociali che assicurano la vostra sicurezza e longevità in cambio di lavoro. Incoraggiare quella stessa diligenza non è mai stato necessario. Ma per voi, suppongo, si possono fare delle eccezioni. Voi siete, già di per sé, delle eccezioni.»

Detto questo, la Morte prese la bottiglia di champagne da Veronique e riempì quattro calici. Sollevò un flûte e fece loro cenno di seguirne l'esempio.

«Skål» disse la Morte, alzando il calice.

«Santé» rispose Veronique.

Emma and Mark sorrisero, compiaciuti di essersi guadagnati l'approvazione della Morte.

«Salute» dissero all'unisono, e fecero tintinnare i calici con quelli dei loro ospiti.

«Quindi la nostra sabbia non è ancora scesa del tutto?» chiese Emma dopo aver sorseggiato lo champagne.

La Morte scosse la testa.

«Beh... almeno quel tempo non è stato sprecato.»

«Abbiamo portato cento anime al loro luogo di riposo» disse Mark. «Questa... festa sembra già una bella ricompensa.»

«In effetti» disse la Morte. «E cento anime, senza un singolo fallimento... Vale la pena ricompensarlo.» Mentre i due si sedevano di fronte a lei, si raddrizzò sulla sedia. «Nemmeno io riporto sempre tutte le anime che vado a prendere.»

«Davvero?» chiese Mark.

La Morte sospirò. «Ce ne sono così tante. E sono così impazienti. Alcune scappano, altre combattono. Alcune resistono. E poi se ne vanno. E io, nel mio dovere, devo avventurarmi a trovarne un'altra. Il mondo non può rimanere fermo per una sola morte. Deve persistere e andare sempre avanti.»

«Vero» disse Mark. «Abbiamo avuto alcuni... fuggitivi.»

«Ma li abbiamo radunati e costretti a sottomettersi» disse Emma.

«Non è sempre divertente» ammise Mark. «Prendere lo spirito di un bambino, che non capisce cosa stia succedendo, non è una cosa che muoio dalla voglia di ripetere. Scusate il gioco di parole. Può essere piuttosto macabro, questo mestiere del mietitore. Ma... è molto buono, credo. Alla fine, tutto considerato, quello che stiamo facendo è stato piuttosto...»

La Morte gemette all'improvviso, non per esasperazione ma con grande debolezza. Cadde in avanti, con il teschio che atterrò sul piatto. Veronique sussultò e le fu subito accanto.

«Mon Dieu!»

«Cosa c'è che non va?» disse Emma. Balzò in piedi e girò intorno al tavolo. Mark la raggiunse poco dopo per vedere cosa stesse succedendo. La Morte alzò una mano per placare la loro crescente preoccupazione e spinse indietro la sedia.

Le sue gambe stavano... scomparendo. Svanite leggermente dalle caviglie in giù. Tutto ciò che restava era una scia vaporosa e nebbiosa come un classico fantasma fluttuante.

«Non c'è nulla di cui preoccuparsi» disse la Morte.

«Porca puttana, davvero?» si agitò Mark, incerto sul da farsi. «Sta scomparendo!»

«Riesce a sentirmi?» Emma si chinò verso il punto in cui sarebbero state le orecchie della Morte, se ne avesse avute. Rallentò le parole, concentrandosi sulla pronuncia. «Sta bene. I soccorsi stanno arrivando. Sono Emma. Andrà tutto bene.»

«Non sto avendo un ictus, non c'è bisogno di parlarmi come a un infante» rispose la Morte con calma, mentre valutava il vapore dove avrebbero dovuto esserci le sue falangi. «È... sconcertante.»

Emma si chinò verso Veronique per sussurrare: «È questo che succede quando si mette a bere? Sembra Marty McFly in *Ritorno al Futuro*!»

«Non» protestò Veronique. «Non è mai successo prima. Monsieur, cosa devo fare?»

La Morte allungò la mano e diede una pacca sulla testa a Veronique. Poi le posò la mano sopra, un gesto calmo e rassicurante, come aveva fatto per confortarla dopo la sua morte molti anni prima. Provò ad alzarsi, ma i suoi piedi non toccarono terra. Era come se si trovasse su blocchi di ghiaccio scivoloso. Le sue gambe tremarono per tenerla in piedi.

Poi, mentre appoggiava la mano sul tavolo per fare leva, anche quella perse parte della sua solida forma fisica. Le punte delle dita divennero volute di vapore. L'osso si fuse in un fumo che si dissipò rapidamente, lasciando un residuo polveroso sul legno verniciato.

«Ho semplicemente bisogno di riposare» disse la Morte. «Voi due... vi siete comportati eccezionalmente bene finora. Spero di poter continuare a contare su di voi... in futuro.»

«Monsieur, per favore» supplicò Veronique. «Mi permetta.» Prese il suo braccio sulla spalla e la aiutò a trascinarsi nella sua tana. Mark ed Emma rimasero soli con una tavola piena di cibo, e la loro ospite, mecenate e datrice di lavoro che svaniva in senso letterale a una stanza di distanza.

«Credo» disse Mark, tracannando lo champagne, «che sarebbe scortese sprecare tutto questo. Dovremmo darci dentro.»

«No, è sbagliato» disse Emma, cupa.

«Giusto» concordò Mark. «Giusto. È sbagliato.»

Si affrettarono a raggiungere Veronique per assistere la Morte. C'erano ancora alcuni segreti di quel regno tra i mondi da scoprire. Segreti che la Morte non aveva mai avuto intenzione di svelare...

CAPITOLO QUARANTUNO

Veronique aiutò la Morte a sistemarsi sulla sua poltrona reclinabile preferita e si precipitò subito a cercare qualcosa che potesse aiutarlo. Era chiaro che non sapesse cosa di preciso, a giudicare dal suo sguardo agitato e sfuggente. Mark ed Emma rimasero in disparte e sbirciarono attraverso la fessura della porta.

«Si sta dissolvendo» sussurrò Emma.

«Non è sordo» disse Mark. La tirò da parte, dall'altro lato del corridoio. «Può la Morte... morire?»

«È un indovinello?» domandò lei. «No, aspetta, è un verso. Di una canzone, vero?»

«No, cioè... Voglio dire, noi non siamo morti.»

«No?»

«Tecnicamente no» disse Mark. «Ancora. O quasi. Ma se non ricordo male, era saltata fuori la conversazione di essere trasferiti dall'altra parte come se fossimo morti una volta scaduto il nostro tempo... o se fossimo stati un fallimento totale nel nostro compito, cosa che per fortuna non siamo stati.»

«Sì, abbiamo fatto un ottimo lavoro.»

«Già.»

Fecero una pausa per darsi il cinque in segno di celebrazione.

«Ma il punto è» proseguì Mark «gli spiriti qui, o fuori nel vuoto, o quelli come Veronique e gli altri cavalieri... cosa succede loro quando, non so, cadono dalle scale?»

Emma capì dove voleva arrivare, anche se a malapena. Nonostante tutto il simbolismo mitico e la grandezza del loro significato spirituale, i cavalieri e le anime erranti del vuoto avevano in comune alcune piccole abitudini mortali. Il suo naso percepì un sentore del cibo che non veniva toccato nell'altra stanza.

«A dire il vero,» disse lei «perché mangia?»

«Vero?» disse Mark. «Non è per divertimento. Lo odia.»

«Quindi la Morte può morire di fame?» si chiese Emma.

«E Carestia... può inciampare e rompersi il collo? Non è una cosa molto bellicosa o malsana, ed è solo un incidente. Le morti casuali, accidentali e brutali ma volute sembrano essere il principale campo d'azione della Morte.»

«Quello e la vecchiaia» disse lei.

«Voglio dire, cosa succede a noi se la Morte muore?»

I due si scambiarono uno sguardo inquieto. Sentivano lo scorrere del tempo nel mondo di mezzo, nonostante il tempo non si muovesse a meno che non fossero presenti per osservarne il passaggio nei momenti finali di una dipartita predestinata. Stavano invecchiando fuori sincrono rispetto al resto del mondo. E così anche la Morte stava invecchiando a un ritmo ancora più accelerato fin dagli albori della storia umana.

«Sarebbe scortese chiedere se siamo, di fatto, i primi e unici sostituti che ha assunto?» domandò Emma.

«Pensi che potrebbe non essere la Morte originale?»

«Penso che se restiamo abbastanza a lungo, non rimarrà nulla di noi se non anche le *nostre* ossa.»

Proprio in quel momento, Veronique arrivò lungo il corridoio con un idromassaggiatore plantare e una coperta elettrica.

«E lei?» chiese Mark.

«È francese» disse Emma. «Ha dei buoni geni.»

«Anche le donne francesi si decompongono» disse Mark.

Emma scosse la testa con fare sprezzante.

«Mi scusino» chiamò Veronique. «Potrei chiedervi per favore di aprirmi la porta?»

Mark notò che a malapena riusciva a reggere i suoi oggetti. Emma le prese l'idromassaggiatore plantare mentre Mark teneva la porta aperta per farli entrare. La Morte stava soffrendo sulla sua poltrona reclinabile: i suoi piedi erano completamente spariti fino alle caviglie, e le sue mani sembravano destinate a fare la stessa fine, dato che le punte delle sue dita ossute stavano praticamente evaporando.

Gli prepararono le cure terapeutiche e cercarono di convincerlo a usarle. Non aveva forza per resistere alle loro attenzioni, nemmeno per gemere. Emetteva solo sospiri leggeri ed evanescenti. Una sottile scia di polvere bianca fuoriusciva dalla sua bocca e fluttuava nell'aria prima di scendere come una lenta nevicata.

«Sta bene, signore?» chiese Mark.

«Oh... no» disse la Morte con disinvoltura. «Sembra che io stia diventando uno spettro.»

Mark lanciò a Emma uno sguardo preoccupato. «È... come morire?»

«In un certo senso» rispose. «Quando un'anima viene lasciata a sé stessa troppo a lungo, perde la forma. Perde scopo e identità. Perde la rigidità della sua forma e si dissolve fino a diventare nient'altro che un puntino, una sfera o un teschio errante, finché non perde ogni scopo in un mondo e svanisce nel successivo.»

«Tutte queste anime,» disse Mark «qui fuori nel Limbo...»

«Esatto.» La Morte sospirò. «Anche il loro destino è questo. Unirsi alla nebbia sul fiume. Affondare o sfiorare l'acqua, cercando per sempre un passaggio dal barcaiolo.»

«La nebbia?» disse Emma. «È fatta tutta di anime?»

«Le innumerevoli anime lasciate a sé stesse» proclamò la Morte. «Senza scopo, morte senza fede, perse in ogni direzione dagli annali della storia. Morte da abbastanza tempo da sapere che il loro giudizio non arriverà, che il loro Dio non le chiamerà. L'unico scopo che le sostiene da quel momento in poi è la volontà di passare dall'altra parte. Coloro che entrano nell'acqua non risalgono, sprofondano semplicemente nell'abisso. Coloro che aspettano ancora più a lungo perdono la loro forma e viaggiano sull'acqua come una foschia che non può essere ricomposta. Questo è ciò che significa essere uno spettro. Perdere lo scopo, e quindi la forma...»

«Oh, no» disse Mark. «È colpa nostra.»

«No» protestò Veronique. «Non datevi la colpa.»

«Abbiamo mietuto così bene» disse Mark «che ti abbiamo fatto perdere il tuo scopo come unica vera Morte.»

«Bah!» esclamò la Morte. Questo sfogo improvviso fu troppo per il suo corpo. Tossì debolmente finché il suo respiro non si stabilizzò. «Siete adeguati, nel migliore dei casi. Anche se mi aspettavo che perdiate una o due anime nel vostro dovere. Ma non avete attraversato il caos dell'era distruttiva dell'uomo per vedere come sia la vera morte. Quelle anime erranti sulla terra – fantasmi e spettri, come li hanno chiamati quei pochi sfortunati con la vista per vederli – sono le anime che non sono riuscito a trovare nelle guerre e nei genocidi. Nei grandi disastri del passato. Coloro che hanno perso la pazienza di aspettare che il loro Dio arrivi.»

«E quelli che hanno ancora una forma umana,» disse Emma «la mantengono grazie a un senso del dovere più grande del desiderio di vedere l'aldilà?»

Mark annuì. Si chiese se avesse visto forme nebulose simili muoversi durante l'arresto del tempo, mentre andava a mietere. Poi una nuova, singolare preoccupazione si insinuò in lui e minacciò di serrargli la gola.

«È *normale* che il mondo diventi tutto grigio e torbido quando qualcuno muore?» chiese.

«Cosa?» disse Emma.

«Come se una nebbia fosse attaccata a ogni cosa?»

Emma si limitò a sbattere le palpebre. Cercò una risposta nella forma evanescente della Morte. Lui borbottò e scosse la testa.

«È normale» chiarì, e Mark sospirò di sollievo. «Anche se trovaste quelle sfortunate anime perse, non c'è nulla che possiate fare per loro. Questo è il prezzo del fallimento. È un marchio eterno di un dovere trascurato e perso nel tempo... Guardate le clessidre.» Indicò le miglia di scaffali visibili attraverso la porta aperta della Sala del Tempo, in fondo alla stanza. Il raccolto di oggi, quelle con pochissimo tempo rimasto, erano tutte persone anziane, o giovani sfortunati che stavano per incontrare una fine pericolosa in incidenti di qualche tipo.

Ed erano tutte macchiate.

Mark ne prese una e la girò. Il bulbo superiore della clessidra era segnato all'interno in diversi punti da quelle che sembravano croste vitree.

«La sabbia delle vostre clessidre rimane attaccata ai lati» spiegò la Morte. «Come quelle anime. È un problema che il riso non può risolvere. La Morte stessa, per loro, non giunge più a compimento.»

«Che senso ha?» chiese Emma. «La gente muore continuamente. Abbiamo già portato via cento anime da soli in poco più di venti minuti!»

La Morte rise, tossì e continuò a ridere. «Sapete quante *migliaia* di persone muoiono ogni ora? Che miseria... Che raccolta misera e insignificante avete fatto in un tempo in cui avreste potuto viaggiare per tutta la superficie del mondo senza vedere passare un solo minuto? E quanti *non* l'hanno fatto?»

«Signore, respiri» lo supplicò Veronique. «Conservi le forze.»

«E allora?» disse Mark. «È una giornata fiacca in ufficio. Succede. Tutti hanno una giornata fortunata. Forse tutti quei giorni fortunati... si sono messi in fila?» Persino lui perse la fede in ciò che stava dicendo verso la fine.

«Niente del genere» disse la Morte. «Non così. La vostra è stata la prima. Temevo che non sarebbe stata l'ultima. Ma finché quei pochi granelli non cadranno, gli eventi che portano alla fine della vita smetteranno di accadere. E se nessuno trapassa...»

«Il tempo non si fermerà e basta?» chiese Emma. «Se il tempo, da questa prospettiva, è solo una collezione di momenti vissuti, e quelli si fermano...»

«La Fine dei Tempi» mormorò la Morte. «Ciò che noi cavalieri temiamo di compiere.» Si voltò verso la sua finestra, che dava sul fiume coperto dall'umidità della nebbia. «Quando il tempo stesso finirà.»

Mark si rese conto che stava stringendo la stoffa della sua veste con i pugni serrati. Aveva cercato di eccellere nel ruolo di Morte per poter avere un'altra possibilità di vita. Non era ancora pronto a passare dall'altra parte, ma ora temeva che non ci sarebbe stato nemmeno un mondo dei vivi a cui tornare.

Emma si allungò per prendergli la mano. Gli strinse forte le dita. Anche lei era preoccupata. Non per sé stessa, ma per l'enormità di ciò che la Fine dei Tempi poteva significare. Aveva preso la decisione di porre fine alla sua vita; aveva avuto le sue ragioni e aveva fatto una scelta consapevole. Ma che ne era di tutte quelle altre vite, rappresentate dai milioni di clessidre che potevano vedere e sentire nella Sala del Tempo? Tutte le vite vissute, le vite in corso di essere vissute, e quelle che dovevano ancora iniziare il loro viaggio verso la morte.

L'atmosfera si fece pesante nello studio, come se la nebbia fosse già lì dentro, appesantendo l'aria che faticavano a respirare.

CAPITOLO QUARANTADUE

Setacciarono gli scaffali degli archivi della Morte nel salotto in cerca di libri sul suo lavoro, sugli apocrifi dell'ingegno umano e su qualsiasi cosa potesse aiutarli a superare la strana situazione che stavano affrontando: un tempo in cui la Morte stessa poteva morire e in cui tutti gli altri aspetti della crudele natura erano sconvolti da un'improvvisa piega malevola del fato. Si dedicarono ai suoi scritti e alle sue riflessioni personali, tramandati nel corso dei secoli in ogni sorta di incomprensibili scritture antiche.

«Ne ho trovato uno in tedesco» disse Mark.

«Anch'io» aggiunse Emma. «Parecchi, a dire il vero.»

«L'idea della Morte con una fase tedesca ha più senso di quanto pensassi» disse Mark. Socchiuse gli occhi per scrutare il testo e provò a leggerlo ad alta voce. «Oh, lascia stare... in realtà è polacco.»

«Ancora più azzeccato» disse lei. «Oh, aspetta, questo sembra promettente.» Sfilò un taccuino rilegato in pelle nera con impresso un teschio sulla copertina. Il testo all'interno era scritto in un semplice inglese manoscritto, con un registro vagamente vittoriano.

«"La fine dei tempi"» lesse Emma «"non si è ancora realizzata, sebbene io tema che il suo avvento possa essere imminente. Questo irreversibile mutamento della natura, che l'uomo ha forgiato col ferro e col vapore, non è che il primo, doloroso colpo contro il suo stesso tetro destino."»

«Accidenti» disse Mark. «La rivoluzione industriale ci ha fregati di nuovo.»

«"Sul mio onore e sul sangue dei martiri"» proseguì Emma «"non sprecate... le maree immortali..." È molto poetico, questo glielo concedo.»

«Ma che significa?»

«A quanto pare» disse Emma «questa "fine dei tempi" che i cavalieri temono, e che temiamo anche noi, nel nostro contesto biblico, è *letteralmente* la fine del tempo. La fine del progresso e di tutta la storia umana, nel momento in cui gli aspetti della natura che dettano e determinano l'andamento di tutta la realtà giungono a un arresto stridente. Quando non ci sono guerre a causare il "caos della produzione", nessuna malattia a "vagliare le anime dei deboli e a rafforzare le forze future", quando non c'è carestia "e quindi nessuna lotta per unire tutti i clan e le tribù", ci sarà parimenti "una cessazione della Morte e tutti i momenti simili rimarranno così eterni".»

Lesse ad alta voce un altro passaggio chiave. «"È la quiete e la pace che dovrebbero temere di più, poiché essa segna l'inizio più essenziale della loro rovina. Poiché la prima tromba che suonerà si troverà nel silenzio del loro stesso respiro, e nel sequestro del loro sole che renderà il cielo grigio, e nessuna brezza muoverà le nuvole in cielo. Dove è notte, sarà notte per sempre; dove è giorno, sarà anche notte. E quell'ultimo istante verrà mietuto non appena l'ultimo filo del fato sarà reciso e lasciato, affinché tutto il futuro non nasca."»

«Quindi è tutto qui?» disse Mark. «Quando i cavalieri perdono il loro scopo e si trasformano in spettri, l'umanità perde? *Abbiamo bisogno* di Guerra, Pestilenza, Carestia e Morte solo per continuare a vivere?»

«...Già?» disse Emma, con un'alzata di spalle incerta. «È un destino di merda, una simbiosi, ma capisco. Per come ci comportiamo, ce lo meritiamo un po'.»

«Io non me lo merito» disse Mark. «Loro non se lo meritano.» Fece un cenno in direzione delle infinite mensole di clessidre fluenti.

«Beh, alla fine saremmo morti comunque» disse lei. «O almeno così sembrava.»

Le riflessioni della Morte, vergate nel corso dei secoli, non avevano rivelato una cura. Loro, e l'intera civiltà, erano nella merda. Il ronzio del flusso costante di sabbia riempiva la stanza: milioni di istanti che ancora accadevano per milioni di persone che vivevano le loro vite ignare.

La realtà dell'evento esistenziale a cui Mark ed Emma stavano assistendo era quasi troppo profonda per essere compresa. Emma si passò le mani tra i capelli, guardando le file e file di clessidre ordinatamente disposte sulle mensole. Poteva tutto questo semplicemente fermarsi presto? Niente più sabbia? Niente più Morte? Niente più vita?

«C'è solo una cosa che possiamo fare adesso» disse Emma.

«Cosa?» chiese Mark.

«Se la Morte è l'unica cosa che al momento fa andare avanti l'umanità, allora dovremo semplicemente continuare a farlo noi. Farla andare avanti un secondo alla volta. Almeno, così, ci sarà qualcosa che va per il verso giusto.»

«Ma non possiamo mietere anime non ancora pronte» disse lui.

Emma si alzò e prese la mano di Mark, conducendolo attraverso la porta nella vasta Sala del Tempo. Si diresse verso lo scaffale più vicino, facendo scorrere la mano libera sul legno liscio delle clessidre. Con cento anime mietute e il peso di migliaia di vite, letteralmente nel palmo delle loro mani in granelli di sabbia, sapevano istintivamente come misurare una vita. Emma sfilò una clessidra dalla mensola e guardò la targhetta con il nome: Marcus Gordale.

«Cinque mesi al massimo» valutò.

«Emma, non *possiamo*» le disse Mark.

Evitò il suo sguardo il più a lungo possibile, ma lei si avvicinò sempre di più finché non gli rimase altro posto dove guardare se non il suo viso, che sembrava molto contrariato.

«Ma se lo facessimo...» cominciò lei.

«Non sarebbe giusto» disse Mark. «Non toglierci questo. Essere giusti è l'unica cosa che possiamo mantenere con questo titolo. Se cominciamo a uccidere a casaccio, non ci sarà più nessuno nel Paese a tirare fuori dal nulla valutazioni immobiliari esorbitanti.»

Emma annuì, riconoscendo la validità del suo argomento e piuttosto contenta di sapere che se si fossero lanciati in una follia omicida anticipata, entrambi avrebbero considerato gli agenti immobiliari come un danno collaterale. Avevano davvero molto più in comune di quanto Emma fosse disposta ad ammettere.

Interruppero la loro discussione quando Emma vide Veronique nel salotto con un lenzuolo sulla schiena, un lenzuolo che perdeva vapore come un bollitore troppo pieno. Tornando di corsa nel salotto, trovarono Veronique che marciava lungo il corridoio verso la porta d'ingresso.

«Dove vai?» chiese Emma.

«Al fiume» disse lei.

«Con cosa?»

Veronique emise un sospiro timido e terribile. «Avete mangiato?» chiese loro. «Fatelo, vi prego. È un pasto che ho preparato per voi.»

«Veronique, dov'è la Morte?» chiese Mark.

Il lenzuolo si mosse, e una mano esile e traslucida scivolò dalla spalla di Veronique. Si riaggrappò al suo braccio. La Morte era appoggiata a lei, coperta da un lenzuolo bianco da lutto. Anche per essere uno scheletro, non sembrava in salute. Gli mancavano alcuni denti. Una profonda crepa si estendeva dalla cavità oculare destra lungo la guancia.

«Markus... Emelia» gemette.

I due si avvicinarono, senza osare correggerlo nemmeno per un istante.

«Voi... potete tornare ora al vostro mondo, senza timore della morte. Poiché la Morte ha perso ogni posto negli affari dei mortali.»

Né Mark né Emma volevano tornare al loro mondo in quel momento. Non in quelle circostanze. Non se la fine dei tempi era imminente. Erano risoluti. Sarebbero rimasti lì e avrebbero fatto qualsiasi cosa per aiutare la Morte a non morire.

«Non si arrenda, signore» disse Emma. «C'è ancora un posto per la morte nel mondo. Lo faremo noi! Sarà lento, ma possiamo...»

Lui sollevò una mano per fermarla. «Il vostro potere è solo preso in prestito per procura. Senza di me, perderete la capacità di viaggiare avanti e indietro. Dovreste andare ora. Stare con la vostra gente. Poiché quando attraverserò il fiume e mi mescolerò con la sua nebbia, sarà veramente la fine di tutti i tempi...»

«Allora non lo faccia» disse Mark. «Deve esserci qualcosa che possiamo fare, o magari gli altri cavalieri. O persino...»

Si voltò verso Emma con un lampo di comprensione.

«Ma ci aiuterebbe?» chiese lei.

«Ha da perdere tanto quanto noi» disse Mark. «Niente morte significa niente oro, giusto? Se sa qualcosa, dovrebbe volercelo dire.»

«Parlate del barcaiolo» disse la Morte. «Non disturbatelo. Nemmeno lui durerà a lungo. Così come io ho perso la mia forma, sicuramente lui ha perso la sua barca...»

I quattro abitanti della casetta della Morte furono interrotti dal suono di acqua che scorreva, dal rombo di un potente motore e da "La Cucaracha" suonata con le sirene da nebbia. Mark ed Emma corsero fuori per primi, nel fitto banco di nebbia. Ora che sapevano di cosa si trattava, cercarono di non inalare troppi residui di spiriti immortali. Usando le maniche come maschere, avanzarono a fatica nell'aria densa finché non raggiunsero la riva, dove l'aria era più limpida.

Uno yacht assurdamente grande e sfarzoso ondeggiava sull'acqua. Era fatto d'oro massiccio, con una serie di sei motori fuoribordo e un vecchio capitano burbero che indossava più gioielli che vestiti, anche se si potevano distinguere un paio di pantaloncini da barca ben stirati e una camicia hawaiana.

«Beh, guarda un po'!» chiamò Caronte. Si avvicinò al bordo del ponte e si sporse dalla ringhiera. Era lo stesso vecchio traballante e curvo dall'aspetto sprezzante. Solo il suo aspetto esteriore e il suo equipaggiamento erano cambiati.

«Bella barca» disse Mark.

«Lo è eccome!» esclamò Caronte. «Un cambio di rotta era necessario. L'ho pescata dopo aver gettato nelle acque un obolo prezioso, ed è venuta fuori, un tributo dall'abisso della creazione umana!»

«Caronte!» chiamò Emma. «Sta per arrivare la fine dei tempi!»

«Davvero?» disse lui con un sorriso sornione. «Vi hanno insegnato tutto sul vostro mestiere solo per vederlo arrivare alla sua amara fine, eh? Un pessimo momento per trovare un nuovo lavoro, quando l'azienda è in bancarotta!» Rise con una risata diabolica e cavernosa.

Emma e Mark si voltarono al suono di zoccoli al galoppo. Lo stallone nero di Guerra, la giumenta castana di Pestilenza, il cavallo da tiro sauro di Carestia e persino il destriero pallido della Morte si fecero avanti e si inginocchiarono sulla riva per scaricare i loro cavalieri.

Guerra era un ammasso di sangue e tagli. La sua pelle colava di un rosso vivo, l'effluvio di ferite di battaglia. Carestia era un guscio, un sacco di ossa affamato avvolto in una pelle sottile. Pestilenza sembrava a un respiro affannoso dalla fine, con il blu e il verde delle vene che coloravano il pallore della sua pelle.

E la Morte era ormai solo un teschio fluttuante in un vapore denso avvolto in un lenzuolo, come l'imitazione di un fantasma fatta da un bambino delle elementari.

«Har har har!» sghignazzò Caronte. «Guardate come siete stati ridotti. Niente guerre da osservare? Niente fame da seminare? Niente malattie da portare? Oh, e tu» disse, puntando un bastone d'oro contro la Morte. «Il più patetico di tutti. Così debole da aver fatto fare il tuo lavoro a due *bambini*, così potevi poltrire e accasciarti fino a diventare polvere!»

«Stia zitto!» urlò Mark. Si fece avanti e diede un calcio alla fiancata dello yacht di Caronte, facendosi male al piede contro lo scafo d'oro massiccio.

«Non mi graffi la barca!» gridò di rimando Caronte. «C'ho messo tutta la mattina a lucidarla, e mi servirà. Questo grande vascello sostituirà *TUTTI* i cavalli e i loro cavalieri! Un nuovo ordine della natura fluirà nel mondo mortale. E voi, tutti *voi*, guarderete impotenti da questa parte del *MIO* fiume, mentre le anime vi scorreranno attraverso come un'inondazione!»

Caronte mise la mano in un calice d'oro e gettò una pioggia di monete nell'acqua come se stesse sfamando i pesci. Ogni volta che una moneta colpiva l'acqua, i cavalieri gemevano e venivano ridotti a stati ancora più pietosi. I loro corpi si contorcevano in agonia come se fossero stati crivellati da proiettili. Mark ed Emma collegarono immediatamente gli eventi. Fulminarono con lo sguardo il marinaio burbero mentre girava il timone dello yacht e dava gas, eseguendo una ciambella che li schizzò con il fattore liquefatto di innumerevoli anime mandate ad annegare. Poi sfrecciò via.

«È stato lui!» disse Emma. «Deve essere stato lui!»

«Già» disse Mark, scuotendo la veste per asciugarla. «Ho sempre voluto sfasciare la barca di un riccone del cazzo. Ora ho una buona ragione per farlo. Stormrider!»

«Princess!» chiamò Emma.

I loro cavalli arrivarono dalla nebbia, malandati, stanchi e più vecchi di anni rispetto a quando li avevano lasciati solo pochi minuti prima. Ma arrivarono portando l'unica cosa di cui entrambi avevano bisogno: le loro falci. Montarono in sella e lasciarono i cavalieri malati alle cure di Veronique.

Oltre il fiume e lungo la corrente, verso la casa di Caronte andarono...

CAPITOLO QUARANTATRÉ

Mark ed Emma, i cavalieri ausiliari dell'apocalisse, cavalcavano lungo il fiume, attraverso il grande banco di nebbia, seguendo lo spettacolo scintillante dello yacht dorato di Caronte. Cavalcavano come meglio potevano, con i cavalli che esalavano gli ultimi respiri.

«Forza, Stormrider!» lo incitò Mark. «Non sei mai stato il più grosso, ma sei dannatamente il più tosto! Il pony più letale di tutta l'esistenza!»

«Continua ad andare, Principessa Die!» gridò Emma. «Non permetterò che ti schianti contro nient'altro che il teschio di quel losco bastardo.»

Mentre proseguivano la cavalcata, superarono una processione infinita di anime del Limbo. Il grande spazio vuoto e informe che occupavano mutò in lontananza. Non più informe, divenne increspato di dune, come un deserto di gesso.

«Sta cambiando tutto» disse Emma. «In peggio.»

«Dobbiamo liberarci di quel barcaiolo» replicò Mark. «Se non altro per pura e semplice vendetta.»

«Deve sapere cosa sta succedendo» disse Emma. «Abbastanza bene da poter peggiorare le cose a suo piacimento.»

Mentre cavalcavano, udirono il tuono dei motori fuoribordo dello yacht più avanti e un rimbombo di zoccoli alle loro spalle. Mark si voltò e vide Veronique che li stava raggiungendo sul suo destriero, armata di un piumino per la polvere grande come un'azza. Il suo cavallo era in condizioni molto migliori, ma ogni passo di corsa che faceva sembrava rendere il suo manto di una sfumatura più scura e secca.

«Monsieur! Madame!» li chiamò.

«Dov'è la casa di Caronte?» domandò Mark. «Non abbiamo mai fatto molti giri turistici, e mi è appena venuto in mente che la nostra prima visita sarà per strozzarlo.»

«C'è Caronte dietro a tutto questo, non è vero?» chiese Emma.

«Oui» confermò Veronique. «L'hanno detto i cavalieri. Rifiutando l'oro che ritiene così prezioso, ha stravolto l'ordine naturale a tal punto da uccidere Morte e ferire Guerra.»

«E invocare la Fine dei Tempi» aggiunse Emma.

I tre cavalieri spronarono le loro cavalcature, ignorandone i rantoli e gli ansimi.

«E la barca?» chiese Emma. «Dove l'ha tenuta nascosta?»

«Non sanno da dove provenga la sua barca grandiosa» rispose Veronique. «È troppo innaturale.»

Mark si rivolse a lei. «Siamo almeno sulla strada giusta pensando che ucciderlo potrebbe annullare tutto questo?»

«Sì» confermò lei. «Ma ucciderlo creerà un altro problema. Dovete...»

Interruppe il discorso e indicò il fiume. Una grande ondata di acqua terribile, che prosciugava l'anima, si diresse verso di loro dalla scia della barca di Caronte. Alzarono tutti i loro cavalli in aria per evitarla. Stormrider rimase indietro e si sollevò appena sopra la marea, che gli schizzò la pancia.

«Su e via, ragazzo!» gridò Mark, tirando le redini per salire più in alto. «Molto via!»

«Andate!» gridò Veronique. «Dall'altra parte del fiume!»

Emma e Mark si voltarono e cominciarono ad attraversare dall'alto il largo fiume Stige, lasciandosi Veronique alle spalle. La nebbia si aggrovigliò intorno a loro mentre procedevano, costringendoli a salire al di sopra di essa. Da lì, poterono vedere il paesaggio proibito dell'altra sponda.

Lontano, oltre la valle ombrosa, c'erano due orizzonti divisi. Uno era gremito di nubi temporalesche e spaventosi lampi, come avvicinarsi a Manchester sull'autostrada M62. L'altro lato era tranquillo e calmo, con un velo di luce soffusa filtrato da una foschia nuvolosa. Ma anche quello era alterato dalle perversioni della natura che li circondavano. I tuoni si insinuavano nelle nubi calme, e l'oscurità terminava bruscamente dove le nubi tempestose si fermavano e pendevano verso il basso, come un gelato capovolto che gocciolava sulle terre sottostanti.

«Oh» disse Mark. «Quindi, esistono un Paradiso e un Inferno?»

«O esistevano» disse Emma.

«È strano che siano vicini di casa» disse lui. «E abbastanza vicini che... questo è un problema che va evitato.»

«Ovviamente qui non hanno regolamenti edilizi» disse Emma. «Chiunque può costruire qualsiasi cosa dove gli pare. Nessun rispetto per le infrastrutture o l'estetica circostante.»

«A proposito» disse Mark. Indicò la brillante luce dorata laggiù. La villa di Caronte si estendeva in un'intera tenuta. Il suo tesoro d'oro formava una darsena, un canale e un bastione del castello, tutto in uno, e tutto fatto d'oro. Il suo yacht era stato tirato in una darsena-garage sotterranea che stava abbassando il suo portellone a ponte levatoio. Poi, un bagliore dorato scaturì dal bastione del castello e un filo di luce si avvicinò rapidamente.

«Giù la testa!» gridò Mark.

Emma lo sentì troppo tardi. Un dardo dorato trafisse Principessa Die nel petto. Emma fu sbalzata dalla groppa del suo cavallo mentre questo dava l'ultimo calcio e si afflosciava in aria. Mark si precipitò giù per prenderla mentre cadeva. Stormrider sopportò il loro peso come meglio poté, ma scese rapidamente a terra. Altri dardi dorati volarono verso di loro, ma la loro discesa non pianificata permise loro di schivare in sicurezza gli attacchi dall'alto e di raggiungere il suolo.

«Come osa?!» urlò Emma stringendo forte il manico della sua falce.

«Balistica. Una classica difesa da castello» disse Mark. «Dopotutto, *stiamo* invadendo la sua proprietà. Per ucciderlo.»

«Non difenderlo!» gridò lei. «Ha ucciso il mio cavallo!»

«Non lo sto facendo. Sto solo spiegando cosa è successo!»

Smontarono da Stormrider, e Mark diede una pacca sul naso al vecchio pony. Emma si sistemò il cappello, e cominciarono a correre chini nella nebbia verso il loro nemico.

Potenti fari si accesero e li individuarono immediatamente. Mark si bloccò sul posto, a metà corsa, immobile come una statua, sperando che potessero passare inosservati. Ma si rese subito conto di apparire un po' ridicolo. Un sistema di altoparlanti gracchiò e riempì l'aria di un suono lamentoso.

«Dove ha preso tutta questa roba?» si chiese Mark.

«Ohé, voi miseri fuggiaschi delle sabbie!» li rimproverò Caronte. «Non c'è posto per traghetti senza biglietto attraverso questo fiume dei dannati. Se cercate la vostra occasione per entrare in paradiso, dovete cedere ciò che un tempo era prezioso in vita per accedere alla vita nell'aldilà.»

«Non hai abbastanza oro, vecchio avaro?» chiese Mark.

«Ah ah!» sghignazzò Caronte. «Se non avete oro da offrire, allora vi farò un'offerta!» Alle sue parole, una porta si aprì nelle vicinanze, sembrava condurre di sotto. «Un'offerta che permetterebbe a ogni anima smarrita e senza ricchezze di attraversare questo fiume verso la loro promessa eternità. Un nuovo patto per una nuova natura! Entrate e vagate attraverso questo umile labirinto di tormento. Se riuscirete a sopportare le pene delle vostre peggiori paure, il divertimento che trarrò dalla vostra sofferenza sarà un pagamento sufficiente!»

«Che razza di coglione» disse Mark. Sollevò la falce e la roteò per creare un portale nell'aria. Il fulmine crepitò, si ripiegò su se stesso ed esplose con una scarica statica che scaraventò all'indietro lui ed Emma. «Okay... a quanto pare non possiamo più farlo.»

Caronte sghignazzò di nuovo. «Considererò questo un acconto sul vostro futuro tormento. Ora! Pagate il pedaggio del barcaiolo, e che l'orrore si scagli sulla vostra anima!»

Il passaggio attraverso la porta si illuminò di fioche luci blu. Emma spinse Mark in avanti, con la mano sulla sua spalla. Era fiduciosa. Dovevano solo superare questa prova e poi avrebbero sistemato i conti con lui, pensò. Mark parve leggerle nel pensiero e annuì. Entrarono e scesero le scale, con le falci in spalla e pronte all'uso. Stormrider li seguì, debole ma sempre fedele.

All'interno non c'era tanto un labirinto quanto un percorso diretto in una casa stregata incassata nel terreno. Le pareti erano rivestite di intonaco a stucco e dipinte di una nauseante tonalità di blu profondo, come se stessero camminando attraverso il tunnel di un acquario scarsamente illuminato.

«Non mi sento ancora pervaso dal terrore» sussurrò Mark.

«Nemmeno io» disse Emma. «Ma se quei monaci riescono a costruire un monastero con la sabbia, tutto è possi... IIK!»

Emma strinse il braccio attorno al collo di Mark mentre si avvicinavano alla prima alterazione nella struttura del corridoio. Mentre fino a quel momento le pareti erano state una semplice muratura con una fila di lampadine a vista appese al soffitto, poco più avanti pendeva la testa di una bambola calva e con grandi occhi.

Poi le pareti stesse divennero fatte di bambole intrecciate che ruotavano le teste e facevano schizzare fuori i loro occhi deformi. Il pavimento cominciò a muoversi, trascinandoli con sé. Divenne un tour automatizzato attraverso un cimitero di imitazioni di Barbie da un capo all'altro, mentre il corridoio scorreva accanto a loro. Emma rimase stretta al fianco di Mark e si ritrasse dalle mani di plastica protese dell'esercito di bambole.

«Bene» disse Mark. Stese il braccio libero e la strinse a sé. «Non dargliela vinta, Ems.»

«Maledizione» sussurrò lei. «Come fa a sapere questa cosa di me?»

«Immagino che sapesse tutto di noi» disse Mark. «Si comporta come il giudice dei dannati, perché è uno di loro.»

«Non chiuderò gli occhi» disse lei, con la testa premuta contro la spalla di Mark, «ma dimmi quando avremo superato questa parte, okay?»

«Uh...» Mark allungò la parola mentre proseguivano, poi finalmente disse: «L'abbiamo superata.»

«Davvero?»

Emma alzò lo sguardo e vide che l'ambiente era cambiato. Si trovavano in una scuola elementare, fiancheggiati da banchi su tutti i lati. Il pavimento continuava a muoversi su un binario automatico, portandoli più a fondo.

Poi, all'improvviso, la stanza si riempì di clown colorati che ridevano allegramente.

«CoOoOnSeGnA Il TuO cOooOmpItO dAvAaAaAntI, Marky!!!»

«Cosa?» Emma si guardò intorno alla lunga fila di figure dal viso bianco e le labbra rosse, sbalordita che quella potesse essere in alcun modo una terrificante discesa nelle paure più oscure di qualcuno.

«Già...» sospirò Mark. Si ritrasse istintivamente un po' quando i clown cercarono di afferrarlo o lanciarono fogli verso di loro. Era più infastidito che terrorizzato. «Immagino che i clown e il dover ripetere esami falliti siano paure comuni.»

«Abbastanza comuni» disse lei.

«Ma mettendoli insieme» continuò lui, «smorza il terrore, capisci?» Alzò lo sguardo come se si stesse rivolgendo a una telecamera nascosta dove Caronte stava guardando. «Non puoi semplicemente sovrapporre le paure e farle intersecare in questo modo. Devono completarsi a vicenda, non competere. I clown che fanno fare esami non mi fanno paura perché non sto facendo l'esame, e i clown sono solo... lì fermi. Hai fallito! Hai perso un cliente. Anzi, voglio un rimborso! Dovresti pagare *tu* me per aver attraversato questo...»

Mark cadde. Emma no. Lo guardò dal suo solido pezzo di binario mentre Mark sprofondava fino alla vita in una fossa semimorbida di una sostanza pastosa e pallida, che si agitava intorno a lui.

«Le paure dei vostri incubi» dichiarò Caronte attraverso i suoi altoparlanti, «sono solo una parte della sofferenza che intendo farvi provare. Il corpo ha le sue paure, i suoi veleni, che sono comuni a tutta l'umanità. Il terrore isolante delle allergie è la vostra prossima prova. Ora affonda nella tua peggiore paura!»

«Emma!» gridò Mark. «È Brie! Sono intollerante al formaggio!»

«Non ti viene solo un po' di aria nella pancia se lo mangi?»

«Sì, ma non so cosa farà il mio culo se ci vengo *immerso* dentro! Aiuto!»

«Va-va bene.» Posizionò la falce per cercare di tirarlo fuori dalla sua voragine di formaggio mentre Caronte, non visto, rideva della loro sventura.

Eppure altre prove li attendevano, tutte molto peggiori di quelle precedenti.

Caronte fece girare una moneta tra le dita e poi la strinse forte. Quando aprì la mano, la moneta era accartocciata e schiacciata.

CAPITOLO QUARANTAQUATTRO

Venti di bufera sferzavano la trincea in cui Mark ed Emma si nascondevano. Poco più avanti nel loro cammino, le cose avevano preso una piega inaspettatamente peggiore. Il corridoio di refrigerazione industriale di Caronte scatenò un'ondata di gelo sulle pareti e sul pavimento dorati, creando un paesaggio ghiacciato e inabitabile. Sembrava di essere a Sunderland a febbraio.

«Porca miseria», gemette Mark. «Questo è eccessivo.»

«Odio il freddo», disse Emma, «ma non ne sono allergica.»

«Già, e cosa ci sarebbe di giusto in tutto questo?» gridò Mark. Dovette voltarsi, per non rischiare che una folata di aria pungente e gelida gli entrasse in gola. Controllò Stormrider, il suo fedele pony, che da sempre lottava contro gli acciacchi della vecchiaia e lo stagno di formaggio da cui aveva bevuto. Era alle ultime, tremolanti forze.

«Se rimaniamo qui ancora a lungo», disse Mark, «potremmo non sopravvivere.»

«Perché queste tuniche non sono adatte a tutte e quattro le stagioni?» si lamentò Emma. «La Morte dovrà pur andare nei luoghi più gelidi della Terra tanto quanto in quelli più temperati. La tunica dovrebbe essere adatta a tutti.»

«Se avessimo bisogno di calore in caso di emergenza», disse Mark, «allora potremmo dover...» Fece un cenno al suo destriero con un'espressione cupa. «Beh, da dentro la puzza sarebbe molto peggio.»

«Cosa?»

«Voglio dire...» Guardò mestamente il pony coperto di brina. Stormrider non guardava nemmeno dove stava andando. Si limitava a camminare diligentemente dietro al suo padrone, come un cavallo che segue la sua carrozza. «Posso portare te, ma... non posso portare...»

«Mark, non ucciderai il tuo pony.»

«Non voglio!» esclamò lui. «Ma siamo qui da troppo tempo. Penso che potremmo non uscirne vivi. Non ha motivo di lasciarci passare! Sa che gli stiamo dando la caccia!»

Emma afferrò la testa di Mark e lo costrinse a guardarla negli occhi. «È proprio quello che vuole! Vuole che ci disperiamo abbastanza da abbandonare la nostra missione.»

«Onestamente... ci sto arrivando.»

Anche Emma capiva che erano in guai seri. Non solo per il freddo, ma per l'intera difficoltà della loro impresa. Scorse una nicchia al riparo dalla galleria del vento e vi trascinò Mark. Erano al sicuro dal vento, ma furono poi sottoposti a un altro, più macabro tormento. Mark guardò il suo amato pony trottare per l'ultima volta, cadere sulle ginocchia anteriori e resistere alla dura raffica gelida. I suoi occhi si chiusero lentamente. Accettò la morte e cadde su un fianco, rigido.

Mark sospirò. «Una volta avevo un cane.»

«Oh, Mark», tubò Emma, strofinandosi contro la sua spalla.

«È stato investito da un camion della spazzatura», continuò lui.

«Oh, cielo.»

«Già. No, stava bene, stranamente. Però ha fatto due salti mortali all'indietro e quando è atterrato era rigido come il ghiaccio. Ho dovuto prenderlo in braccio e riportarlo a casa.»

«Era Bosco?» chiese Emma.

«Sì, Bosco», confermò Mark. «Stava bene dopo che lo abbiamo scongelato un po' in salotto, ma cagava sempre sul tappeto quando passavano i netturbini.»

«Perché tirarlo fuori adesso?»

«...Stormrider ha lo stesso aspetto di Bosco», disse Mark. «Sai... le zampe tutte bloccate. Ma lui tremava.»

«Oh...» Emma lo abbracciò. Sopportarono il freddo grazie al calore l'uno dell'altra e colsero l'occasione per valutare la situazione in modo un po' più completo.

«Quindi, siamo fottuti», disse Mark. «Questa pista andrà avanti all'infinito, oppure ci imbatteremo in un corridoio pieno di termosifoni e asciugacapelli per finirci.»

«E lampade solari», disse lei. «La sola luce sarebbe sufficiente a soffocarci dentro queste cose.»

«Vuole che ce ne liberiamo. Che ci togliamo le tuniche. E poi le falci.»

«Neanche per sogno», disse Emma, stringendo forte la sua. Mark afferrò la propria falce e guardò ancora una volta il pony, immobile e assolutamente morto. Non era passato neanche un minuto da quando aveva controllato Stormrider l'ultima volta e il suo pony era già coperto di brina e congelato, disseccato come una mummia dal freddo artico.

«Beh, di certo adesso là dentro non fa più caldo», disse lui.

«Non profanare il corpo del tuo cavallo», lo rimproverò Emma. «Ascolta. Deve esserci una sorta di logica in tutto questo.»

Mark la guardò come se avesse fatto una dichiarazione molto più grottesca. «La logica non ci è stata molto d'aiuto di recente», disse. «Se la logica potesse dettare le nostre azioni... non avremmo perso i nostri cavalli a causa di baliste dorate, perché non sarebbero state in grado di volare. E saremmo bloccati sulla sponda sbagliata del fiume a guardare un castello d'oro attraverso una coltre di smog di anime.»

«Anche se le cose non hanno senso», disse Emma, «c'è una logica dietro di esse. La logica di un pazzo, forse, ma c'è un senso e un ordine in quello che sta succedendo. Anche Caronte è uno di questi... esseri primordiali e ordinati. Ha i suoi obiettivi, oltre al semplice vederci soffrire.»

«È un vero stronzo», disse Mark. «Questo non significa che debba essere intelligente.»

«Beh, dammi qualcosa!» pretese Emma. «Dammi una speranza a cui aggrapparmi o un modo per farcela! Dammi una qualsiasi ragione per continuare a sperare contro tutto questo o... o tanto vale che ci arrendiamo e... e non so nemmeno cosa succederà dopo! Cosa verrà? Cosa accadrà alla realtà quando il tempo smetterà di funzionare e la morte non avrà più importanza? Che cos'è poi la morte?»

«Emma, zitta», disse Mark. «Stai impazzendo.»

«Sto? Mark, stavo per buttarmi dal tetto!»

«Ma quello era il passato...»

«È ancora il presente! Non è successo molto tempo fa!»

«È passato abbastanza tempo. Vorrei che tu riuscissi a superarlo. Siamo sopravvissuti. Questo è quello che...»

«Noi?!» ripeté Emma. «Doveva essere una mia decisione! Una mia scelta!»

«Ma era quella sbagliata!»

«Oh, che inconveniente per te! Sai quanto facilmente potresti riprenderti con una coinquilina morta sulla coscienza?»

«No! Chi vorrebbe venire a vivere con me dopo essermi fatto questa fama? Anche se non pensassero che sono stato io la causa, si chiederebbero comunque 'e se?'. Non me lo lascerebbero mai dimenticare... e non troverei mai un coinquilino che mi piaccia abbastanza da sostituirti.»

Emma sbuffò, ma appoggiò la testa contro il suo petto. «Pensavo davvero che avremmo combinato qualcosa con questa storia. Stavamo andando bene...»

«Siamo andati alla grande.»

«Stavamo trovando il nostro scopo. Stavamo finalmente andando avanti...» Scosse la testa contro la sua tunica. «Perché siamo dovuti morire per trovare qualcuno che ci desse valore?»

«Dicono che il sogno della classe media sia morto», disse Mark. «Non c'è da stupirsi che l'abbiamo trovato qui.»

Lei sbuffò una risata e si allontanò un po' da lui. «Sono solo mortificata di aver fallito in *tutto* ciò che la vita mi ha messo davanti, e ora che è la morte a lanciarmi delle sfide, non posso fare a meno di faticare solo un po' di più.»

«Meglio che arrendersi e... uhm», balbettò Mark, «non provarci. Non possiamo davvero morire. O forse sì, ma è una fase completamente diversa di...»

«Tu», disse Emma, puntandogli un dito dritto sul mento per bloccargli la bocca, «avresti dovuto seguire il tuo sogno e scrivere le tue dannate sceneggiature. Invece di fingere di essere soddisfatto di lavorare in pubblicità.»

Lui si strinse nelle spalle. «*Ero* soddisfatto. Volevo solo...»

«Volevi fare la cosa giusta. Volevi non far incazzare i tuoi genitori», disse lei. «È ammirevole, ma avresti dovuto tener duro, andare a Londra e continuare a scrivere le tue sitcom.»

«Non avrebbe funzionato. Era un'utopia.»

«Non ci hai nemmeno provato», replicò lei.

«Beh, il genere di cose che scrivevo non esiste più. L'industria televisiva è andata avanti. E ti vedevo soffrire per quel lavoro, stanca morta e *davvero* con tendenze suicide...»

«Non avevo tendenze suicide per il lavoro. Le avevo perché ero sola. Il lavoro doveva essere la mia via di fuga ed ero stufa di subire una perdita dopo l'altra nonostante i miei sforzi.»

«Pfff. Non ho mai pensato di saltare dal tetto dopo aver ricevuto lettere di rifiuto dalle case di produzione», disse Mark.

Lei annuì. «Ecco perché avevo bisogno che tu continuassi a provare. Non ti sei mai permesso di fallire. Sei sempre stato a un passo dal successo.»

«Un passo da gigante, direi.»

«Ma io credevo in te», disse lei. «E ci credevi anche tu. O avresti smesso di parlarne molto tempo fa.»

Mark sospirò. «Vorrei che non avessi provato a saltare.»

Lei sorrise. «Ma sono contenta che tu abbia cercato di fermarmi.»

«Davvero? Sei stata piuttosto acida a riguardo da quando siamo qui.»

«Lo so. E mi dispiace.»

«Aspetta... quindi, te ne penti?» si azzardò a chiedere Mark. «Lo faresti ancora, sapendo quello che sai ora?»

Prima che Emma potesse rispondere, scorse qualcosa sopra di loro nel vento sferzante. «Guarda!»

Una farfalla cristallina aleggiava sopra le loro teste. Era uno dei pochi segni di vita e di movimento intrinseci al vuoto, le ali nascenti e vibranti di un effimero essere spirituale che guidava le anime dei morti verso la loro pace eterna. Una delle manifestazioni di illogicità che era diventata uno spettacolo familiare, seppur fugace, da vedere.

«Forse», disse Emma, «vuole aiutarci.»

Poi, un amalgama di orribili parti di bambolotti l'afferrò a mezz'aria e la sgranocchiò. Emma strillò e Mark afferrò la falce.

«No!» gridò disperato.

I molti occhi del mostro-bambola scattarono e si focalizzarono su di loro. Si mosse per balzare, ma poi svanì all'improvviso. Una grande folata d'aria aprì una radura nella neve sopra di loro e squarciò le pareti coperte di ghiaccio che li circondavano.

Furono accerchiati dagli zoccoli scalpitanti di quattro cavalli spaventosi. Uno era rosso come il fuoco, e in groppa portava il volto sanguinante di un guerriero che brandiva una spada resa rossa da eoni di ruggine. Uno era marrone come la terra più fetida. La pelle del suo cavaliere era verde, e nelle sue mani teneva un arco teso con lunghi capelli dorati e incoccato con una freccia fatta di una scheggia d'osso. Un cavallo era nero ed emaciato, quasi solo ossa, e il suo cavaliere era un uomo pallido e scarno dalla pelle giallastra che reggeva una bilancia d'ottone che non inclinava mai il suo equilibrio.

L'ultimo era un cavallo pallido, il suo cavaliere molto più pallido e avvolto in un sudario bianco, uno scheletro effimero che teneva alta una lama mietitrice. Il cavaliere pallido tese loro la mano, offrendosi di tirarli fuori dall'inferno in cui si trovavano.

«Sono confuso», disse Mark. «Non siete già tutti morti?»

«No», disse la Morte. «È... complicato.»

CAPITOLO QUARANTACINQUE

Caronte si rilassò sul ponte del suo yacht scintillante. Aveva ogni sorta di console piena di quadranti, leve e indicatori, vari timoni: tutti i gadget e gli accessori che avesse mai potuto desiderare per rendere la navigazione sul corso d'acqua a senso unico dell'eternità un gioco, piuttosto che una faticaccia deprimente. Aveva persino una stanza con tutti gli accessori della vita nautica e un morbido letto fatto di fili dorati, montato su pilastri e mattoni d'oro. E sopra di esso c'era una mensola dove conservava il suo remo, un artefatto della sua vita precedente e delle difficoltà che aveva sopportato prima di poter forgiare il proprio successo.

Sospirò, ma non si sentiva vuoto. Al contrario, si sentiva più rinvigorito ed entusiasta che mai. Decisamente vittorioso. I cavalieri che invidiava erano stati deposti e lasciati in uno stato deplorevole. La natura e l'ordine che mantenevano erano nel caos, e una nuova era era iniziata. Una nuova natura era stata imposta sul mondo dei vivi, e lui ne aveva il controllo.

Guardò la propria gamba. Non era più incatenata, ma ancora legata. Lo spesso ceppo di ferro che un tempo lo assicurava al suo dovere si era ridotto a un piercing audace che gli trapassava l'osso della caviglia e a una catena sottile, quasi un filo, che si estendeva fino alla piattaforma del motore a poppa della sua barca. Lo legava ancora al fiume, permettendogli di sbarcare dal suo yacht solo quel tanto che bastava per godersi una parte della grandiosa magione che aveva costruito, ma non tutta.

Sospirò. «Ancora non basta. Quanto ancora...? Cos'altro devo gettare via e *pagare* per liberarmi da questa maledizione?»

Raccolse un calice d'oro pieno di monete d'oro e si avvicinò al bordo del ponte. Le versò nell'acqua. Caddero a cascata nelle pallide acque sciroppose sottostanti e si udì un brontolio in lontananza mentre lo spazio nel vuoto tremava e mutava. Ogni moneta causava un tremore, ogni spruzzo un cambiamento, ogni perdita di valore nell'abisso formava una montagna o una dolina oltre la nebbia. Eppure, a lui non importava. La sua catena rimaneva stretta e serrata al suo stesso corpo, un promemoria ancora più invasivo della sua schiavitù eterna.

Sospirò di nuovo. «Maledizione. Spreco.»

Gettò in mare anche il calice, evocando un lontano rombo di tuono. Le nuvole che si ammassavano sul passaggio distante oltre la valle continuarono ad avvitarsi insieme, mescolando il buio e la luce con fili di fulmini tra di loro.

«Sembra che ci sia maltempo in arrivo. Non è il momento di stare in acqua.»

Scese dalla barca e zoppicò su una scala mobile che lo portò in cima ai bastioni del suo castello. La catena era appena abbastanza lunga da permettergli di arrivare al margine, dove si trovava il suo trono appena rimodellato. Si voltò, si lasciò cadere sul sedile imbottito e sollevò la gamba mentre la catena si tendeva e gli sospendeva il piede in aria.

Non gli restava nient'altro da fare, ora. Non finché i cavalieri non fossero stati tutti morti e sepolti.

Poi vide un bagliore in lontananza: quattro fioche luci che oscuravano il cielo e ne risucchiavano la vita. Una processione di quattro foschi presagi, e in groppa a essi c'erano i loro cavalieri, e due passeggeri extra aggrappati dietro.

«Intrusi!» ringhiò Caronte. Balzò in piedi e scattò zoppicando verso le sue balestre. Erano a gettoni, caricate a monete e caricate magneticamente per sparare il suo oro come munizioni. Inserì alcune monete, caricò l'innesco e mirò per uccidere. «Patetica sfilata di pony!»

Fece fuoco. Le monete sfrecciarono nell'aria come raggi scintillanti con la velocità di proiettili.

Sebbene decrepiti, i cavalieri non erano deboli. La loro agilità e le loro manovre esperte superavano la loro stessa mancanza di vitalità. Morte guidò la carica e brandì la sua falce per tagliare le monete a mezz'aria mentre arrivavano. Fame ne prese alcune nella sua bilancia, che poi si decomposero: l'oro stesso fu reso privo di ogni valore, eguagliato al nulla che Fame portava con sé, poiché non si può mangiare la propria ricchezza mentre il mondo muore di fame. Poi venne Guerra, con un corno del terrore in una mano, che emetteva un'eco lamentosa nel cielo mentre la sua spada pendeva bassa nell'altra.

«Cadete nell'abisso!» gridò Caronte. «Gemente nelle tenebre eterne!» Sparò una rapida raffica di monete, una dopo l'altra. Il suo oro si frantumò uscendo dalla canna in schegge. I cavalli si sparpagliarono. Pestilenza fu colpito. Lanciò il suo arco a Guerra, e Mark lo afferrò. Poi fu colpito Fame. Lanciò la sua bilancia. Mark afferrò anche quella.

«Aspetta!» insistette Mark. «Non riesco a raggiungere le tasche!»

«Prendi questa,» disse Guerra, la sua voce distante e stanca, un richiamo esausto di una miriade di voci in un canto ribelle. Gli porse la spada. «Vai.»

«Ho solo due braccia,» si lamentò Mark. Furono i successivi a essere sbalzati via dal cielo. Mark allungò la mano verso la spada e la prese prima di saltare dal dorso della giumenta rosso sangue e atterrare sulla pelle rigida e ossuta del cavallo pallido, dietro a Emma.

«Dobbiamo saltare,» disse Emma. «Come al solito.»

«Il solito in cui moriamo all'impatto?» chiese Mark. «O il nuovo solito?»

«Quello nuovo.»

«Giusto!»

Morte era l'ultimo rimasto in aria. Gli altri caddero e i loro corpi fluttuarono, attirati da forze inesorabili verso l'acqua. I cavalieri affondarono nel fiume, e i loro cavalli li seguirono. Morte capì che sarebbe stato il prossimo, ma i suoi apprendisti potevano sopravvivere allo scontro.

«Caronte è impazzito,» proclamò Morte. «L'ordine è stato turbato dalla sua ribellione.»

«Quindi dobbiamo ucciderlo,» disse Emma.

«Sì,» disse Morte. «E poi—»

BOOM.

Le schegge li sbalzarono giù dal cielo. Mark ed Emma si ritrovarono improvvisamente in volo. Morte fu fatto a pezzi. Ossa volarono ovunque. Lo guardarono allontanarsi, schegge bianche contro un cielo grigio e fioco, cadendo fino all'oscurità torbida sottostante. Emma si girò verso il basso e cercò di atterrare in piedi sui bastioni di Caronte, accanto al suo trono. Quando ci riuscì, lui saltò giù dalla sua postazione armata e la affrontò.

Mark atterrò lì vicino, a pancia in giù, sovraccarico degli strumenti degli altri cavalieri. Era per lo più illeso, ma per niente pronto a combattere.

«Voi due,» ringhiò Caronte. «Voi due, piccoli nanerottoli, venite a cacciarmi dal mio stesso castello, eh? Questo non è come gli altri tuoi lavoretti, ragazza mia. Questa è un'anima che non verrà via docilmente.»

«Tu non sei un lavoretto,» disse Emma. «Sei una minaccia esistenziale per il tessuto stesso dell'esistenza.»

«Pah!» sbuffò lui. «La stagnazione di questo ordine miserabile è peggio della morte come la conosci tu. Quanta sofferenza è causata su vasta scala dalla fame, oggigiorno? Le vostre medicine hanno sconfitto ogni pestilenza. E la guerra? È mai stata combattuta una guerra veramente basata sugli ideali e le virtù di uomini opposti? O c'è stato un altro incentivo?» A tal fine, si strofinò le dita e ne fece apparire una moneta. «C'è stato un ordine superiore in agguato, oltre il sottile velo della vostra percezione, per millenni. Le piaghe dell'uomo sono ora create dall'uomo, ma nessun cavaliere cavalca per mieterle. La morte è l'unica costante, ma c'è una cosa ancora più certa della morte nella vita. Sai qual è, ragazza mia?»

«Le tasse?» chiese Mark.

Caronte fece un sorriso oscuro e malvagio. «Esatto.»

Emma tentò di raggiungerlo con la ragione. «Stai distruggendo il mondo.»

«Il mondo sta benissimo!» disse lui. «Andrà avanti senza Guerra, Fame, Pestilenza... persino la Morte può essere fermata in favore di questa, un'altra fine forgiata dall'uomo stesso.» Sollevò di nuovo la moneta in segno di riverenza. «L'ordine naturale è cambiato da tempo. L'hai vissuto tu stessa; conosci il peso che questo ha. È più della vita. Più del cibo o del sangue o della malattia. Questo – il *valore* – è ciò per cui le persone vivono e muoiono.»

«Questa non è una cosa buona,» disse Emma. «Solo perché è comune non significa che debba diventare parte della natura.»

«Oh, ma certo che sì,» disse Caronte mentre lanciava la moneta. «Perché preservare le vecchie usanze se non riescono a tenere il passo con la corsa senza fine verso l'oblio? La gente *paga* per affamarsi in un mondo invaso dal cibo. Paga per inocularsi una malattia in modo che il proprio corpo possa resistervi. Paga e guadagna per combattere, una posizione concordata da tutte le parti in conflitto, e i pochi che traggono beneficio dalla guerra parlano più forte dei milioni che gridano in una morte senza orgoglio. E la gente pagherà per vivere. Il debito sarà la nuova morte.»

Emma strinse forte la sua falce. «Che cosa hai detto?»

«Ecco a voi!» dichiarò Caronte, a braccia aperte mentre le onde si infrangevano dietro di lui. «Il Quinto Cavaliere: il DEBITO! Siede su un carro d'oro per sfrecciare attraverso il cielo e mietere i frutti di una vita ben vissuta!» Le tese la mano. «E il pedaggio non è negoziabile.»

Emma menò un fendente. Caronte saltò all'indietro, molto più agile di quanto sembrasse. Allungò la mano e richiamò il suo remo di legno. Ora era affilato e nuovo, con un bordo tagliente come una sega senza denti dal manico lungo.

«Se il debito deve diventare parte della legge della vita e della natura,» disse Emma, «allora al diavolo. Ti uccido per principio!»

Caronte fece roteare il remo con maestria attorno al corpo e lo brandì, contrastando la posa di Emma. «Il tasso d'interesse per attaccarmi è troppo alto perché gente come te possa pagarlo!»

Con ciò, la loro battaglia finale ebbe inizio sulla vetta dorata ai confini dell'oblio, l'epitaffio degli apocrifi, dove il denaro conquistava ogni cosa.

CAPITOLO QUARANTASEI

Le lame cozzarono sulla cima dell'impero dorato di Caronte. Il fiume Stige ne inghiottì il molo dorato, un edificio alla volta, sprofondando nell'abisso la ricchezza che egli aveva accumulato nel corso dell'eternità mentre combatteva con tutte le sue forze per il nuovo corso della natura.

Emma gli teneva testa contro i suoi colpi folli. Il suo remo, con la pala affilata, era come un'agile arma inastata, con una lama lunga il doppio di quella della falce di lei. Ed era forte, molto più forte di quanto sembrasse. Gli anni di voga gli avevano conferito una forza che sfidava la sua età decrepita. Le sue dita nodose, poco più che ossa, erano avvezze a sorreggere il peso del remo. Per millenni aveva spinto la pala contro la resistenza del fiume. Ora, lottando per ascendere come l'Alfa e l'Omega, il remo affilato danzava e scintillava mentre affondava, parava e roteava. Si scagliò contro Emma, menando fendenti a destra e a manca, remando nell'aria al canto del metallo che fendeva l'aria verso di lei. Tutto ciò che la ragazza poté fare fu parare e arretrare. Non lasciava alcuna apertura.

Mark, nel frattempo, era determinato ad aiutare. La sua migliore amica e collega mietitrice, il suo unico e solo amore, stava lottando per la vita contro la fine di ogni forma di esistenza come la conoscevano e l'instaurazione di un nuovo ordine naturale, fondato su oro e monete, al posto della vita o della morte. Conosceva appieno le conseguenze di un fallimento e non poteva accettarle. Non le avrebbe accettate. Si lanciò all'attacco, falce in pugno, ma fu deviato di lato.

«Le hanno mai detto che è *da maleducati* intromettersi tra un uomo e una signora?» disse Caronte.

«È la mia signora,» replicò Mark.

Il traghettatore-oligarca fece un sorrisetto e poi scoppiò a ridere fragorosamente. «Non corrisposto, direi.»

Caronte lo colpì con l'estremità smussata del remo e Mark fu scagliato contro il muro dei bastioni. Sebbene l'oro sia classificato come un metallo tenero, il suo corpo urtò contro i lisci lingotti e il colpo gli mozzò il fiato. Emma calò un fendente sul traghettatore, ma Caronte le parò la falce. Poi ruotò tutto il corpo all'indietro, si abbassò in una capriola e la scagliò contro il muro opposto. Balzò in piedi e fece roteare la sua pala affilata mentre Emma si rialzava lentamente.

«Andiamo!» la schernì Caronte. «Ha ancora il mal di mare? Pensavo che voi pivelli foste in grado di darvele per ore!»

«La nostra generazione,» disse Emma, «non riesce nemmeno a guardare Netflix per ore senza stancarsi.»

«Che spreco,» disse Caronte. Si lanciò all'attacco e continuò il suo assalto; Emma fu costretta a tornare a una difesa disperata. Mark era altrettanto disperato di aiutarla. La sua falce non serviva a nulla: la forma e la lunghezza erano del tutto inadatte nello spazio ristretto dei bastioni. Così raccolse la spada di Guerra. O almeno ci provò. Era più pesante di quanto sembrasse e non ne aveva mai brandita una seriamente. L'elsa era troppo corta per entrambe le mani, ma la lama era troppo pesante per una sola.

«Bastardo,» imprecò mentre se la issava sulla spalla. Scattò in avanti, pronto a lasciarla cadere come un maglio quando Caronte meno se l'aspettava. «Dal cuore dell'Inferno, ti colpisco!» Inclinò il corpo in avanti. La lama lasciò la sua spalla e calò con forza sufficiente a perforare il pavimento di mattoni d'oro sottostante.

Caronte schivò abilmente, usando il remo come perno. Una volta riacquistato l'equilibrio, colpì Mark al petto con il piatto della pala e lo fece ruzzolare di nuovo verso il mucchio di armi dei cavalieri.

Emma passò all'offensiva. Ora era Caronte a essere ridotto a parare, cosa che fece con poco sforzo. «Non abbiamo scelta!» gli urlò. «Non possiamo permetterci di fare altro!» Le loro armi cozzarono e lei si spinse più vicino, tra le due lame intrecciate. «I soldi non possono comprare tutto!»

«E se invece potessero?» disse Caronte. La spinse via e fece roteare la lama dietro di sé. «Se potessero comprare il *tempo*. Non sarebbe magnifico?»

«Gli stessi problemi non farebbero che peggiorare,» disse Emma. «Alla fine, solo una manciata di persone rimarrebbe in vita. Il resto...»

«Sì!» disse Caronte, indicando l'orizzonte infranto. «Proprio come adesso! Ma al contrario! Come accade qui, con i sempre morti e i non-vivi lasciati a consumarsi e a dissiparsi nella nebbia che si aggrappa alla superficie del fiume della morte, la stessa sorte può toccare ai vivi! I pochi passeranno oltre e i molti soffriranno per trovare un valore pari a quello di chi si sono lasciati alle spalle. Né guerra, né fame, né malattia, nemmeno la morte sarà lì a impedire loro di trovare uno scopo e un valore!»

Mentre Caronte stava in piedi a pontificare sulla sua folle visione, Mark incoccò l'arco che apparteneva a Pestilenza con le due frecce d'osso nodoso che gli erano rimaste. Decise di caricarle entrambe e tese la corda. «Sorridi, figlio di... *hurk!*» Non aveva mai scoccato una freccia in vita sua e lasciò andare le frecce prima della corda, che schioccò in avanti e lo frustò mentre i dardi d'osso cadevano a terra con un tintinnio. Fece per raccoglierne uno per riprovare, ma nel pavimento si aprì un buco e le frecce scivolarono attraverso la fessura.

La torre stava crollando intorno a loro. Tutto l'oro del tesoro di Caronte era destinato all'acqua e alle due rive. Persino la sua barca aveva iniziato ad affondare. L'ultimo precipizio su cui potevano stare era rimasto tremolante e incerto.

«Più oro perde,» urlò Emma sopra il caos, «peggio si mette tutto quanto.»

«Bene!» disse Caronte. «A che mi è mai servito quell'oro? *Questo* è lo scambio per cui era destinato! Ogni pezzo di valore portato dal mondo dei vivi doveva cambiare lo stato del mondo! Mi hanno dato volontariamente i loro soldi, non in onore della loro morte, ma per congedarla! Per porre fine al ciclo incessante!»

«La giustizia è stata colta di sorpresa!» gridò Mark. Scattò in avanti e cercò di brandire la bilancia di Fame come un martello. Caronte si limitò a spostarsi di lato, lasciandolo cadere a terra.

«Sei un totale imbranato!» disse Emma.

«In realtà è davvero pesante,» disse Mark, con la bilancia ancora in mano.

La torre continuò a sgretolarsi e gli spruzzi dell'acqua abissale schizzavano verso di loro in una nuvola nebbiosa.

«Solo il barcaiolo può restare sopra l'acqua,» disse Caronte. Guardò la catena alla caviglia. Il filo era diventato sempre più sottile, ora quasi fine come un filo interdentale. «Vedete! I miei legami si indeboliscono! La mia libertà è vicina! Tutto l'oro e l'ordine della vita ne saranno valsi la pena! E io sarò LIBERO!»

«Libero dal suo corpo!» esclamò Emma. Vibrò un colpo. Caronte parò e fece roteare il remo. Agganciò la falce per la curva e gliela strappò di mano. Lei rimase completamente disarmata. Mark si gettò immediatamente a prendere la sua falce e gliela passò. Lei allungò la mano per prenderla, ma Caronte la afferrò per primo.

«E questa cosa sarebbe?» disse. «È fatta per tirare su nasse per granchi, non per tagliare teste.» Se la gettò alle spalle, giù dai bastioni. I mietitori apprendisti rimasero senza i loro unici strumenti del mestiere, di fronte al folle traghettatore con il suo remo affilato, circondati da mobilio dorato distrutto e svalutato.

«Accettate il cambiamento,» disse loro Caronte. «Abbracciatelo, come ho fatto io. Se il cambiamento fosse arrivato prima nella vostra vita, non ne sareste felici?»

Emma guardò Mark. Condividevano lo stesso senso di disperazione. Fissavano l'incarnazione stessa del debito e questa sorrideva loro con un ghigno sdentato e marcio da "muori ora, paga dopo", anticipando la vittoria con occhi vitrei di importanza narcisistica.

Poi Mark notò qualcos'altro. Un barlume di speranza.

Appena a lato della torre inclinata c'era un'asta di legno, curva e nodosa, come un ramo levigato, che sporgeva obliquamente dal muro dietro Emma.

Si rialzò e si lanciò verso di essa. Caronte si scansò e lo lasciò correre a capofitto oltre il bordo.

«Mark!» urlò Emma. Si precipitò sul bordo e guardò giù, dove era caduto.

«Ah, ah!» sghignazzò Caronte. «Si è precipitato a testa bassa nell'oblio. Sommerso fino al collo nei debiti! Scagliato nelle maree dimenticate di ciò che non è stato guadagnato! Il destino di tutte le povere anime, povere in ogni senso, che vivono troppo a lungo e non trovano alcun valore in sé stesse! Questa è la brutale verità di questa nuova natura. Coloro che non riescono a trovare valore nel vivere dovrebbero essere maledetti a pagare per la propria fine!»

Continuò a ridere mentre Emma si sporgeva dal bordo.

«Dovrebbe saperne qualcosa,» le disse. «Non era lei che desiderava incontrare un destino simile? Buttandosi volontariamente nel caldo abbraccio della morte? E non è riuscita nemmeno a fare quello come si deve!»

La risata di Caronte si spense quando Emma rimase immobile. Si chiese cosa potesse star cercando. Cosa c'era di così intrigante laggiù da farle voltare volontariamente le spalle al suo più temibile nemico? Attraversò il bastione con passo pesante e si sporse a guardare.

Mark non solo era sopravvissuto, ma era in piedi con i piedi piantati sul muro e le mani che stringevano il manico della vera falce di Morte, appena sotto la lama, che era conficcata nel muro della torre.

Mark estrasse finalmente la falce e la lanciò verso l'alto. Infilò la sua tunica nelle crepe del muro e rimase sospeso, semi-attaccato all'esterno, mentre Emma afferrava la falce di Morte con entrambe le mani. Caronte cercò di scagliarsi contro di lei, ma lei era già a metà del movimento quando lui arrivò, e calò un colpo possente.

Il suo remo si spaccò a metà. La sua camicia si squarciò. La sua barba fu accorciata in modo irregolare. Il solo spostamento d'aria creato dal suo tentativo di colpirlo tagliò di netto tutto ciò che aveva di più caro. Lei avanzò, con gli occhi ardenti di furia.

«Le taglio i tassi d'interesse,» ringhiò. «A METÀ!»

Caronte fu spaccato in due dalla spalla all'anca. Dal muro nord a quello sud, la sua torre fu divisa allo stesso modo. La cima dei bastioni scivolò verso il basso, nel ribollente abisso sottostante. La metà superiore di Caronte la seguì nel fiume con un tonfo, e lui guardò il resto del suo corpo diventare flaccido mentre galleggiava in superficie. E poi rise. Sprofondò nell'abisso, ridendo.

«Libero!» gridò. «Sono libero!» Le sue ultime parole prima di scomparire sott'acqua furono un tripudio.

Emma rimase in piedi sopra i suoi resti inferiori, sull'ultimo pezzo solido della torre rimasto, sapendo che bastava una sola scossa per farlo crollare nella direzione opposta.

«Uh, Emma?» la chiamò Mark dal basso. «Ce l'hai fatta?».

«Sì,» disse lei, calciando via il resto del corpo di Caronte. Nel farlo, la sua gamba si impigliò in qualcosa e il pavimento sotto di lei si mosse. Si guardò la caviglia.

«Cos'è stato?» chiese Mark.

La torre alla fine crollò e il fiume la inghiottì. Tutto l'oro che Caronte aveva accumulato nel corso dell'eternità si riversò nel fiume e si sparse sulla riva.

Ma senza un conduttore che inaugurasse un nuovo ordine per la natura, le maree si placarono, le pianure si appiattirono, i cieli tornarono alla normalità e il mondo di Morte fu di nuovo quieto. Il fiume tornò a scorrere calmo. E scintillanti icone dorate si arenarono sulla riva, appena a portata di mano dal precipizio del vuoto, dove le anime perdute indugiavano in eterna attesa del loro incontro con il traghettatore.

Un nuovo ordine era stato stabilito, eppure il vecchio ordine era ancora necessario.

CAPITOLO QUARANTASETTE

Una figura avvolta in una toga scarlatta strisciò fuori dal fiume. Il primo essere esistente a uscire dal fiume Stige lasciò le acque agitate con un borbottio e un colpo di tosse. Guerra rovesciò la testa all'indietro e si asciugò l'acqua dagli occhi. Un'uscita sgraziata, ma gradita. Si diresse a riva e si voltò per vedere Carestia e Pestilenza che la seguivano carponi, con perizomi e fasce fradici.

«Fatta una bella nuotata?» domandò.

Pestilenza tossì sputando acqua nera che, una volta atterrata sulla riva, tornò subito a serpeggiare verso il fiume, come se fosse viva. «Non nuotavo da quando sono andato a pesca di... amebe mangia-cervello.»

«E io non ho mai nuotato» disse Carestia. «Non male per la mia prima volta.»

«Pensa a tutti i pesci che avresti potuto mangiare» disse Guerra «se solo avessi imparato.»

Lui la congedò con un gesto della mano.

Poi il quarto cavaliere tornò dal vuoto, una visione bianca avvolta in un lenzuolo largo che gli pendeva dalle ossa delle anche in modo piuttosto rivelatore.

«Oh, che vergogna. Copriti!» gridò Guerra.

Morte sbuffò e strizzò la sua veste fradicia. «Siamo ben oltre la vergogna, credo.»

«Vero» disse Carestia. Si spolverò e salì sulla terra più asciutta. «Allora, abbiamo sistemato Caronte?»

Morte annuì. «La sua ossessione per il dovere e la sua scoperta di un secondo percorso si sono combinate in questa tempesta di cambiamento. Dovremmo fare tesoro di questa lezione. Come sono cambiati i tempi, così dobbiamo cambiare anche noi.»

«E quei due?» domandò Pestilenza. «I tuoi apprendisti, o quello che sono?»

Morte sospirò cupamente. «Se avessi detto loro la verità, dubito che la loro scelta sarebbe cambiata. Sono... ligi al dovere.»

«È sempre bello avere un aiuto entusiasta» disse Guerra.

«Aspettate, guardate.» Carestia indicò una sagoma apparsa sopra il fiume. La nebbia si era molto diradata, ridotta a una mera traccia di ciò che era stata, e attraverso di essa si intravedeva una barca. Era una gondola lunga e spaziosa, con una figura a prua e una che spingeva l'imbarcazione con un palo di legno dipinto a festa. Entrambe le figure indossavano abiti scuri con cappuccio e inizialmente erano chine in avanti con l'aria curva della disfattismo. Avevano le caviglie incatenate alle estremità opposte della barca. Si raddrizzarono entrambe mentre si avvicinavano.

«Ehilà!» chiamò Mark. «Uno alla volta, mi sa.»

«E niente richieste di canzoni o battute sul gelato» disse Emma. «Non finché non pescheremo un violino d'oro con cui suonare.»

Morte si fece avanti mentre si avvicinavano alla riva. I suoi apprendisti sorridevano attraverso la loro stessa confusione, desiderosi di una spiegazione anche se sembrava che conoscessero già la risposta.

«Ci dev'essere sempre un barcaiolo» disse Morte «per trasportare il bottino della marcia dei quattro cavalieri.»

«Beh» disse Emma «quello vecchio è morto. E contro ogni buonsenso, *si è* portato con sé le sue ricchezze.»

«No» precisò Carestia raccogliendo una moneta dalla riva. «Le ha solo perse.»

Morte annuì. «Il ritorno delle monete su queste sponde garantirà a molte delle anime ancora bloccate di potersi pagare il passaggio. E così, l'equilibrio tra la vita e la morte resterà intatto.»

«Ma quando troveremo l'oro,» disse Mark, «che cosa ne faremo?»

«Create un'economia» suggerì Carestia. «Non c'è nessuna regola su a cosa serva l'oro. Solo che è necessario per attraversare.»

«Io ci organizzerei una gara» disse Guerra. «Farei combattere le anime perdute per il loro diritto di passaggio.»

«Magari potreste aprirci un'attività» disse Pestilenza. «Diventare ricchi.»

Mark ed Emma si scambiarono uno sguardo incerto.

Emma disse ciò che entrambi stavano pensando. «Se fossimo stati bravi in cose del genere, forse non saremmo morti, tanto per cominciare.»

«Troveremo una soluzione» disse Mark. «E non lo faremo in un modo che, sapete, vi uccida tutti e dia inizio alla Fine dei Tempi e tutto il resto.»

«Non dovrebbe essercene bisogno» disse Morte. «Avete fatto molto più di quanto ci si sia mai aspettati da voi. Avete raggiunto uno standard più elevato di quello che avrei potuto stabilire. E per questo...»

«Ehi!» chiamò un uomo. Un'anima errante corse fino alla riva del fiume agitando una moneta sopra la testa. Vide lo scheletro parlante che camminava lanciandogli un'occhiata scintillante di sbieco e si scostò leggermente da Morte mentre si avvicinava alla barca. «Ehi. Siete voi che fate quella cosa dello "scambiare monete e attraversare il fiume"?»

Quando Mark annuì, l'uomo gli lanciò una moneta. Lui la prese al volo e la esaminò mentre l'uomo attraversava la riva paludosa e si arrampicava sulla gondola. L'uomo poi batté le mani e puntò le dita verso la riva.

«Andiamo!»

«Subito» disse Mark. Si infilò la moneta nella manica e poi cominciò a remare. «Si assicuri di darci cinque stelle sull'app, per favore.»

«O la buttiamo in acqua» disse Emma.

La barca, e chi vi era a bordo, scomparve di nuovo nella nebbia con il loro passeggero-ostaggio diretto all'altra sponda del fiume. Morte li guardò mentre la nebbia li inghiottiva e gli altri cavalieri si ricomponevano. Si accarezzò il mento pensieroso e infilò una mano in una delle pieghe della sua fascia a ghirlanda per estrarre un paio di clessidre. Le *loro* clessidre.

Ed erano cambiate...

<hr>

Mark ed Emma si abituarono presto ai loro nuovi doveri. Le anime perse trovavano monete sparse dal grande tesoro di Caronte. Le raccoglievano da terra e incontravano la barca al suo passaggio, oppure si contendevano le monete trovate sulla riva – come aveva predetto Guerra – finché uno non vinceva o l'oro non scivolava dalle loro dita e scompariva di nuovo nelle profondità, ponendo fine al conflitto prima che potesse degenerare oltre schiaffi e brutte parole.

Fu stabilito un nuovo ordine, un cambiamento rispetto a ciò che era noto, ma nulla di così nuovo da spaccare il mondo. Le monete erano ora una coincidenza del fato. Un'anima che vagava in pace poteva imbattersi in cento monete nel tempo in cui un cercatore disperato, ossessionato e drastico, desideroso nel profondo del suo cuore di lasciare il limbo della non-creazione, riusciva a malapena a vederne una. Solo coloro con anime tranquille e menti chiare e calme avrebbero trovato facilmente il loro passaggio. Coloro che ne erano degni avrebbero trovato la via da seguire, e coloro che avevano bisogno di pentimento sarebbero stati lasciati a vagare ancora un po'.

Proprio come era stato detto a Mark ed Emma, le cose andarono per il verso giusto. Solo che fu opera loro farle andare così. Per quanto ne sapessero, il resto del mondo era lo stesso. Vedevano ancora i lampi viola di Morte che attraversava il velo tra i mondi. Aveva ripreso il suo brio ed era ringiovanito fino a tornare al suo apice, trasportando anime intere – e talvolta a pezzi – fino alla riva, dove le assemblava e le mandava per la loro strada. Coloro che arrivavano con i soldi erano rari, ma piacevoli. Coloro che li trovavano durante i loro viaggi erano molto più frequenti e riconoscenti. Alcuni osavano persino portare più di una moneta nel loro viaggio, sperando in qualche migliore possibilità di una vita ultraterrena più piacevole, ma alla fine, era solo una mancia che Mark ed Emma rigettavano nelle acque.

Mark era passato al suo nuovo ruolo con la sua caratteristica disinvoltura. Capiva le regole, capiva perché ora era un traghettatore e capiva che il loro sacrificio andava a beneficio dell'intera razza umana, sia vivente che ancora da nascere. La cosa lo faceva sentire bene, e non gli importava che il loro eroismo non sarebbe mai diventato materia per libri, film o persino miti. Le loro azioni erano, e sarebbero rimaste, l'atto di abnegazione più sottovalutato mai commesso.

Anche Emma era piuttosto ottimista riguardo alla loro nuova situazione. Da un certo punto di vista, era ora a un passo dal suo obiettivo finale di attraversare il fiume per raggiungere l'aldilà. Sfortunatamente, quell'ultimo passo le era impedito dal ceppo di ferro avvolto intorno alla sua caviglia. La vecchia Emma si sarebbe lamentata di come, ancora una volta, avesse dato più del dovuto al lavoro – spaccando di brutto, in effetti – solo perché le sue azioni fossero a malapena riconosciute nella sua valutazione annuale.

Ma le loro azioni erano state apprezzate. Almeno dal piccolo contingente di cavalieri che aveva fatto del Limbo la propria casa, insieme a una governante molto francese e molto brava.

Trovarsi letteralmente legati insieme in eterna servitù ai morti del mondo portò con sé qualcosa di cui nessuno dei due aveva avuto molto durante la propria vita, e per niente come assistenti di Morte: il tempo di parlare. Parlare davvero.

«Ti devo una risposta» disse Emma, dopo che ebbero salutato un altro cliente felice.

«Buona fortuna, perché è da quando avevo sette anni che cerco di capirlo.»

Emma considerò Mark per un momento, abbastanza sicura che non fossero sulla stessa lunghezza d'onda.

«Non sto parlando del perché non si vedono mai piccioni appena nati» chiarì Emma.

«Ti prego! Metti fine alla mia agonia. Non riesco a capirlo! Aspetta... Una risposta a cosa, allora?»

Emma prese il palo rosso, bianco e blu da Mark e lo appoggiò sulla gondola, facendogli cenno di sedersi. Poi si sedette a sua volta e fece un respiro profondo.

«Sul Liver Building. Mi hai detto che mi amavi.»

Mark si agitò un po' sul suo sedile, colto alla sprovvista dall'argomento di conversazione. Aveva lavorato sodo per tenere a bada i suoi sentimenti per Emma dal loro arrivo nel Limbo e non aveva pianificato di riaprire quel vaso di Pandora.

«L'ho fatto» rispose alla fine.

«Lo pensavi davvero? O stavi solo provando di tutto per impedirmi di saltare?»

«Lo pensavo davvero.» Mark guardò Emma, i suoi occhi azzurri quasi scintillanti. «E lo penso ancora.»

«Perché, però? Ero una vacca infelice. Suicida, in effetti.»

Mark si era preparato per questo momento per la maggior parte della sua vita adulta. La conversazione si era svolta mille volte nella sua mente – ogni notte da quando l'aveva conosciuta alla settimana delle matricole, per tutti gli anni dell'università e le loro vite lavorative da adulti. Ma in quel momento non riusciva a ricordare una sola parola del suo discorso attentamente preparato. Nessuna delle accorate suppliche che aveva pianificato o delle solenni promesse che voleva fare. Tutto ciò a cui riusciva a pensare era quando era entrato per sbaglio in bagno, mezzo addormentato, e l'aveva sorpresa mentre usciva dalla doccia, quando avevano deciso per la prima volta di dividere un appartamento. Come il suo cuore – e, ammettiamolo, i suoi lombi – l'avessero desiderata. Ogni molecola del suo essere la voleva. Voleva stare con lei. Amarla e prendersi cura di lei.

«Per via del tuo sedere bellissimo e perfetto» sbottò Mark.

«Capisco» annuì Emma. «Quindi era solo un caso di frutto proibito. Sono la trombamica che non ha mai richiamato.»

«No. Niente affatto. Cazzo... Fammi riprovare.»

Mark sapeva che stava mandando tutto all'aria. Si ricompose, aggrappandosi ai lati della gondola così forte che le sue nocche diventarono bianche.

«Ti amo con tutto il mio cuore, corpo e anima.» Si avvicinò a lei carponi, fermandosi per spostare il palo. «Non ho mai amato nessun'altra e mai lo farò. Sei la mia vita. Ed è per questo che essere su questa barca con te è il più meraviglioso e allo stesso tempo il più doloroso scherzo del destino che si possa immaginare.»

«Perché doloroso?»

«Perché tu non mi vedi come ti vedo io.»

Emma sorrise e prese una delle mani di Mark. La tenne tra le sue, godendosi il calore condiviso. «E se invece ti vedessi così...?» cominciò, non sicura di essere pronta a finire il pensiero. «E se... ti amassi anch'io?»

«È una domanda o un'affermazione?» chiese Mark, a bocca aperta. «È molto importante che tu lo chiarisca.»

Emma si sporse in avanti e lo baciò. Fu il più leggero dei baci a stampo, le loro labbra si sfiorarono appena. Ma entrambi lo sentirono come una scossa elettrica.

«Ti amo» dichiarò Emma. «Non è una domanda.»

«Merda» rispose Mark prima di sporgersi per baciarla di nuovo.

Questa volta fu più di un semplice incontro fugace delle loro labbra. Ci furono lingue, saliva e mani che vagavano liberamente mentre finalmente consumavano il loro amore l'uno per l'altra in un'unione deludentemente breve ma meravigliosa.

Emma e Mark misero su casa in una piccola capanna sulla riva nord, quella dove stava Caronte prima che il suo tesoro d'oro diventasse la sua nuova casa. La abbellirono con oggetti di seconda mano provenienti dalle case dei cavalieri e ne fecero un luogo di riposo nelle pause tra i lunghi turni sull'acqua. Ma quando il lavoro li chiamava, non avevano scelta né modo di dormire. Le loro sveglie erano imbullonate alle loro caviglie. Quando la barca partiva, o erano a bordo o venivano trascinati sotto la corrente per le gambe. Mark lo imparò una volta a sue spese e giurò di non provare mai più a posticipare la sveglia.

Era un lavoro. Era necessario. E, soprattutto, era apprezzato. Tra il traghettare anime e l'amore appassionato, incontravano ancora di rado Veronique mentre cavalcava lungo la riva e condivideva le sue ultime creazioni culinarie dalla dimora di Morte. Le loro catene non erano abbastanza lunghe per entrare in nessun'altra casa. Era un'esistenza solenne e pensierosa. Ma almeno ora si avevano a vicenda.

Fecero questo per quelli che sembrarono anni: migliaia di traghetti, migliaia di viaggi, migliaia di traversate verso l'aldilà che loro stessi non potevano raggiungere. E una sensazione di disagio cominciò finalmente a farsi strada.

«Questa è una vera merda» disse Mark.

«Mmm... già» ammise infine Emma. «Vuoi che remi io?»

«No, non quello» disse lui. «L'hai fatto tu ieri. Intendo il tutto... tutta questa cosa. Questo.»

«Non è peggio che fare l'autista a noleggio, portare la gente a feste eleganti e poi tornare a casa in un monolocale o qualcosa del genere» disse lei. «È un lavoro.»

«Sto solo dicendo,» cominciò Mark, «che sebbene io non senta alcuna compulsione a cercare una grande perturbazione dell'ordine mondiale su scala cosmica, credo di poter capire come questo possa far impazzire un uomo dopo un'eternità o giù di lì.»

«Già, beh, dagli un'eternità. Magari la pensione è fantastica.»

«Lo *era*» disse lui. «L'abbiamo affondata.»

«Oh, giusto.» Scoppiò a ridere. «L'abbiamo fatto, vero?»

La loro allegria risuonò sul lago e raggiunse la riva, dove quattro figure stavano aspettando il loro arrivo. Mark virò con la barca e si trovò di fronte a Morte, insieme a Guerra, Carestia e Pestilenza.

«Ehm, niente sconti comitiva» disse.

«Nessuno di voi ha intenzione di attraversare oggi, vero?» chiese Emma.

«Niente affatto» disse Guerra. «Tutt'altro.»

Morte alzò la mano. Spettava a lui parlare ora, e a lui iniziare. Estrasse un paio di clessidre dalla sua veste nera e le tenne sollevate mentre si avvicinava. Mark ed Emma si riunirono al centro della barca e le guardarono con i loro occhi ormai esperti.

«Il vostro tempo,» dichiarò Morte, «non è ancora finito.» Sollevò le clessidre e gliele porse.

Mark le prese e controllò i nomi. Erano quelle di Emma e sue.

«L'errore della vostra morte non è ancora risolto» continuò Morte. «Il momento della vostra morte deve ancora arrivare.»

«Beh,» disse Mark, «per me va bene. Suppongo.»

«Sono un bel souvenir» disse Emma. «Possiamo metterle sopra la mensola del camino!»

«Oh, staranno benissimo.» Mark annuì.

«No» disse Morte. «Sono vostre da tenere. Per la vostra... prossima avventura.»

«La nostra cosa, adesso?» chiese Mark. «Pensavo che stessimo solo facendo questo per via del...» Si chinò e scosse la catena intorno alla caviglia.

Morte si rivolse a Guerra con un cenno del capo. Lei sollevò la sua spada, recuperata dal fiume, e gli altri due cavalieri entrarono in acqua dirigendosi verso la barca. Carestia la tenne ferma con il suo corpo massiccio mentre Pestilenza raccoglieva le catene delle caviglie in un fascio tra i due traghettatori.

«Abbiamo concluso,» dichiarò Morte, «che non siete più idonei a sopportare il fardello dei traghettatori. Non per una vostra mancanza, né per problemi di giudizio ingiustamente emessi verso coloro che avete accompagnato nel loro ultimo viaggio. Ma perché avete ancora vita da sopportare e momenti da cogliere. Un futuro sconosciuto vi attende. Non può essere speso qui, nello stesso momento, ripetuto all'infinito.»

«Aspetta, cosa?» chiese Emma. Si infervorò improvvisamente e si aggrappò alla sua catena in modo possessivo. «Ci state licenziando?!»

«Sì» disse Morte. «Credo che siate... *sovraqualificati* per questa posizione.»

Emma sembrò ferita. Si girò verso Pestilenza, immerso fino al petto nelle onde che si infrangevano tra lei e l'acqua.

«Mi annegherò!» esclamò Emma. «Sovraqualificata! Ancora 'sta stronzata! Dopo tutto quello che abbiamo fatto!»

«Morte, per favore non la licenziare» implorò Mark. «Si ucciderà. E non credo di poterla fermare una seconda volta.»

Morte sospirò. Fece cenno a Guerra di avvicinarsi con la sua spada. Emma smise di lottare e si allontanò dal centro della barca. La lama di Guerra si abbatté e si fermò a un soffio dallo scafo di legno, lasciando gli anelli di ferro spezzati delle loro catene come detriti sul fondo della gondola. Con le catene spezzate alla radice, il resto sembrò avvizzire e i bracciali intorno alle loro caviglie si sganciarono.

Erano liberi.

«Lasciatevi andare alla deriva nel vuoto» disse loro Morte. «E tornerete alla vita che ancora avete. Quando tornerete qui, sarà con me. E entrerete nel ciclo naturale come previsto.»

«...Grazie» disse Emma. «Ma allora, chi prenderà il nostro posto?»

Morte sollevò la testa mentre Veronique usciva da dietro di lui.

«Bon voyage, Mark et Emma!» Fece un cenno con la mano mentre Carestia spingeva la loro barca nella corrente sempre più forte. Percependo la libertà alla deriva sulla sua superficie, il fiume Stige accelerò per espellere le anime ancora vive dal suo corso e rimandarle al loro mondo. Mark ed Emma si tennero per mano mentre la velocità aumentava, finché tutto intorno a loro non fu che un turbine di nebbia e oscurità...

E sulla riva, una nuova barca emerse dall'acqua. Un piccolo gommone elegante e sportivo, contrassegnato da una croce rossa sul lato e imbottito di cuscini ovunque. Veronique vi saltò dentro allegramente e tirò fuori un lungo trench dal vano portaoggetti.

«Ehm.» Morte si schiarì la gola. «Sono... lieto che Lei se ne sia fatta carico.»

«È un piacere per me» disse lei. Sollevò una maschera antigas logora dell'era della Prima Guerra Mondiale e si preparò a indossarla. Se la portò al viso per provarla sulla bocca. La sua voce si deformò in qualcosa di demoniaco, come il crepitio di un demone infernale che intercetta una trasmissione radio. «PAGATE IL TRIBUTO O SUBITE LA TOMBA ACQUA-TICA!» Se la tolse e guardò i cavalieri. «Troppo?»

«Il giusto» rispose Guerra.

«Non è necessario» disse Morte. «Ma... questo è il Suo dovere ora. Lo svolga come meglio crede.»

«Ho due grandi esempi a guidarmi» disse lei con orgoglio. «Non li deluderò!»

«Sì» disse Morte. Guardò in lontananza. Un debole lampo fu proiettato molto più a valle, più lontano di quanto qualsiasi anima avrebbe mai potuto avventurarsi. «Adeguati, quantomeno.»

CAPITOLO QUARANTOTTO

Era notte e il riflesso del lungomare di Liverpool scintillava e danzava sulle acque nere come l'inchiostro del fiume Mersey. Edifici di interesse storico si ergevano fieri accanto ai loro fratelli d'acciaio e vetro, molto più giovani ed eleganti, un crogiolo di stili architettonici che rispecchiava il miscuglio culturale della popolazione. Le ragazze indossavano vestiti corti e avevano ciglia lunghe, e i ragazzi sfoggiavano magliette attillate. Le strade non erano affollate, ma i pub si stavano riempiendo e i taxi e i servizi di ride sharing erano in pieno fermento. Era sabato sera, e divertirsi era in cima alla lista delle priorità.

Due figure scure emersero da un vicolo nascosto, uno spazio ombroso dove nessuno sguardo si posava mai. Percorsero Matthew Street accompagnati da una nebbia che a ogni passo si aggrappava ai loro piedi. Si fermarono davanti a un palazzo di uffici appena fuori dal centro, che sembrava chiuso non solo per la notte.

«È un peccato» disse Emma. «Non pensavo che sarebbero andati in rovina in un solo giorno.»

«Non pensavo che saremmo stati via solo un giorno» disse Mark. «Non ti è sembrato che fossero passati anni?»

«Be', era un lavoro noioso. Ti sembra di farlo da più tempo di quanto non sia in realtà.»

«Già.» Lui annuì. «È così che vanno le cose... Ma era un buon lavoro.»

«Pagavano bene» convenne lei.

Sospirarono. Erano tornati alla vita. Tutte le anime che avevano preso, e tutte quelle che Morte aveva poi mietuto, alla fine valsero poco più di un giorno trascorso nella loro vita. Erano stati liberati dai vincoli della morte e dai doveri che si estendevano oltre, e ora potevano di nuovo godersi la vita per i pochi, preziosi momenti che avevano ancora da vivere. E adesso avevano un modo per sapere esattamente quando sarebbero arrivati quei momenti.

«È un dono triste» disse Mark, estraendo la propria clessidra.

«Dici?»

«È abbastanza sbagliato sapere quando morirai, no?» disse Mark. «Toglie tutto il bello, sapendo che ti restano solo... sono sei bei momenti, quelli?»

«Be'» disse Emma, «l'importante è far sì che quei momenti contino. Possono passare mille anni di noia e magari cade un solo granello di sabbia.»

Mark annuì. «Vero. Be', io so quale sarà uno dei miei momenti.»

«E quale?»

«La storia che ho sempre voluto scrivere» disse. «Ho un'idea pazzesca.»

«Nessuno legge più libri» disse lei.

«Sto pensando a una sceneggiatura» disse lui. «Potrei anche riservarmi un cameo.»

Lei sorrise. «Ti va di bere qualcosa all'Albert Dock?

«Conciati così?» domandò Mark.

«Oh, cielo» borbottò lei. Indossava ancora la sua tetra tuta di pelle. «Si può togliere, in questo regno?»

«È meglio di sì» disse Mark, lascivo.

«Ah ah, spiritoso» lo canzonò Emma.

«Dai, allora. Una birra.» E poi ebbe un'improvvisa e preoccupante consapevolezza. «Ma tu ce li hai i soldi?»

Emma infilò una mano nel colletto aderente della tuta ed estrasse una moneta: coniata con il profilo di Giulio Cesare e incisa a mano con lettere latine, un'autentica reliquia storica che un tempo si credeva perduta per sempre.

«Quindi no...» disse Mark. «Perché questi non sono contanti.»

Lei rise e gli afferrò il polso. Lui la seguì e la raggiunse, e si incamminarono fianco a fianco verso il loro futuro insieme. Per quanto lungo o breve fosse il tempo che restava loro, entrambi ne avrebbero tratto il meglio, sapendo benissimo cosa li attendeva alla fine.

La loro seconda possibilità di vita sarebbe stata migliore. E la seconda volta che fossero morti, sarebbero stati pronti e, di certo nel caso di Mark, molto più disposti.

NEWSLETTER

Vuoi ricevere in anteprima informazioni sulle prossime pubblicazioni?

Ti piacerebbe avere accesso esclusivo a omaggi, offerte speciali e contenuti extra?

Senti che la tua vita non è completa senza le riflessioni mensili di Jon su scrittura, lettura e editoria?

C'è una soluzione! Iscriviti subito alla newsletter di Jon:

https://jonsmith.net/mailing-list

SULL'AUTORE

Jon Smith è l'autore bestseller di oltre 50 libri per bambini, ragazzi e adulti. I suoi libri hanno venduto più di mezzo milione di copie e sono stati pubblicati in sette lingue.

Oltre a scrivere libri, Jon è uno sceneggiatore e librettista di musical pluripremiato, con produzioni al Birmingham Hippodrome, al Belfast Waterfront, al Park Theatre di Londra e al PJPAC di Kuala Lumpur.

Padre di quattro figli, vive vicino a Liverpool con la moglie e i loro due bambini in età scolare.

Quando sarà grande, vorrebbe fare il bibliotecario.

www.jonsmith.net

X x.com/jonsmith_author

instagram.com/jonsmith_author

goodreads.com/jonsmith_author

amazon.com/author/jonsmith

facebook.com/authorjonsmith

NOTE FROM THE AUTHOR

Ciao,

Grazie mille per aver letto *Il Quinto Cavaliere!*

È stato davvero divertente da scrivere e spero sinceramente che tu l'abbia trovato una lettura piacevole.

Se il libro ti è piaciuto, ti sarei immensamente grato se volessi lasciare una recensione.

Le recensioni aiutano moltissimo gli autori, sia perché offrono preziosi riscontri su ciò che piace ai lettori, sia perché migliorano la visibilità del libro sui siti di vendita online.

Grazie in anticipo — non vedo l'ora di leggere i tuoi commenti.

Jon

THE FANG & LOATHING TRILOGY

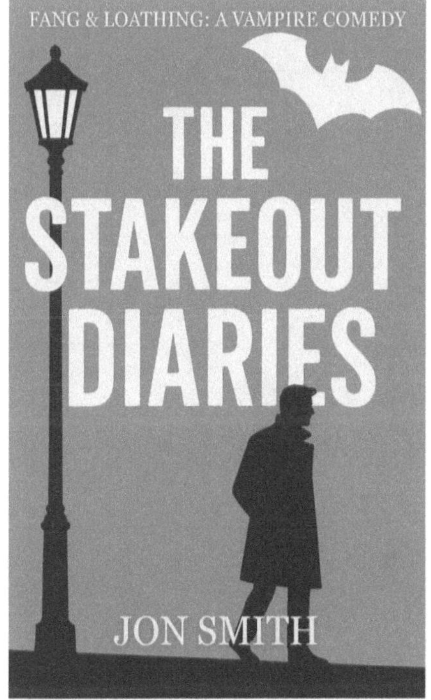

THE ARB: A YOUNG ADULT GOTHIC PARANORMAL LAYERED IN ARTHURIAN LEGEND WITH AN ASIAN HORROR TWIST

BAL
KON
media

www.ingramcontent.com/pod-product-compliance
Lightning Source LLC
Chambersburg PA
CBHW050558190726

48283CB00007B/2190